Ao Sul da Fronteira

Ao Sul da Fronteira
Rogério Brasil Ferrari

1ª edição / Porto Alegre-RS / 2019

Coordenação editorial: Maitê Cena
Capa e projeto gráfico: Marco Cena
Revisão: Bianca Diniz
Produção editorial: Bruna Dali e Maitê Cena
Produção gráfica: André Luis Alt

Dados Internacionais de Catalogação na Publicação (CIP)

F375s   Ferrari, Rogério Brasil
       Ao Sul da Fronteira. / Rogério Brasil Ferrari. – Porto Alegre:
BesouroBox, 2019.
       320 p. ; 16 x 23 cm

ISBN: 978-85-5527-106-9

1.   Literatura brasileira. 2. Ficção. I. Título.
CDU 821.134.3(81)-3

Bibliotecária responsável Kátia Rosi Possobon CRB10/1782

Copyright © Rogério Brasil Ferrari, 2019.

Todos os direitos desta edição reservados a
Edições BesouroBox Ltda.
Rua Brito Peixoto, 224 - CEP: 91030-400
Passo D'Areia - Porto Alegre - RS
Fone: (51) 3337.5620
www.besourobox.com.br

Impresso no Brasil
Setembro de 2019

Sumário

Zero 7

Um 9

Dois 39

Três 65

Quatro 87

Cinco 123

Seis 163

Sete 177

Oito 205

Nove 221

Dez 239

Onze 261

Doze 281

Treze 301

Zero

Escuro e silêncio. Fração antes da gênese. Vapor de óleo queimado nas velhas caldeiras penetra-lhe as narinas e gruda no peito por dentro. Único estímulo aos sentidos. Ana sonambula através do corredor. Caminho sem início nem fim. Na falta de luz, não há espaço nem tempo. Pés descalços, feridas raspam lascas de pedra. Sangue e visgo entre os dedos. Negrume esconde hematomas e marcas das correntes nos pulsos e tornozelos. Sabor de metal corrói a língua e afrouxa os dentes. Mas esse pesadelo já não tinha acabado? Sonhar mortes alheias, torrar de dor as retinas feito castanhas na grelha nas tardes do outono. Fiapo de suor ao longo da espinha. Tortura de corpos varridos para baixo do tapete, debaixo do piso de tacos coberto de verniz, sob as fundações dos prédios e de todo esse asfalto quente que recobre a casca da crosta urbana. Choro de bebê rasga a quietude. É sempre noite no porão onde os torturadores exercem seu ofício. Ana risca o fósforo. Faíscam sujeira nos cabelos e a transparência da camisola. O brilho se extingue antes de revelar a magreza e o tremor dos músculos, fibras desmilinguidas por sessões continuadas de choque e pau-de-arara, nas rodinhas de estupro coletivo e nos afogamentos. Avança às cegas na indiscrição do pranto. Atrás da porta, faltam pedaços de unha na ponta do dedo. Garras femininas se projetam crispadas das tiras de couro, presas do pulso à mesa, agarrando-se, aflitas, à borda do estrado. A mistura pegajosa de sal, água morna e sangue poreja ao redor do crânio. Olheiras de beterraba, órbitas encovadas, caveira mal recoberta de pelanca. Agulhada de dor perfura-lhe o estômago. Nada de lágrimas. Manhã de inverno ao sul do continente. Lá fora, os fogões a lenha e as lareiras crepitam inocência cúmplice. Pensa no chimarrão sorvido pela mãe toda manhã antes de sair para a escola e sente o amargo no céu da boca. Arrota erva seca quando o sargento rasga com a tesoura o cordão umbilical. Chora o bebê de fome, de sono, de sede e de frio; de medo. Empurro. Gonzos rangem e a porta se abre para dentro. Esperava, quem sabe, estivesse trancada. Fosse aqui o fim da linha. Chacoalham-me as pernas. Escuto meus ossos baterem. A menina chora. Sei que é mulher. Pelo choro, eu sei. Luz elétrica corta a vista feito gilete. Do breu ao lume, prossigo, obliterada. Meu suor fede a rato morto e urina. Ah, memória, insistes em recordar? Chispas rubras ricocheteiam no interior do crânio, tenho o cabelo tão seco e quebradiço que me faz recear a chama das velas. Pequena forma humana a pingar de ponta cabeça, segura firme nos tornozelinhos recém-nascidos pelas grossas mãos daquele homem cujas unhas polidas e cujo perfume adocicado me fariam vomitar tantas vezes. Ainda hoje sinto os seus braços peludos enfiados dentro de mim até os cotovelos, as mangas dobradas, nosso sangue na pele. E o pouco que vislumbro de você é tomado de mim para sempre.

Um

Nem as olheiras da noite mal dormida tiram-lhe a beleza dos olhos quando os abre assim ao despertar. Sem maquiagem, brilho de mel em harmonia com o almíscar exalado por Marcelo ao sair para o trabalho. Escutara a ducha, cachoeira cristalina em meio a espinhos venenosos e roedores de focinhos fosforescentes. Algo a perturbara no sonho. Incapaz, no entanto, de lembrar o quê. O corpo pesa como o fim da vida. Até respirar cansa. Seu marido se agitara no sono outra vez. Ronca e tem pequenas paradas na respiração que a afligem madrugada afora. Flashes de morte. Vinha pensando bastante no término da existência, desde o dia em que, meses atrás, completara trinta anos. Instante desespero no limiar do sono. Ao deitar, noites da infância, noite de hoje. Acordar era mais simples, apesar da brutal preguiça de bruços no travesseiro. Nada não ser. Quando Helena começa a lembrar do cheiro doce de cera derretida e das flores murchas sobre o caixão do pai, decide que é hora de levantar-se. Esfrega duas vezes o assento da privada com papel higiênico. Levanta a camisola de poliéster amarelo e abaixa a calcinha. Jato de urina morna relembra a cascata imaginada durante o sono. Mira-se no espelho. A harmonia dos traços a satisfaz; já as marcas de cansaço ao redor dos olhos e da boca são uma chatice. Boceja, puxa o papel e se limpa de olhos fechados. Pirralho da vizinha de cima chora sem parar, pranto manhoso que cruza o poço do exaustor e provoca a primeira onda de enxaqueca. Chá com torradas. Cabelo enrolado, grampos na nuca, chambre de seda azul-marinho com motivos orientais que o marido reputa ser tri brega, controla, distraída, as luzes da torradeira. Barulho do trânsito sobe, abafado, à cozinha. Fora isso, quietude. Mesmo nas raras manhãs em que tomavam o café juntos, quase não havia palavras. Protegido pelo jornal, camisa de linho bege, gravata escura e calças do terno, não abria sua boca senão para engolir o café sem açúcar e mastigar o pão com manteiga. Margarina jamais. Está bem, certos dias a gravata podia ser estampada, e, nos feriados, de bermuda e camiseta, comiam croissants e bebiam enormes copos de suco de laranja, puxavam assunto e rolava algum carinho. Mas pouco duravam esses interlúdios. De volta à distância, ao beijo protocolar no rosto, ou, pior, na testa, veja só, na testa, ela, que sempre achara ridículo o pai beijar assim a mãe, sem libido, carícia pastosa. Vestia o casaco do terno, apanhava os processos e tchau. Junto dela permanecia o aroma do gel pós-barba que comprara para ele e Marcelo tinha gostado. Ela tinha comprado por impulso, perdida no tédio entre vitrines do shopping. Entrara, agoniada, numa farmácia, à procura de comprimidos para dor de cabeça, e, de repente, se vira cercada por fragrâncias masculinas no corredor dos produtos de barba. Inebriada pelos intensos odores, abrira cada frasco e sorvera com prazer os cheiros de homem após homem, percepção aberta ao toque virtual de cada um na pele, nos lábios, por debaixo das roupas e da lingerie, como se dúzias de línguas e dedos e membros se condensassem do vapor em carne trêmula. Sem medo nem culpa, apalpavam, acariciavam e penetravam, rijos, a polpa em que se desfazia seu corpo. Desfalecida de pé, quadril escorado à pedra fria do balcão, terça-feira, onze de maio de dois mil e quatro, dez e quinze da manhã. Inspira o resquício almiscarado no ar da cozinha e congela. O gel transformara Marcelo em muitos outros homens, sim. Mas nenhum deles a desejava. Funga. Também, assim, atirada como estou, eles têm toda a razão. Roça a aspereza na ponta dos dedos e decide. Esta tarde vai fazer as unhas. E até o final de semana precisa cortar o cabelo.

Aplauso frágil. Lá de baixo, o trompete dolorido de Chet Baker nos acordes de *I Waited for You*, Gillespie numa gravação cheia de chiado no CD da coletânea *Giants of Jazz*, volume três. Gosta de navegar ouvindo esse disco. Imagina, no reflexo do parquê encerado pela faxineira semanal, a si mesma, a flanar entre os canais lisérgicos de Amsterdã, mochila às costas e sorriso fácil nos lábios pretos de batom barato. Era cool ter este apartamento de dois quartos com dependência. Podia teclar assim, sossegada, no escritório. Gostava da casa desse jeito matinal, persianas inclinadas de maneira a permitir que o sol se infiltrasse, ao mesmo tempo em que a protegiam dos olhares dos prédios ao redor. Caso não houvesse parado de fumar, teria, sem dúvida, o Marlboro aceso entre os dedos, brasa a cindir-lhe os lábios rosa-pálidos, sedutores como finos pedacinhos de carne de garrão de cordeiro amolecidos na água para os lambaris no açude atrás da casa, anzol à espreita da mordida. Desliza a língua nos dentes ásperos, lambe farelos de pão úmidos de chá. Antes de digitar, examina outra vez as próprias unhas e se felicita por ter marcado hora no salão para hoje. Muito bem, Chet, my darling, aonde queremos ir? Vamos acessar nossa salinha de bate-papo, então. Gostas de me ouvir falar sujo, não gostas? Sozinha eu não fico, nem hei de ficar. O almoço hoje é congelado. Se não gostar, gostasse. Três horas sem nada pra fazer. Belle. Sempre Belle pela manhã. Nos dias em que se permitia entrar no chat à tarde, costumava variar os personagens. Desde virgens adolescentes a esposas infiéis ou viúvas misteriosas. Num dia, a garota de olhos verdes desiludida com sua primeira experiência sexual; noutro, a cinquentona divorciada que relembra detalhes da lua de mel no resort em Aruba; amanhã, noiva rendada em seda branca, véu, grinalda e aliança de ouro; sexta-feira, empresária de marketing sexy no terninho Chanel verde-água, meia-calça e escarpins. Ri, divertida, das fantasias deles e mantém a impessoalidade. Nas raras vezes em que se conecta à noite, adota o apelido de Helen. Discreta e curiosa, pouco fala nessas ocasiões. Observa. Identifica-se com suas características pessoais verdadeiras, trinta anos, casada, metro e sessenta e sete, cinquenta e seis quilos, olhos castanho-claros, os cabelos ondulados, mas não muito. O que mais? Escolhe parceiros para teclar aleatoriamente, responde suas perguntas e diz a verdade, não, nunca tivera relações com outro homem a não ser o marido. Porém, mente sempre a cidade. Pode ser em São Paulo, Recife ou Belo Horizonte. De vez em quando, no Rio de Janeiro, até em Lisboa. Porto Alegre jamais. Seu dois-quartos-com-dependência se destaca desta quadra da Bela Vista, da rua quieta e arborizada, flutua por cima da praça e dos prédios bem desenhados na vizinhança de alta classe média e avança sobre cinzentas avenidas cercadas de edifícios sombrios até o centro, decolando sem rumo por cima das águas turvas do Guaíba afora. Helen_casada_32 vive no Quartier Latin ou no Soho, cursa pós em Stanford ou está em viagem de negócios ao Japão. Você sabia que aqui em Tóquio já são duas e meia da tarde? No princípio, bem no começo, poucas eram as noites que Marcelo passava fora. Clientes no interior, firmas grandes, valia a pena. Na maioria das vezes, compensava a ausência ao retornar duro de vontade da mulher. No decorrer dos últimos dois anos, entretanto, as viagens vinham aumentando em frequência e duração. Os reencontros do casal desceram a escala do calor para o morno até a frieza da indiferença, que ardia em cada feixe de músculos. Helena passara a dedicar suas madrugadas à internet. Mas agora era dia, acabara de tomar o seu chá com torradas matinal, por isso, não usava o pseudônimo de Helen. Era Belle.

– Separado, trinta e nove, teclo de Salvador. Fala pra mim como você é.

– Desejo casada para fim de semana no meu barco em Búzios. Topas?

– Bonjour, ma chérrie. Gostas de fazer amor pela manhã?

A voz frágil de Chat Baker machuca. There will be many other nights like this. Pestanas balançam que nem borboletas, apanhadas na lufada do vento norte. And I'll be standing here with someone new. Nem chegara a se dar conta de como a velocidade da digitação aumentara nestes últimos meses, desde que havia começado a teclar com vários parceiros ao mesmo tempo. Indicadores catam milho, alucinados. Another fall, another spring. Indiferente ao bafo de feijão da panela do vizinho, a imaginação emite vozes individuais para cada interlocutor. Pontos, vírgulas, reticências marcam os batimentos cardíacos e sugerem ritmos, pulsações; letras trocadas traem excitação. Erros de digitação convertidos em eros de digitação. Realidade distorcida, presa fetichista impassível. But there will never be another you.

– Não me engana assim, garota. Sou louco por olhos verdes. És mesmo ruivinha? Descreve teus seios pra mim.

– Discrição absoluta. Não sou nenhum Adônis, confesso, mas tenho meus encantos.

– Paris no outono. As folhas secas colorindo o Bois de Boulogne. Você nua nos meus braços, pérolas, o que mais? Une botteille de Château Margaux setenta e nove.

– Tomou banhinho hoje, neném?

– Mando te buscar no meu jatinho. Do aeroporto você vem de helicóptero. A praia é linda, vais adorar.

– Lavou bem a xoxotinha?

– Deliciosa. Sente como estou duro e quente.

– Gosto dela bem cheirosa. Pôs talquinho?

– Te recebo no chalé com margueritas e ostras.

– Vamos nos amar a noite inteira, até amanhecer.

– Vou te chupar todinha, meu tesão.

– A noite inteira.

– Você vai gozar.

– Até amanhecer.

– Eu vou gozar.

– A noite inteira.

Sobressalto. Barulho da chave na porta da frente. Doze e trinta e dois. Belle zarpa do chat sem se despedir. Desconecta, limpando a memória do navegador ao fechá-lo, e, de imediato, executa o jogo de paciência. Dá as cartas no instante em que Marcelo entra e se aproxima. Curva-se e beija a esposa no topo da cabeça.

– Vai ficar vesga na frente desse computador.

– Um defeito a mais não faz diferença.

– Os olhos são teus.

Afrouxa a gravata, abre os punhos da camisa e segue para o quarto sem se deter.

– Por isso só dava ocupado. Já pedi pra deixar o celular ligado quando conectar.

– Está sem bateria. Ligou pra quê?

– Nada, bobagem. Estão me esperando no carro. Rafael vai me dar carona até o Fórum. Preciso apanhar o processo para levar a São Paulo.

Reaparece dando o nó na gravata sobre uma camisa limpa cinza-claro. Helena joga cartas com o mouse, sem olhar para o marido. Nove preto no dez vermelho.

– Vais usar o computador?

– Não. Não quero te atrapalhar. Almoça em casa?

– Sozinha de novo? Não sei. A que horas é teu voo? Valete preto na dama vermelha.

Comer salada com pauzinhos chineses pode ser engraçado. Futucar, distraída, o molho com a ponta do hashi, como faz Helena agora, engasga a sensibilidade dos demais fregueses na praça de alimentação. Pensamento distante, se enxerga menina, revirando minhocas no chão lamacento do pátio da estância. Caso olhasse em volta, veria miradas de reprovação e meneios negativos dos frequentadores do shopping. Se o olhar fosse décadas atrás, em Palmas, iria enxergar só a cumplicidade feliz do filho do capataz com a cozinheira, descalços na travessura, sorriso de dentes de leite com a porteira aberta na arcada superior. Dentição infantil que já caíra há tempos, o guri crescera e sumira no mundo, vizinhos falavam até que tinha sido preso lá pras bandas do Alegrete, mas não diziam por qual motivo, e ninguém parecia saber se era verdade. Que se danem. Digam o que disserem, um passeio no shopping é melhor do que anos de terapia. Lembra a mirada do analista ao escutar essa frase durante a sessão. Merda era não ter dinheiro. Gostava de ver lojas, pessoas, coisas bonitas, dissera, constrangida com a própria sinceridade. O doutor mantivera o silêncio, e ela tinha decidido procurar outro médico na semana seguinte. Belíssima resolução, aliás, pois a próxima terapeuta iria se revelar vinho de outra pipa. Beberica sua taça de Martini Bianco sem engolir nada sólido, o combinado de sashimis e sushis intocado no prato de porcelana em formato de barco junto da salada verde com molho rosé. Dessa vez, quando a imagem tridimensional do pai se irradiara, minúscula, na louça, não se surpreendera ao vê-lo passear entre a comida e os palitinhos. Seu pai enterra o pé direito até a canela na miscelânea de ketchup e maionese, perna esquerda dobrada no joelho, sola lisa do mocassim recostada no talo de alface. Acena. Veste o abrigo celeste e verde com que a filha o tinha visto pela penúltima vez, na rodoviária de Palmas. Na vez seguinte, vestia terno preto com gravata escura, sapatos novos, e já não sorria mais. Nunca mais. Termina seu drink e fita o vazio. Iria enlouquecer nesse fim de mundo, gritara com pai e mãe em plena mesa de jantar, na noite em que a família tinha voltado da temporada na estância, intermináveis semanas de ventania, frio e chuva, desespero, fúria e frustração. Ele permanecera impávido como estava agora, braços cruzados e cara fechada. Helena chorou aquela noite inteira, jogada de bruços na manta térmica quadriculada, encharcando a fronha e entupindo o nariz. Respirar é difícil na atmosfera insípida. Braços nus apoiados no mármore, nuca, ombros e coxas expostos ao ar refrigerado em temperatura polar, ao gelo que perpassa agulhas pontiagudas pela cambraia creme do vestido de alcinhas, penetra os poros e ralenta o cérebro, tinge de violeta os lábios, empedra-lhe o estômago e cria cólicas horrorosas. Abaixo de zero neste iceberg artificial à deriva, ainda sente o sol da alvorada que lhe queimava o plexo no momento exato em que o ônibus fazia a curva, deixando para trás a rodoviária interiorana, atmosfera abafada pelo exagero da calefação, suas janelas hermeticamente lacradas encharcadas pela chuva, pingos xucros pelas frestas. Uma única lágrima sulca-lhe o pó da bochecha esquerda. Labaredas crepitam nas folhas verdes de alface. O velho sorri, atolado no molho. Maroto depois de defunto. Ela remexe no prato e exorciza os fantasmas. Saudade? Pensa em ligar para a mãe, mas sabe que não vai. Não hoje à tarde. A linha vai estar ocupada.

Chamas faíscam falanges, febre rasteja nas teclas. Quente quente quente. Desejo faz vibrar a fiação. Fibras digitais, conexão corpórea. Quente quente quente. Filete queima espinha abaixo. Arrepios na virilha. Olhos miúdos. Caracteres bruxuleiam luxúria. Quente. O modem exala patchouli em suaves nuvens invisíveis. Quente. Atrás do pescoço. Quente. Axilas. Quente e úmido. Suor, sabonete de ervas e creme de amêndoas. Quente, úmido e cheiroso. Entre as coxas. Gemido curto. Gemido longo.

– Quem é você que passeia tão bela por minha sala, sem me pedir licença?

Bestia.

O nick pisca em marrom-escuro ao lado da frase recém-escrita na tela. Apelido que traz à frase um timbre gutural, cavernoso. Bestia, ogro peludo de cócoras nos fundos da toca, ronca fonemas afônicos, rugidos rebatidos nas paredes de pedra e argila.

Séculos depois, pingentes de prata e cristal translúcido tremeluzem na delicadeza de orelhas femininas à passagem dessa ondulação em baixa frequência, vagalhões rompendo nos tímpanos o som pesado do Pacífico quando quebra nas enseadas pedregosas de Viña del Mar.

– Boa tarde, bem-educado.

Licença para quê, se era rainha de seus domínios?

– Larga de ser besta, homem.

Quem dera. Impossível largar o próprio destino.

– Quando a fera domina, o raciocínio se encolhe feito criança mijada, trancada num quarto escuro infestado de enormes aranhas peludas.

– Teu hálito é podre como tuas intenções. Além do mais, sou casada. E já estou teclando com alguém.

– Alguém que espere. Desejo você.

– Deseja a mim? Nem me conhece.

– O desejo precede seu objeto.

– Objeto. Vamos cada vez melhor.

– Você é bela, Belle?

– Você é besta, Bestia?

– Bestia é o meu personagem favorito.

A Fera da história, ela conhecia? La Belle e La Bête, en français. Se llamaba Bestia em castelhano, chamava-se Fera em português. A Bela e a Fera. A flor e o beijo. Juntos, formavam o par mitológico. Destino. Le gustaba el tango?

Acaso demais.

Nem sabia por que tinha retornado ao chat como Belle esta tarde. Olha para as unhas vermelho-vivo. Na hora de colocar o nome, nenhum outro viera à cabeça. Lembra o movimento de vai e vem do pincel na manicure, absorta no esmalte a colorir as lâminas transparentes nas pontas dos dedos. Sentia-se mais fêmea assim.

– Se eu costumo me olhar nua no espelho quando saio do banho? Que espécie de pergunta é essa? Me diz uma boa razão para eu contar isso a você.

Give me a reason to love you. Esquece a razão. Te entrega, Corisco. Levanta a saia pra mim. Me deixa olhar para você. Abaixa a calcinha com a outra mão, bem devagar. Assim. Afasta as coxas um pouquinho. Mais.

Coincidência? Bobagem.

Bestia era malandro, vira antes o nome de Belle na lista da sala e, para puxar assunto, se logara travestido nessa fera arrogante. Só podia ser isso. Coincidências não existem. Esquece, nos minutos em que tecla com ele, não apenas de todos os homens virtuais com quem conversara antes, mas também da existência de Marcelo. Mostra-se nua e disponível. Espelhos refletem espelhos que refletem espelhos. Humor aquoso salgado se desprende pelos poros dilatados na pele enrubescida. Suor no queixo, pescoço, entre os seios. Coincidências existem. Abre os braços e arqueia o tronco, expondo o abdômen às pás do ventilador de teto, quixotesco moinho de vento, girassol gigante plantado na secura de La Mancha.

Carros passam na avenida lá embaixo. Do terraço, ergue-se a vista ao entardecer sobre o Guaíba. A água grande reverbera partículas coloridas na massa líquida cinzenta diante do cais. A oeste se estende a silhueta arborizada das ilhas, por sobre a qual deslizam vapores tênues impregnados de sal. Espírito portenho arrastado pelo minuano. Desde antes do tempo em que os portugais chegavam à colônia do sacramento e las misiones pertenciam aos espanhóis. Bem antes dos padres, de Sepé Tiaraju, das cargas de lanceiros, da pólvora e tudo mais. Pampa verde puro, sem nenhuma linha imaginária a demarcar limites pela força da espada e da cruz. Antes dos clarins conspurcarem o continente, das adagas e dos canhões fazerem jorrar o sangue conterrâneo, seiva maldita nos campos inocentes, a maresia flutuava da bacia imensa em direção ao norte, e, nos dias em que ventava mais forte, como hoje, era possível sentir aromas bonaerenses e montevideanos. Sob o céu límpido, em tons de marinho, cobalto e púrpura, a rosada Casa Mario Quintana sofre incidência laranja dos raios incandescentes. No violeta do ocaso, Vésper brilha e concede um desejo. Recostado na mureta no lado oposto do pátio, o estranho observa com olhos negros de mormaço. Vamos chamá-lo de Roberto. Pois tem pinta de Roberto, cabelo preto, terno preto, gravata azul de seda italiana, trinta e poucos anos, pisca para nós. Língua seca, saliva ácida, somos Belle, e é Belle quem coloca no rosto os Pierre Cardin escuros, abandonando em seguida o terraço. Roberto segue-lhe os passos. Rua da Praia. Transeuntes apressados, ambulantes, bilhetes de loteria; cavaletes do departamento de água rodeiam no calçamento o enorme buraco pelo qual vaza farta quantidade de esgoto. Belle desvia da confusão e entra num prédio de escritórios. No saguão de granito gris, aguarda o elevador. Movimento nos corredores. Roberto se aproxima, olhos opalinos. Plim, seta pra cima. Entram, lado a lado com o corretor de terno bege e a senhora baixinha de saia espalhafatosa, unhas azuis e rabo de cavalo colorido que também aguardavam no hall. De última hora, pula para dentro das portas fechando um motoboy de capacete verde e viseira fechada, carregando dois gigantescos buquês de rosas vermelhas. O perfume das flores mais o cheiro de couro da jaqueta sem lavar há três ou quatro anos vaporizam o cubículo no qual se apertam para subir. Elevador dos antigos, comum nas galerias do centro da cidade, grades vazadas tanto na cápsula quanto na torre em meio à qual sobe. Belle se posiciona ao fundo, de onde enxerga Roberto por entre as aveludadas corolas rubras. Recostado na lateral, ele lhe retribui o olhar direto entre as pestanas. Rímel. Sempre. Os demais passageiros desembarcam nos diferentes andares. As flores por último. Sozinho com Belle, Roberto aperta o botão de emergência, fazendo o elevador parar entre dois pisos. Sem palavras, a beija na boca. Ela o beija de volta. Trocam carícias. Mãos hábeis escalam as coxas por baixo da saia até sua virilha e descem despindo-lhe a calcinha. Hálito forte de conhaque e havanas. Hormônios borbulham no cio. O homem fala com ela, afinal, e a voz tem a frequência imaginada para Bestia, desta feita no ronronar soturno de bicho ferido.

– Dejame probar si la tenés tan dulce como tu boca.

– Sim. Faz o que tu quiser comigo.

Ele reclina o corpo de Helena, afasta-lhe os joelhos, ergue a saia dela e se afunda entre as coxas cálidas.

Chave na porta. Desliza os dedos de entre as pernas, limpa a mão melada nas coxas, abotoa a calça e fecha o zíper, suspirando fundo. Mancha púrpura turva a visão, coração latejando febre nos recônditos erógenos. Resquícios de patchouli a roçar-lhe os brônquios. Pigarro. Golezinho de água. Base redonda do copo marcada faz tempo no tampo da escrivaninha, círculo queimado por sucessivas doses de gelo, às vezes com água, outras vezes vodka. Fecha a página de bate-papo e apaga o histórico do navegador. Vamos, vamos, vamos. Ponta da língua se agita à pálida claridade do monitor, de noite agora. Engole sem saliva os ruídos do marido, a batida da porta, chaveiro na mesinha do hall, tacos dos sapatos de verniz sobre o piso lustroso. Vamos, vamos, vamos. A demora do computador em executar os comandos a exaspera. Lenta agonia. O jogo de paciência é aberto no instante em que Marcelo entra no escritório e solta a pasta de couro ao pé da porta. Baralho virtual disposto, Helena vira as cartas sem olhar para trás. Cinco preto no seis vermelho. Amarrotado, olheiras, barba por fazer. Pendura o casaco no cabideiro de mogno ao lado da janela. Peça antiga. Herdada do avô João Marcelo pelo pai e, anos depois do pai, por ele próprio, Marcelo Júnior. Não. Brincadeira. O filho dele sim, se chamaria Marcelo Júnior. O nome de seu pai era Heitor. Carlos Heitor.

– Tá maluca? Sentada no escuro.

Pelo visto, a viagem havia sido boa, contesta sem se voltar, cabelo preso para o lado deixando à vista a pele da nuca, os ombros claros. Marcelo afrouxa a gravata. Enrola as mangas, três ou quatro voltas em cada braço.

– Estou morto. Preciso de um banho.

As mãos de Helena descansam no teclado. Pensara trezentas vezes nesses últimos meses, chegando sempre à mesma conclusão: não havia traição naquele seu gozo. Mas o espírito nunca teria o mesmo sossego da razão. Pressente, num calafrio, que o marido vai deixar o escritório sem dizer mais nada. Vem cá, ela pede, e a brisa da sua voz provoca estalidos de cristal nos recantos entorpecidos da casa. Ele estaca. Depois, se aproxima em vagarosa espiral. Acaricia os cabelos da mulher, que disfarça serenidade no rosto. O olhar dela é firme. Marcelo se agacha e a beija nos lábios. Desarruma os cabelos do marido, arranhando-lhe o crânio, gata em teto de zinco quente, agarra-lhe as orelhas numa carícia e lhe enfia a língua no céu da boca.

– Por favor, Helena. Estou morto.

– Mas eu não estou, Marcelo. Eu não estou morta.

É inútil, ela sabe. Estava cansado, meu amor. Às seis da matina tinha que estar no aeroporto. Boa noite, ia dormir.

Gôndolas. Não, não aquelas românticas barcas venezianas, traçando curvas oleosas na superfície sensual dos canais putrefatos, esgoto concentrado entre palácios decrépitos que afundam na sua própria merda ancestral. Apenas prosaicas prateleiras de supermercado. Molho de tomate, alface, chocolate e papel higiênico. Carne vermelha em mostruários fluorescentes, cadáveres expostos a vários preços em código de barras. Comércio da morte a granel, com valores cotizados nas bolsas de commodities. Lembra da tarde na qual você chorou feito boba bem no meio da estante dos matinais, cotovelos no metal do carrinho, as cores das embalagens desfocadas amargando as vistas, muzak irritante zoando nos ouvidos? Marcelo recém se arrancara, bufava e batia os pés. Talvez ainda se encontrasse lá fora, talvez não. Talvez ainda fizesse diferença, talvez não. Ah, hoje não, por favor. Tivesse paciência. Hoje, nada de pensar no gado abatido a marretadas na cabeça, frangos degolados sem trégua em intermináveis séries macabras perpetradas pelas mãos treinadas de funcionários pagos para matar e esquartejar por um salário mensal mais vale-transporte e ticket alimentação, sangue nosso de cada dia respingando no fio da lâmina em ângulo exato da oferenda. Na hora de comer, melhor esquecer também da turma de boias-frias amontoados no posto de gasolina sob a mira do capataz, da winchester carregada debaixo do banco do motorista, do jipe com o motor ligado em marcha lenta na beira da faixa, do capanga ao lado do carro escarrando no chão e esfregando o nariz, respiração pesada de nicotina e cachaça, enquanto, acima do seu ombro esquerdo, a alvorada se levanta feito ontem e amanhã. Os safristas, como preferem lhes chamar os donos do dinheiro, na hipocrisia do seu jogo de espelhos linguístico, clareiam os dias na espera do homem gordo de chapéu e botas, do chicote do homem gordo apontar você, você e você, e mais você.

– O resto pode ir embora.

E parte o caminhão apinhado para as colheitas do milho, da aveia, daqueles cereais ali nas caixas sem vida, sem história e sem luta de classes, a paz dos cemitérios cimentada em tábuas fixas sobre as quais se depositam produtos cotados em moeda local. Defuntos de frango em pedaços; bois, porcos e peixes nas bandejinhas de isopor, embalados em filme transparente. Somos esses flocos de milho cobertos de açúcar, escuta, junto ao piano sintetizado, a frase do pai. Comerem sucrilhos juntos, os dois, antes de ela sair para a escola de manhã, era delicioso, caso o velho estivesse num dia de paz com a mãe, o que quase sempre o deixava de bom humor. Sacode o corpo, espantando o peso do espectro da cacunda, e empurra para a frente o carrinho vazio de compras, fêmea ocidental no seu habitat natural, escarpim sintético, pantalona bege, bolsa de vinil e cartão Platinum VIP. Leite desnatado, pão integral, ricota light e iogurte; absorventes, sabonetes, nada disso. Pensava em Bestia. Na imaginação, o parceiro virtual havia se tornado o mais perfeito dos homens, para a vida e para o sexo, para fazer filhos e criá-los, saudáveis, nas pradarias do castelo encantado. A voz do príncipe talhava campo fértil, arado de aço a roçar o vento atrás dos morros sombreados de chuva. Seduzida e desarmada, se entregara a ele além do pejo. Contara segredos e confessara fetiches escabrosos que nunca tinha dito a ninguém, nuvens de borboletas não digeridas em fezes a enriquecer-lhe o ventre, panapaná das entranhas, dessa feita expelido sem dó em fedorentos jatos translúcidos que a deixavam leve, pecaminosa.

Impessoalidade virtual, viver o gozo meramente no intelecto restava, porém, frustrante. No momento, a carne reclamava seu quinhão. Encarar o abismo bem da beirada, esticar a ponta do pé devagarinho para tentar o precipício, pesar tão pouco a ponto de alçar voo nas termas, aroma de pinho e neblina, corredeira de pedras afiadas, o sopro das fadas no tronco do carvalho centenário. A cama de folhas secas faz o leito mais macio do reino. A bela então se deita, na espreita da fera vinda das sombras dos galhos repletos de musgo. O suor nas axilas desconforta. Sinto que estou para ficar menstruada.

Gasolina aditivada jorra da bomba no tanque. Sol estala em cheio na lataria do Corsa vermelho duas portas. Confere o cabelo no retrovisor. Corajosa. Bem mais curto e um bocado mais claro. Alguém, quando voltasse, ia ter um chilique. Azar o dele. A semana inteira no Espírito Santo. Vitória. Foda-se. O que interessa é que ela tinha gostado, embora ainda se sentisse estranha no espelho. Trava da bomba, o bombeiro confere o mostrador, paninho no bocal para não pingar ao recolher a mangueira. Rosqueia para trancar a tampa no tanque e vem à janela da motorista lhe entregar a chave. Agradece as cinco notas de dez, embolsa o dinheiro e vai atender o próximo. Helena dá a partida e acelera. Entra, sem olhar, no asfalto da João Pessoa. Por sorte não vem ninguém.

Babilônia provincial formiga sob os jacarandás dominicais à beira da Redenção. Odores de pipoca salgada e algodão-doce chamuscam o parque. Tempo seco, dias de sol; chimarrão, bicicleta e jogo de bola. Misturados à batida capoeira do berimbau, o banjo e as guitarras do bluegrass defronte à parada de ônibus tonteiam passantes com suas crianças e cachorros no asfalto vago da avenida fechada aos carros. Os corredores coloridos das bancas do brique atraem olhares e toques curiosos, lonas laranja em armações removíveis sustentando peças artesanais, livros, discos e antiguidades ao longo de todo o canteiro central do curto bulevar, meia dúzia de quadras movimentadas aos finais de semana por várias tribos entre a Oswaldo e a João Pessoa. Nos sábados, a feirinha de produtos orgânicos, e, aos domingos, o brique municipal atrai ao parque todo tipo de pessoa, cada qual com seu cada qual, como lhe dizia sua mãe, baixinho, nas conversas durante as mãos de carteado no casarão sem eletricidade da estância quando era guria. Nas noites longas de maio a setembro, à chama do pavio cúmplice do lampião a querosene, os naipes contavam histórias e lendas dos continentes distantes, pequenina labareda fazendo dançar copas, paus, ouros e espadas nas visões e presságios do universo ao redor. Na matemática das cartas, o tempo vai e vem, oscilações entre quadrantes à beira de um ou outro oceano. Anos-luz entre as estrelas. No campo aberto da estância, a mãe se fazia mais solta e menos formal, quem sabe até acessível num arremedo de sinceridade, para, no átimo seguinte, tornar a se fechar em copas. Canastra limpa ou canastra suja? É o coringa quem vai decidir. Minutos depois chegaria o pai com o liquinho e acenderia a luz no meio da mesa, a claridade do gás se impondo de cima do balcão, ao lado da comprida mesa de jantar sobre a qual baixavam os jogos. Segredos só se mostram no escuro. Sempre recordava momentos na velha casa da fazenda dos avós quando observava peças de antiguidade, principalmente lampiões e cristais antigos, como este do vaso que lhe devolve a imagem de enormes lentes escuras na armação vermelha e redonda dos óculos de sol, cara lavada, vestido leve de alças, xale de lã bem fina, tantinho de frio nos braços e nas canelas. Coisa boa dessa terra, lagartear ao sol do outono. Pena ter se esquecido de preparar o mate. Sonsa. Mais do que o normal por esses dias. Perdera o chaveiro do carro três vezes, na segunda, o garçom andou cinco quadras no encalço dela para devolver, e, na quinta-feira, teve que ficar meia hora procurando na bolsa as chaves do apartamento ao retornar para casa de noite depois da happy hour, deixando-se exposta em frente ao prédio. O taxista esperou uns minutinhos enquanto ela começava a procurar, mas recebeu o chamado para uma nova corrida e se despediu com um te cuida, menina. Não era bom ficar sozinha nessa rua pouco iluminada. Tá bem, meia hora era jeito de falar, mas não andava regulando bem de fato. Afinal, seu porta-chaves dos New York Yankees estava no bolso do casaco o tempo todo. Pode ser que as gurias não devessem mesmo ter pedido a terceira garrafa de Malbec, mas o papo estava divertido e a algazarra se convertera no antídoto ao vácuo doméstico. Demora vinte segundos contados no relógio para perceber que é seu o reflexo que enxerga distorcido na superfície cristalina do vaso vazio, o qual se ergue, sensual, do basalto úmido da calçada para o céu anil sombreado pelos galhos das árvores cerradas de folhas e interrompe o fluxo do ar em graciosos arabescos. Fascinantes detalhes separam a luz solar em prismas brilhantes. Beleza de fugaz eternidade. Esfrega os olhos. Passara a madrugada inteira na internet. Como Helen, tinha apenas observado. Nada de Bestias. Olhos atentos, dedos inertes. Lá pelas quatro da manhã, fizera nova tentativa, entrando na sala com o apelido de Belle. Segundos depois, Bestia rosnara, excitado, para ela. Fizeram amor, e dessa vez fora até o fim, masturbando-se ao êxtase, entre frases fumegantes e molhadas, com ele e para ele. Gemera alto, sentindo-se penetrar de verdade no devaneio virtual. Escrevera coisas que jamais ousara dizer, nem ao marido nem a nenhum dos garotos com os quais trocava carícias de namorada antes de noivar com Marcelo no terceiro ano da faculdade, anel de ouro e brilhante na mão direita, cerimônia em família, terno e gravata, pedido de joelhos e a noitada especial no motel de sempre, aquela noite na suíte nupcial, com direito a certas coisas que ela normalmente não fazia nem deixava. Pois encoberta no disfarce de Belle, tinha feito e deixado igual; virtualmente, podia não doer nem ter gosto, porém o efeito era similar. Sentia seu corpo entregue sem reservas, como se tivesse mesmo sido tocada, abraçada e possuída pelo calorão do corpo de outro homem horas sem fim noite adentro. Amigo invisível de gente grande é neurose? Espanta a lógica com pipocas recobertas de leite condensado. Se eu fosse você, levava este vaso. Tão lindo. A vida são essas coisas bonitas que a gente encontra de vez em quando ao acaso. Se eu fosse você, voltava agora mesmo para casa. Bestia pode estar à sua procura.

O tempo voa aos pés de Mercúrio, no rastro digital do cometa em órbita desmedida. Poeira cósmica enlameia os tacos curtidos das botas de couro. Pó e sangue. As linhas limítrofes entre estímulo e sensação se fundem por osmose, e não sabemos mais o que é causa e o que é consequência. A informação picotada em pacotes de zeros e uns percorre aos pedaços trajetos díspares até se reunir novamente no destino, aqui e ali metamorfoseada em grotescas moscas de cabeça branca e seu reverso humano, com a parte superior de inseto e visão multifacetada, enxergando milhares de telas sincronizadas ao acaso à trilha sonora editada pelo caos. Presa entre a realidade virtual e o universo atômico às suas costas, Helena pensa com as pontas dos dedos ao digitar. Nem sabe que, lá fora, os paralelepípedos oblíquos estão encharcados de chuva fina e o vento oeste espirala ladeiras abaixo, diretamente da cordilheira. Plaft. Súbita rajada ascendente lança a veneziana contra o caixilho num laçaço de sopetão. O ruído desfaz a hipnose e ela consegue desviar o olhar da sequência de frases na tela diante de si. Esfrega os olhos, e é como se vidro moído estivesse lixando suas escleras tomadas de filetes rubros e espetasse pontos das córneas. Livre da gravidade quântica do computador conectado à internet, consegue, com algum esforço, levantar-se para trancar a janela. Babá com bebê no colo na praça da caixa d'água, aproveitando a estiada breve. Torna a olhar para dentro num giro de cento e oitenta graus e apoia as costas contra o parapeito. Margaridas amarelas agonizam em ramalhete no vaso de cristal trazido do brique, com água suficiente para manter as pétalas sobrevivas por poucas horas. Fluxo da seiva tesourado sem dó no talo frágil de coisa pura. Exangues, apodrecem, moribundas, expostas pelo efeito estético em longa agonia ornamental. Violetas curiosas em potinhos recheados com terra preta cercam a novidade efêmera. Respiram, ávidas, a terrinha pouca dos seus próprios invólucros plásticos, meros canários cativos decorativos. Pássaros décor-cativos. Fauna e flora eram bichos estranhos. Assim como as pedras e o ar, em seus ritmos peculiares. Chegara em casa assoviando *Light my Fire* e requebrando que nem Jim Morrison. Após enxaguar o sorriso na frente do espelho, vertera água da torneira no vaso antigo que acabara de comprar, enchendo o recipiente até a metade. O jato nas paredes cristalinas emitiu sons de chafariz que trouxeram flashbacks da cachoeira com a qual se acostumara a sonhar nos últimos meses, mas os flashes haviam tido menor duração e baixa intensidade dessa vez. Embalagem de papelão no saco de lixo, plástico de bolhas estouradas a dedo uma a uma durante dezessete minutos e trinta e dois segundos, sentada no sofá com as luzes da sala apagadas. Depois se rendera e navegara pelas manchetes dos portais de variedades, lera o horóscopo e numerologia, as fofocas excêntricas sobre os astros de cinema em fotos provocantes. Escândalos alheios para driblar o tédio. Solita de novo. Hoje, o futebol. Do estádio, Marcelo ia sair com os amigos para celebrar a vitória ou para enterrar a derrota em pilhas de chope, cigarro, batata frita e misoginia. Que enfartasse, o infeliz. Partira há meia hora, assim que terminou de almoçar, camiseta do time sem lavar há cinco rodadas, boné encardido e radinho de pilha. É hoje, gritava, alterado, ao telefone, é hoje, meu camarada. Vamos acabar com eles. Na casa deles. Três a zero e banho de bola. Pois muito bem então, se era hoje, era hoje. Fecha a janela de vez sobre a cidade quieta. Fuligem de braseiro silenciado.

Na torneira da cozinha, enche a caneca de alumínio, a chacoalha com vigor e joga a água fora. Sacode derradeiros respingos nas lajes do porcelanato. Abre a geladeira. Mineral com gás. Serve na caneca limpa, bebe de uma vez só e torna a verter três dedos gelados. Repousa a caneca no tampo da mesinha do escritório, encaixada sobre a cicatriz circular queimada na madeira nobre pela repetição do mau hábito de nunca usar porta-copos. Senta-se de novo em frente ao computador, afinal decidida a acionar de uma vez aquela novidade que a espreitava desde cedo, empoleirada sobre o monitor. Pupila alienígena intrometida, a webcam novinha em folha aguarda em prontidão para ser ativada. Fones de ouvido e microfone plugados, software instalado, cadastro positivo operante. Próximo passo? Duplo clique no ícone do programa e fazer o log in. Abrir a janela de videochamada. Seguindo as detalhadas instruções recebidas previamente por e-mail, insere os dados de usuário da Bestia e solicita conexão. Ao fazer isso, escuta os toques de chamada, iguais aos sinais dos antigos aparelhos telefônicos analógicos, de discar os números para completar as ligações, como o que tinham em casa quando era pequena, som circular que a leva a se recordar da coleção de discos de vinil do seu pai, colarinho aberto e olhos fechados na poltrona ao demorado cair da tarde repleto de cigarras e varejeiras dos finais de semana calorentos perto do Natal, o velho prato Garrard rodando jazz, ópera, big bands e Sinatra.

– Minha mãe preferia Elvis, Roberto Carlos e Stravinsky.

Flutuava, leve pluma, toda vez que a mãe se punha a dedilhar no piano da avó sonatas de Beethoven. Nem ligava para a precariedade do instrumento doméstico, rodopiante e faceira aos acordes do scherzo. No ralentar das teclas, admirava na lembrança o rosto corado da mãe, porém, agora, sempre que tentava recordar-lhe a face, esta se parecia mais e mais com a sua própria, lívida no espelho das manhãs insones. Talvez algum dia, quando já estiver bem velhinha e a memória descascar feito o tronco dos cinamomos e a tinta das paredes das casas se deixar ver por debaixo das lascas abandonadas de pintura, quem sabe nesse dia será capaz de visualizar de novo o rosto da mãe como o enxergara à luz filtrada pelas cortinas, impregnando de perfume o ar vespertino. Porém, após o scherzo vem a marcha fúnebre. A sombra da tristeza aprofunda as incertezas da alma às últimas consequências. Morte que avança num filme sueco em preto e branco, com o rosto nas sombras e a foice reluzente contra o céu cinza-chumbo em contraste para efeito dramático. O chamado toca e toca sem resposta. Mas quanta demora para esta besta me atender. Dinheiro gasto à toa com esta câmera, o fulano nem vai responder. Parceiro virtual, pois sim, bela porcaria. Amigas contavam causos e mais causos cabeludos, todos protagonizados pelas amigas dessas amigas ou por amigos e conhecidos das amigas das amigas. Vergonha e curiosidade. Tinha experimentado o sexo virtual através da escrita, pensamento feito carne no inconsciente da imaginação. Assim, com imagem e som, sei lá, lhe dava medo. De repente, o sinal eletrônico avisa que a sua chamada foi atendida, e a imagem se divide em duas janelas: a pequena mostra a face de Helena ao computador, ali mesmo, no escritório, e a maior se abre com a tela toda escura. Segundos depois, no breu, começam a se distinguir débeis tons orgânicos, os quais se agrupam em um vulto pixelizado em baixa resolução. Sueños y pesadillas viven en una misma calle. A frase emerge nos fones, distorcida e metalizada, vibrante de reverberação. Són vecinos a mirar por la ventana uno a la casa del otro. Estremece ao timbre robotizado antes de perceber que era a Bestia quem falava através do computador. Sonhos e pesadelos eram vizinhos de rua. Grande novidade, contasse outra. E eles dois, iriam perder tempo brincando com chavões e frases feitas, depois de tudo? Acendesse a luz.

– Quero te ver. Estás me vendo, não?

Bestia concorda, pero:

– Despacito.

Era tímido? Era só o que faltava, achar um parceiro virtual mais tímido do que ela. Ok, ok, despacito que fosse. Si aus plau, poc a poc. Longos fachos diagonais em matizes de amarelo, vermelho e lilás jorram pelo vitral translúcido da pantalha no momento em que Bestia acende o abajur de bronze ao lado do computador, riscando listras laterais no moletom cinza extragrande. Bestia veste o capuz à moda rapper, espichado de maneira que a luz não lhe alcance o rosto. Braços cruzados ao peito, as mãos escondidas dentro das mangas, iluminado, o blusão parece conter uma figura bem menor do que o vulto sugeria. Tecido frouxo demais para poder sustentar a pose por muito tempo. Helena insiste.

– Me deixa ver teu rosto. Não sei nada sobre você.

– Que queres saber?

– Por que você diz essas coisas em espanhol?

– Castellano. La lengua de mi papá.

– Teu pai é uruguaio?

– Si.

– E tua mãe?

– Minha mãe não me embalará endoidecida entre seus joelhos, pensando aquentar com sua febre de louca o filho que dorme.

– Adorei o sotaque. Mas fala que nem gente.

– São versos de um patrício teu. *Macário*. Aprendi com amigas paulistanas bonitinhas, na terra da garoa e da cerveja boa. Você devia conhecer.

– Conhecer quem, esse tal batráquio ou as tuas amigas paulistas?

– Quiçá los dos.

– Poesia não vai te salvar. Nem a mim.

– Salvação não é o que eu busco na poesia.

– Você mora no Brasil?

– Não. Vivo no Uruguai. Mas já morei no Rio. Copacabana, Leblon, Barra da Tijuca. Saudades.

– Muito romântico e saudoso para um zumbi sem rosto com voz de robô da Sessão da Tarde. Parabéns. Pois eu estava assistindo a um sequestro ao vivo pela televisão. Dupla de assaltantes, trinta e oito carregados, bombas caseiras e cinco reféns.

– E como terminou?

– Não terminou. Não sei. Desliguei a tevê.

Helena baixa o rosto e decide não mostrar a cara enquanto ele não se revelar. Não podia ser verdade aquela conversa da Bestia ser um rapazinho medroso ao vivo, não depois de toda aquela empáfia e presunção com que tinha se apresentado desde o início da relação, da autoconfiança assertiva que a tinha seduzido e feito com que se deixasse levar nos braços fortes do macho alfa. Precisava tirar essa história a limpo, e era agora ou nunca. Ou dá ou desce.

– Vou desligar.

– Que queres que te diga?

– Qualquer coisa. Se quiser, pode mentir. A gente conhece melhor as pessoas pelas mentiras que contam do que pelas verdades que dizem.

– Te conto um segredo.

– Fala.

– Eu coloquei em prática.

– Colocou em prática o quê?

– Aquela fantasia que você descreveu outro dia. Eu fiz na realidade. Prédio de escritórios, Ciudad Vieja, sexo com um desconhecido. No elevador, em plena tarde.

– Você transou de verdade com um desconhecido?

– Isso mesmo. Pele com pele.

– Desconhecido homem? Você é gay?

– Sem conclusões precipitadas.

– Não acredito.

– É melhor acreditar. Tenho outra confissão.

– Tem mais?

– Promete não ficar zangada?

– Não prometo nada.

Impossível retardar. É preciso abandonar os limites do intangível e se tornar alguém. Carne e osso. Pulsação. Lentamente, a Bestia deixa suas mãos escorregarem para fora das mangas do moletom. Ponto sem retorno, cruzar a ponte pênsil do anonimato virtual ao contato visual. Estas mãos que se descobrem são finas, delicadas, de unhas bem tratadas, curtas, polidas e sem esmalte, pulsos frágeis de pele translúcida, veias estreitas e azuladas. Helena abre a boca, incapaz de articular o espanto ao ver Bestia erguendo essas mãos femininas e, com dedos elegantes, desvendar seu rosto. O capuz cinzento que lhe servia de máscara tomba para a nuca e, diante da lente, surge uma face clara de mulher jovem e bonita, o cabelo castanho com reflexos dourados pelos ombros e penetrantes punhais de gelo nos olhos azuis. A besta fêmea sorri, entre safada e ansiosa, no trejeito sacana dos lábios pintados de bordô. E agora, José, apita o grilo na cabeça. E agora, Maria?

Dois

Marcelo termina de mastigar o guisado com batata, completa o copo de cerveja morna sem colarinho e bebe de um trago. Cara amarrada, indigesta derrota no clássico. Dor de cabeça que se acentuara desde o intervalo do jogo, dois a zero para o adversário, sol na cabeça, arquibancada no setor leste sem protetor nem boné. A esta altura, sua dor é tão intensa que tenta rachar-lhe o crânio, como se um prego fosse martelado na moleira, sem pressa, porém, sem pausa, pancada após pancada, emitindo insuportáveis filetes de pânico às extremidades enrijecidas do corpo. Calcula que sua temperatura corporal deve estar ao redor dos trinta e sete e meio, vai tomar dois comprimidos de paracetamol antes de deitar, quente dos gritos gesticulados pela torcida. Gases de cevada incham sua pança entupida de álcool e sapos. Tinha evitado o feijão, para não explodir durante o sono. Teria uma bela segunda-feira pela manhã, para começar a semana. Que se danasse. Leva seu prato para lavar na pia da cozinha. O raspar da faca para jogar os restos de comida no lixo espeta choques no cérebro, lançando centelhas e chispas. Encolhe-se de dor, sentindo os músculos do pescoço e dos ombros feito pedra e madeira seca. De alto a baixo, seu corpo inteiro parece que vai se fender a cada gesto. Espuma na esponja do detergente com essência de limão. Mais aquela latinha e deu, antes de ir para a cama. Ele se volta para retornar à sala e estaca ao ver, na soleira da porta, sua esposa, envolta na camisola de rendas pretas que era a favorita dele, decotada e transparente, comprimento lá pela altura do meio das coxas. Sente-se capaz de uma ereção. Séria, ela inclina a cabeça de leve. A gente precisava conversar.

– Conversar sobre o quê?

– Sobre a gente.

– Que gente?

– Nada. Ninguém. Esquece.

Helena entrara na cozinha, apanhara a caneca no escorredor de louça e servira-se de mineral gelada. Marcelo tinha abandonado a cerveja no balcão e posto as mãos na cintura, na postura defensivo-agressiva que adotava nos momentos de confronto, tanto em casa quanto no trabalho.

– Pelo amor de Deus, não começa com esse papo de maluca outra vez. Fala direito. Qual é o problema?

Helena bebera seis pequeníssimos goles de água no intervalo antes de falar outra vez.

– Eu não te excito mais.

Marcelo deixara escapar a bufada e se arrependera na mesma hora. Manter o silêncio seria mais conveniente. Pressiona as têmporas com a parte interna dos punhos e o sangue lateja nas veias da sua testa. Permanece calado.

– Tu não sentes mais tesão por mim.

Ela insiste, fitando as unhas pintadas de esmalte branco dos próprios pés descalços no piso frio, furiosa e envergonhada. Sentia-se feia, gorda, flácida.

Confrontado, se restringe a pressionar a cabeça na palma das mãos, sem abrir a boca, tudo que você disser poderá ser – e sem dúvida será – usado contra você no juízo final. Ciente do próprio mau cheiro de futebol e birita, só o que lhe ocorre diante da esposa, de banho tomado, macia e perfumada, é tirar a camisa fedorenta do time e jogar por cima do cesto de roupa suja na lavanderia, no lado oposto da cozinha. Bêbado e sonolento, por pouco não atira o manto sagrado do clube pela janela da rua, para o pasmo da noite domingueira. Não, não se atreveria nem a chegar perto dela desse jeito, suor ácido do estádio colado ao corpo e o hálito amargo de trago, mas aproveita a hora para examinar o corpo da mulher sem pudores, mirada de raios X que faz Helena fechar o chambre e cruzar os braços diante dos seios. Descamisado, sem saber o que fazer com as mãos, abdômen distendido na respiração suspensa, par de meias de algodão sujas nos pés chulepentos, na crua aparência do homem que concentra toda a atenção no pênis, repetindo ao órgão a reclamação da esposa insatisfeita e pedindo ao pau a resposta. E então, meu camarada, temos ou não temos mais tesão nesta senhora?

– Só faltava essa, me chamar de brocha. Deixa de ser egoísta, mulher. Tanto problema no mundo e tua única preocupação é com o teu próprio umbigo?

– Não é com o umbigo que eu estou preocupada, meu querido. O furo é mais embaixo.

– Não seja grossa.

– E a ti, que te importa que eu seja grossa ou fina?

– Pra mim, chega de estresse. Tenho audiência cedo, não posso ficar de papo furado a essa hora. Te aconteceu alguma coisa, algum acidente, um problema sério?

– Não, Marcelo. Não aconteceu nada.

– Então, boa noite.

Aumenta o volume, e a batida eletrônica vibra no interior do Corsa sedã. Beth Gibbons se lamenta, so tired of playing with that bow and arrow. Toda vez que dirige à beira do Guaíba assim, do meio para o fim da tarde, Helena sente o dia derreter diante de seus olhos. Rasgos amarelos tremulam no cinza grafite das águas. Gonna give her heart away. Desde que havia tirado a sua carteira de motorista e ganhara o primeiro carro por ter passado no vestibular de Direito da PUC, gostava de dirigir até a Zona Sul, nas vezes em que acordava deprimida e a melancolia se abatia sobre o seu ânimo, ou quando tinha alguma decisão importante a tomar. Leave it to the other girls to play. Era brando ali ao volante, o conforto carinhoso da máquina, confidente mecânico que lhe acalmava as dores rolando, macio, no asfalto. For she had been a temptress too long. Na época em que ainda fumava, soltava baforadas longas e as observava se esvaírem pelo retrovisor do Fiat Uno. Olhar para trás não era opção, daqui pra frente. Marcelo e Helena tinham parado juntos de fumar quando decidiram engravidar. Perdera o hábito desde então. Marcelo tinha voltado ao cigarro três dias depois de ela perder a criança, no fim do terceiro mês, já depois da primeira ecografia. O tuc-tuc do coraçãozinho se debateria por toda a eternidade nas ramificações inflamadas dos nervos, mesmo quando Helena estivesse já apodrecendo a sete palmos sob a terra marrom da estância, onde ela sonhava ser enterrada desde criança, antes de saber que, por lei, não poderia ser disposta na cova fofa debaixo da figueira, a menos que ali se fizesse um cemitério público, quando então tinha resolvido que haveria de ser cremada e pronto. O cigarro, no entanto, ela esquecera por completo, menos nessas horas livres em que acelerava pensando na resolução que devia tomar. Após o sobressalto por descobrir a Bestia mulher, interrompera de imediato a conexão entre as duas, em estado de choque. E assim permaneceriam, incomunicáveis, por longos dias. Helena, imersa em imobilidade e abatimento, obrigar-se-ia a permanecer à margem do mundo virtual várias noites depois daquilo. Assustada, porém cem por cento convicta da própria heterossexualidade. Gostaria de sentir nojo por ter se masturbado durante as conversas eróticas junto a outra mulher, mas a sensação sempre aparecia acompanhada na boca do estômago. Nojo e prazer. Nojo e desejo. Nojo e amor. Amor? Obsessão parida de sementes microscópicas implantadas a toques úmidos na superfície da pele, crescendo para dentro raízes e galhos a encher de folhas verdes o agreste. Veleiro de três mastros, casco escuro, panos enfunados, a tentação romperia as amarras do medo e avançaria, solerte, nas asas do furacão. Susto, surpresa, inquietação. Palpitações iam e vinham, um dia depois do outro, e cada noite que passava em claro transformava a indignação em carência e a raiva em saudade. Marina. O nome da fera era Marina. Bestia só revelaria isso bem depois, quando Helena teve coragem de retornar à internet com o nick de Belle e voltaram a se falar no chat. Tempo ao tempo. Sábia medicina, dizem os antigos. Give her a reason to love me. Letrinhas piscavam trejeitos luminosos na conversa virtual. Pensei que nunca mais ia te encontrar. E não ia mesmo. Estava cheia de ser enganada. Give her a reason to be a woman. Faz a curva do estaleiro numa onda graciosa, ao som da guitarra ácida que liquefaz o para-brisa do carro em movimento sinuoso. Só frases escritas na conversa; depois da primeira vez, não voltariam a usar câmera nem fones. She just wanted to be a woman. Para Marina, fora apenas uma brincadeira, un chiste. Um fetiche. Às vezes era bom ver as coisas de uma perspectiva diferente. E depois, qual era a diferença, homem ou mulher? Qual a diferença? Belle respondera em maiúsculas. Muita diferença, minha filha, se você não sabe qual é a diferença que existe entre meninos e meninas, na tua idade, não sou eu quem vai te explicar. For that was the beggining of forever and ever. De um jeito ou de outro, esse assunto acabara ficando para trás, e, depois de mais alguns dias de cara feia, já teclavam feito velhas amigas sem benefícios. Marina confessou ser mais velha dois anos. Já entrara nos trinta e dois e, de acordo com sua avaliação, estava tudo bem até ali. Até melhor, diria. Diminuindo a marcha, Helena manobra para estacionar junto ao meio-fio à beira do Guaíba, próximo ao Timbuka. A fachada do bar se encontra ocupada por automóveis e grupos de pessoas, mesmo que ainda falte mais de meia hora para o pôr do sol. Quem sabe uma gelada não ajudava a maturar a conversa da noite anterior?

– Bom de cama, pelo menos?

– Para de piada. Larguei tudo pelo casamento.

– De boba. Mas você é jovem. Nós somos jovens. O problema não é esse.

– Qual é, então?

– O quê?

– O problema.

– Não sei. Você sabe?

– Tem horas que você me dá medo.

– Você disse que não tinha medo.

– Eu menti.

– Sem o medo, não existe coragem.

– Besteira. Sou covarde. Sempre fui.

– A covardia é uma alergia. Toma um banho que passa. O que você precisa, mujer, é de umas boas férias. Vacaciones!

Portas abertas, cabides despidos. Do roupeiro, a agitação se espalha para o colchão da cama e o veludo azul da poltrona. Gavetas vomitam peças de roupa. No espelho estreito de corpo inteiro, a expressão da partida se congela no reflexo de Helena. Partir curto, de retornar enseguida, nada além do feriadão prolongado, semanita de turismo na banda oriental. Para ela, porém, continha o significado de singrar caravelas rumo ao novo mundo. Sentira voltar-lhe atávico pavor de despencar das beiradas planas do planeta em precipício às profundezas, nas águas da infinita cascata a se espatifar no vazio em jatos de spray. Tridente ereto, Poseidon ergueria majestosos vagalhões para o surfe dos deuses e mortais nos recifes de coral. Tédio, companheiro velho, tua caçula ousadia foi firme conselheira nos ouvidos tentados de Helena, de modo que ela aceitasse o convite para a viagem. Imprudente, irresponsável. As acusações bramidas por Marcelo foram se transformando, pouco a pouco, de imprecações rebatidas pelas paredes a rosnados ininteligíveis mastigados para dentro. Os dentes do marido ringiam de madrugada. Helena se demora fazendo a mala. Dedos ansiosos acariciam a textura de cada tela, de cada fibra – do frisantino da seda, feito bolhinhas embriagadas de champagne na ceia de passados réveillons, à rispidez crua e confiável dos meiões da lã corriedale. Passaporte na valise de mão. Tudo pronto. Frêmito da bagagem pronta. Marcelo entra de sopetão no quarto. Sabático, sem terno nem gravata, mangas dobradas da camisa social que veste aberta por cima da surrada camiseta do show do Oasis em Nova York, Jones Beach, para ser mais exato, no outono de noventa e seis, ar livre, ainda verão no calor de setembro, semifinais do Grand Slam rolando no Queens, brunchs de salmão e espumante pipocando pelos flats hype do Upper West Side. Nada lembrava aquele cara cool de Manhattan nessa figura que entrava, destrambelhada, no quarto, faldas da camisa amolgadas para fora do jeans, mangas na altura dos cotovelos. Avança e recua num balé ininterrupto de toureador, rebatendo nas quinas dos móveis sem encostar nelas de verdade, feito a bola estilingada pelos bumpers numa mesa de pinball. Bate três vezes a ponta apagada do Carlton na lateral do maço. Helena pausa a palma da mão esquerda na fria lã xadrez da saia plissada comprida logo abaixo do joelho, perfeita para usar com botas pretas de verniz, cano alto e saltinho. Um filete de voz deixa seus lábios em prece. Parasse com isso, por favor.

– Para tu com isso. Ficou maluca? Sair desse jeito atrás duma estranha.

– A gente se corresponde há meses. E se respeita.

– Ah, um par de meses pela internet. Grande merda.

Podia ser perigoso, meu amor. Ele persiste.

– Me escuta. Eu me preocupo contigo.

Meio tarde para se preocupar, não achava? Já se decidira. Não aguentava mais ficar encerrada em casa.

– Vai fugir assim?

Ao contrário. Parara de fugir.

– Desencana. Não precisa fingir que te preocupa.

– Eu me preocupo. Eu te amo.

– Para com isso.

Ele não queria ficar em paz?

– Eu te estorvo muito, atrapalho as tuas coisas.

Ficava melhor sem ela.

– Eu te faço mal.

Além disso, Montevidéu ficava muito mais perto de Porto Alegre do que São Paulo ou Rio de Janeiro.

Marcelo desacelera os movimentos e a respiração. Vira de costas para ela e caminha até a janela entreaberta. Seu tom e volume de voz se alteram para baixo.

– No exterior, a gente é estrangeiro.

– Pois eu me sinto exilada é dentro desta casa.

Esse tempo ia ser bom para os dois.

– Quando tu viajas, eu não digo nada.

– É diferente.

Marcelo se cala. Seu olhar desfocado atravessa a vidraça e mira o brilho dos faróis reproduzidos no asfalto úmido por entre a galharia da alameda. Verde. Amarelo. Vermelho. O grupo de meninos toma a frente dos veículos parados no sinal e forma uma pequena pirâmide humana em cima da faixa zebrada de segurança. A dupla dos mais parrudinhos forma a base para o pequenininho subir. Com pouca firmeza, porém firme determinação, o caçula escala de pé nas costas arqueadas dos maiores e ensaia manobras malabarísticas com duas bolinhas brancas de tênis usadas, suas superfícies raladas tão carecas quanto os crânios dos donos dos carros, que logo fecham os seus vidros escuros de película sintética e suas almas escuras de medo e de culpa. O trio malabarista treme dentro das escassas e impróprias vestimentas, entretidos nos intervalos da sinaleira com a pilha de gibis do Tio Patinhas descobertos na lata de lixo do condomínio vizinho. Pajero preta. Em Patópolis, abre-se estreita fresta na janela traseira, pela qual dedos infantis deixam escorrer quatro moedinhas de cinquenta centavos para o piso entre os carros. Caem e quicam e rodopiam, e o sinal volta a abrir antes que os garotos possam apanhá-las, e os motores arrancam com pressa. Felinos, se esgueiram os acrobatas mirins pelo meio da furiosa manada de metal e resgatam seu prêmio. Tudo isso sem que qualquer outra palavra fosse trocada ali no quarto. Imobilidade absoluta. Dava para sentir o zumbido dos elétrons nas suas órbitas. Minutos depois, ela desfaria a pausa, retirando do cabide a saia, a qual iria dobrar e colocar na mala, para em seguida selecionar as blusas e as pantalonas, dois vestidos e roupas de baixo. De pé junto à janela, vislumbraria na transparência do vidro os seus próprios movimentos, espelhados e sobrepostos ao trânsito contínuo da rua em frente ao prédio. Descaído no canto da boca, o cigarro sem fogo. Exausto. Eppur si moveria.

– Te levo na rodoviária.

Não precisava.

– Te levo.

Preferia que não. Se quisesse, podia chamar o táxi, por favor, enquanto ela fechava as malas.

Pequeno ponto de luz dicroica concentra seu facho transversal sobre a água que verte devagar da torneira na garrafa plástica de dez litros em cima da bancada metálica na primeira fila de bancos, fluindo, insípida, sem pressa, até encher a metade do copo plástico seguro pela mão firme da rodomoça. Traquejada, equilibra o balanço do líquido aos sacolejos no asfalto irregular. Patricia Suarez, está escrito em letras amarelas no broche dourado da companhia, com a forma de uma flecha charrua estilizada, que traz espetado na blusa celeste do uniforme. A passos de maruja, ela carrega o copo com água fresca por entre as fileiras. A maioria dos passageiros já dormia a essa altura, boca aberta e a manta térmica sobre os ombros, desplugados da comédia de terror hollywoodiana exibida nos televisores de bordo. Ao longo do corredor, lampadinhas ao pé das poltronas indicavam o caminho. Farelos de pão à bateria. Rolamento monocórdio dos pneus radiais no asfalto, o metrônomo hipnótico das emendas na estrada debaixo do piso acarpetado embalava o sono dos justos. Desperta, da sua poltrona no fundo do ônibus, Helena observa Patricia trazer seu vaso de água, por favor, o comprimido na embalagem de papel alumínio entre polegar e indicador. Fazia frio do lado de fora da janela embaçada. Pela segunda vez neste mês, a lua cheia cobria as coxilhas pampianas de melancolia. Programada pelos astrônomos para este último sábado de julho, a lua azul resplandece sua timidez capricorniana na véspera de agosto, anilada pela fumaça de mato queimado à beira do acostamento. Reflexo delgado das gigantescas nuvens de fumaça lançadas durante erupções do Krakatoa no século dezenove, que tornaram a imagem da lua vista da Terra de fato azul, e o sol lavanda brilhara entre Java e Sumatra ao longo de muitos e muitos anos. Vira a lua nascer naquela mesma tarde por cima dos morros a leste de Porto Alegre, imponente círculo laranja no púrpura do ocaso, dourada pelo brilho derradeiro do sol em pleno inverno. Pit stop a caminho da rodoviária, dez ou vinte minutinhos de papo no duplex de Simone, em cujo terraço tinha escutado farto rosário de premonições alvissareiras, embora despidas de quaisquer embasamentos. Deixasse essa timidez de lado, guria.

– Te joga, mulher.

O desafio da amiga partira ao tilintar das taças em esotéricos brindes à partida. Evoé. Aproveitasse a solidão para concentrar as energias. Saíra cedo de casa para não ter que cruzar com Marcelo ao voltar do Fórum, não sabia de que jeito iriam reagir, tanto ele quanto ela, ao limite da situação. Não era o momento de pagar para ver. Mala feita junto à porta, aguardando a resolução final da sua dona em posição de sentido, preparada para dar prosseguimento na operação de embarque à zona de combate no instante exato em que o comando decidisse ordenar o ataque. Tim-tim em flûtes de cristal. Simone tinha sido cúmplice e parceira. Encorajara Helena a comprar as passagens pela internet, emprestara seu cartão de crédito para manterem o segredo entre si, excitadas colegiais rindo na frente do computador. Depois o receio. E caso o marido tivesse razão? Marido com razão, não fosse boba. Riram, divertidas, mas na sola do pé lhe arranhavam incertezas. E se fosse mesmo arriscado? Não, a resposta não estaria nos resquícios desbotados de sombra verde nos olhos cinzentos da rodomoça, no batom vinho sem brilho nos lábios desde antes da partida do box dezessete, algo más, no, gracias, solamente a água estava bién, necessitava dormir. Tampouco teria réplica dos raios lunares resplandecentes no açude, nem da geada a tomar conta dos campos madrugada afora. No banco lá da frente, a comissária ajusta o gingado de décadas boxeando com a vida no conforto reclinável. Se ninguém acordasse, quem sabe descansava os olhos no retão de Santa Vitória até a hora de preparar o café com galletas para os trâmites na aduana. Nos televisores, a história vai pela parte em que a garota de lingerie lilás grita e corre que nem louca noite adentro em meio ao bosque, fugindo, em pânico, do assassino encapuzado, que traz o facão empapado do sangue dos seus amigos. Assistia ao filme desatenta, o diálogo com Simone poucas horas antes no terraço sobrepondo imagens e sons às cômicas cenas macabras da película. Decidira e pronto. Nesses assuntos não se devia divagar demasiado. Como o de ter filhos, por exemplo. Se a gente pensar muito, não se tem nunca. Afinal, para que servia nosso instinto? Depois da terceira dose, espalmando a mão sobre a taça, impedira Simone de tornar a enchê-la.

— Me leva?

Abrira bem o vidro à brisa fresca da tardinha. Julho ensolarado. Simone dirigia rápido e falava pelos cotovelos. Inconsequente e irresponsável seria recusar um convite desses, guria. Olha, pensasse bem: se a castelhana tinha sido capaz de seduzir a Helena, que era mulher e hétero assumida, o que aquela bruxa não seria capaz de fazer para excitar los hombres? Que aproveitasse.

— Cola na gringa e te esbalda.

— A mim ela não seduziu. Não senti nada por ela.

Sentira tesão por Bestia, mas Bestia era homem quando fizeram amor. Amor, sexo, virtual, cada um que chamasse do jeito que achasse melhor.

— Falsa e mentirosa, isso sim.

Nesse ponto, Marcelo tinha razão.

— Relaxa. Se, por acaso, ela perder a compostura ou tiver a cara de pau de dar em cima de ti outra vez, mandalhe na fuça o teu upper de esquerda na ponta do queixo dos tempos do colégio.

Simone para o carro no sinal vermelho e a encara.

— Ou não. Na hora você vê.

As duas riram, mas por diferentes motivos. Enjoo. Melhor tomar logo esse comprimido e tentar dormir. Rasga o alumínio, a pastilha cor de amêndoa desce goela abaixo. Recosta a cabeça e olha ao redor. O fantasmagórico fog dos campos lá fora se reproduz no plano do filme. Sua trilha de terror redundante, por sua vez, mistura-se, desarmônica, ao ronronar tedioso do motor. Inevitável clichê, pobre vítima refugiada no casarão abandonado e poeirento escondido na mata. Em pânico, dispara escada abaixo pelo porão, chuta a porta e entra num corredor sem luz. Cerra os olhos, cílios compridos, e cessa de respirar. A porta bate e a rapariga se encontra em absoluta escuridão. A tela permanece preta por certo tempo e Helena fecha os olhos. Do breu aparecem linhas baças deslizantes em curvas longilíneas ao nebuloso som de um tango que sussurra na cordeona da memória. O pai e a mãe escutavam discos antigos de Gardel e Libertad Lamarque, ela se olvidara dessa parte, os dois dançando de rosto colado em passadas firmes e fluidas, filamentos de carbono entrelaçados no éter em compasso tangueiro no tablado da sala de estar, feito os ardentes tentáculos da medusa a nadar seu veneno nas águas do Atlântico. Sob a superfície do oceano, apêndices gelatinosos contorcionam trejeitos de intercurso em cadência ritmada na acelerada dispersão antecessora do orgasmo. Ápice do prazer, intenso e fugaz, para sempre e nunca mais, gemidos de gozo logo tornados em lamentos, aflição vil das vísceras arrancadas. Relâmpagos, cheiro de carne assada, placidez que se desfaz no estilhaçar da ária macabra que retumba tambores nas vidraças cerradas, sufocante calefação. Gotas escorrem no vidro coberto de vapor, a atmosfera impregnada pelo gás carbônico da respiração pesada dos passageiros dormindo ombro a ombro nesta ilhota sobre rodas solta na planície, Avalon motorizada, coberta pela névoa na qual amargam espíritos desaparecidos nas marés de sangue pelos séculos dos séculos, amém. Feito lâmina a cortar o olho do bezerro de Buñuel e Dali, o ônibus rasga a fenda entre os campos verdes de ambos os lados da estrada, pupila aberta ao novo olhar, fado desfeito quilômetro a quilômetro para longe de casa, das falsas lembranças, saudade mentirosa. História escrita por mãos alheias em folhas de papel almaço branco. Tremem-lhe as pestanas no pesadelo barbitúrico. Viscosa gosma verde-musgo escorre pelas reentrâncias da figueira à beira do caminho. Algaravia de folhas negras num farfalhar de asas, morcegos negros cruzam sombras sobre o veludo rubi que reveste a caixa do violino, sibilante mi menor. Grita de pavor, na certeza inevitável da morte dos entes queridos refletida na lâmina opaca, o doce sabor dos glóbulos ferventes no fio fatal crivado de plasma impuro, nas dores do parto, nas dores do aborto, nas penas do ventre eletrocutado, útero seco do qual vai nascer a tal semente que virá redimir os povos sobre a Terra. O choro da menina é raio de luz.

Fendas profundas nas paredes secas de um cânion milenar, ásperas rugas sulcam os traços charruas em volta dos olhos castanhos da anciã. Córneas opacas direcionadas à planície prateada dos campos do outro lado do arame, ela tem no colo, escondida entre cueiros desbotados, a pequena índia, que chora o tempo todo. Sucessivas estações haviam curtido a couraça da velha nos extremos humores de frio e calor; vento, chuva e sol a tornaram imune à dor física. Por dentro, sangraria para sempre, como se o pesar germinasse raízes a se fincarem na terra da sua carne e lhe enfiassem estacas de fogo na espinha, escondendo dentro dos ossos metástases longínquas do sofrimento acumulado, tantos mortos insepultos, zumbis a vagar nos confins encavados nas rochas ígneas, chamas extintas na falta de oxigênio, sufocadas a tiro no peito dos descontentes, chumbo grosso varando a testa dos libertários, aço frio espetado sem dó no intestino dos solidários. Feito pétalas de pequenas flores nascendo de sementes mágicas escondidas nos panos crus, as mãozinhas do bebê se agitam à míngua do seio que lhes viesse alimentar. Mas não há leite nos peitos murchos da avó. Maternidade ao avesso, reverso da decência. Filhos e filhas, mães e pais, buraco negro de uma geração jogada às masmorras, empurrados com vida ao alto-mar das portas abertas de aeronaves da força aérea nacional, jogados em pleno voo para a morte no Atlântico, mãos amarradas atrás das costas, nem peixes nem pássaros nem gente, indefesos para o óbito sem testemunhas, cadáveres perdidos nas profundezas do inconsciente coletivo. Tenta imaginar o padecimento de cada uma dessas pessoas aos horrores do afogamento, os pulmões se enchendo de água salgada, se debatendo nas águas geladas sem ao menos ter os braços e mãos livres, afundando no desequilíbrio de forças entre a leveza dos sonhos e o pesadelo da realidade. Sente descer feito chumbo derretido garganta abaixo o sofrimento ímpar da família, sem nem mesmo seus cadáveres para enterrar. Covardia extrema. Marina às vezes falava sério. Faltava o ar quando Helena se esquecia de respirar ela mesma, alma machucada pela inflamação política dos textos da outra em longos e-mails, embora enseguida Marina emendasse com a descrição do porre de medio y medio que tinha tomado na véspera, antes do almoço, na barra do botequim favorito nos corredores do Mercado del Puerto. Do lado brasileiro, os trâmites haviam sido rápidos. O motorista descera levando a pilha de passaportes, enquanto os passageiros tinham permanecido quietos debaixo das mantas. O acender das luzes de bordo despertara Helena da vertigem do sonífero. Rumores quentinhos, o ronronar do carro em ponto morto massageando-lhe as costas e o pescoço, sussuros baixos nas poltronas vizinhas soterrando os gritos sonhados. Aceitara o café trazido pela rodomoça, morno e doce demais. Náusea e sono. Nisso se resumiria o Chuí brasileiro. Cruzaram a divisa entre o Brasil e o Uruguay ao som grave dos roncos descompassados na carroceria abafada. Com a maquiagem retocada aos solavancos, passar a cesta com barrinhas de cereal para quem se encontrasse desperto consistia no protocolo de Patricia para essas horas. Sabor morango com chocolate ou castanhas e passas. Não, gracias. Adelante. No arco da mão, escondia bocejos mudos. Maldito defunto de capivara atravessado na pista entre as lagoas rasas do Taim tinha feito o motorista desviar de sopetão, manobra de ângulo mais acentuado do que o usual. Havia acordado, assustada, e sabia que não iria conseguir voltar a dormir. Após restituir a cesta de vime ao seu compartimento na dianteira do ônibus, descera ao estacionamento. Helena visualizava, através da baça transparência, os passos dela até o posto de controle de estuque amarelado da aduana uruguaia, quando se deparou com a velha índia escorada na parede ao lado da porta do prédio. Efígie ancestral, semblante de pedra bruta com a criança chorando no colo, guarnecida pela saia de corda da avó. Mareada, observara a menina esticar os seus dedinhos pálidos para as tetas descarnadas da velha. Madrugada de primeiro de agosto. A lua azul tivera já algumas horas para lançar seu feitiço. Belisca-se de leve no antebraço esquerdo. Sentia-se igual, somente chapada do remédio e da ressaca do espumante. Sabor azedo na saliva, dentes ásperos, cabelos oleosos. A face charrua permanece em absoluta imobilidade trinta metros adiante, as fibras dispostas naquele recanto desde sempre, rocha eterna sobre a qual viriam a se cruzar, por acaso ou conveniência, as linhas imaginárias entre os dois países. Irmãos deste lado, hermanos del outro, sangue e sangre, a água e el agua. A carícia brutal das intempéries desgastaria a superfície da pedra, moldando a esfinge com esmero sem outra razão que lhe corroer as formas por eras a fio, poeira voejante em espirais no sopro da ventania, ao tempo em que o tempo não tem mais sentido nem direção. Más notícias, retorna o motorista. Todos terão que descer para a revista de bagagens.

Peças íntimas reviradas por mãos peludas. É capaz de sentir na pele o toque suado das palmas do oficial a todo momento em que o homem apalpa e fiscaliza na bagagem o algodão da calcinha e a seda do corpete, rendas em violeta imitando as asas dos anjos de Victoria's Secret, nem ela sabia por que trouxera essa lingerie que tinha usado só uma vez, na viagem do casal ao Costão do Santinho, lá no réveillon de dois mil e um. Pois se até as torres gêmeas do World Trade Center ainda estavam de pé naquela época. O futuro tinha ficado para trás; e agora? Talvez tivesse trazido o conjunto exótico para evitar que ficasse na gaveta ao alcance de Marcelo, entorpecido de scotch e maconha. Lembrava dele de joelhos na cama de mel, se masturbando com a lingerie branca de cetim que a noiva ganhara no chá de panela, os dois pombinhos enfiados no bangalô do resort por três dias, sem sair nem para comer, só na quarta manhã a caminhada na areia e o banho de mar para salgar as fricções. Fases lunares perturbam as marés. Recua dois passos e olha em volta, à procura de alguém que estivesse fumando. A rodomoça com certeza estaria lá fora, sorvendo, gulosa, a fumaça de nicotina para os pulmões e bebendo o café sem açúcar. Passa a ponta da língua nos lábios. Olha para os sapatos. Inchados, os pés mal tinham entrado de volta nos escarpins. Sala de inspeção. A lareira de tijolos sem furos só aquece o lado da guarda, do lado de lá da bancada baixa sobre a qual se alinham as malas abertas. Na parte destinada aos civis, o frio traz saudades da calefação no interior do ônibus. Quando a policial insiste para que Helena abra o casacão para a revista, ela se mostra, afastando as abas do abrigo com as mãos, e a friagem se infiltra pelas laterais. O matraquear contínuo da máquina de escrever no gabinete ao lado é interrompido para que o comissário também possa espiar por cima do biombo de vidro jateado o corpo da jovem antes sob o casaco, a roupa leve com que deixara Porto Alegre, inapropriada para a hora e o lugar. Paciência. Deixa olhar. Não tira pedaço. A escrivã para de conferir as fotos e assinaturas e deixa de carimbar vistos atrás do guichê para espiar de revesgueio. As peças que tinham sido dobradas cuidadosamente se enroscam num emaranhado disforme de tecidos socados de qualquer jeito dentro da mala, entranhas expostas e reviradas sem dó nem piedade. Não, senhor, nenhum alimento perecível. Apenas peças de uso pessoal. Uso personal. Uso personal. Uso. Personal. Ladainha, passageiro a passageiro, rosário do mantra sem fé para receber o permiso de entrada. Para lá ou para cá, tanto faz como tanto fez. É na alfândega que o sujeito se sente estrangeiro pela primeira vez. Origem e destino, exame minucioso do passaporte, tua expressão na hora da foto checada com o teu péssimo estado de ânimo naquele momento e situação, amarfalhada e ansiosa para sair logo dali e retornar ao calor reclinável da poltrona e ao balanço narcótico da estrada. Cada viajante deve carregar a sua mala até a aduana para inspeção e, dali, de volta ao bagageiro, depois de liberada. Cada um arrasta o peso das suas escolhas. Espera a céu aberto, sob as estrelas, sua vez de despachar a bagagem com o motorista e, então, devolver o corpo ao seu lugar de direito dentro do carro. Cães uivam e latem nos pátios ao longe, desconfiados de quem passa. Quantas horas para clarear? Vamos amanhecer entre Solís e Atlântida, isso se la móvil não os detivesse de novo antes. Conforme suspeitava, Patricia tinha sarro de cigarro nos dedos e no hálito morno. Frio de puta madre. Murmúrios sonolentos da conversa alheia grudam junto aos flocos de geada no sobretudo e nos cabelos, congelando a ponta do nariz. Faca que corta a pele em tiras fininhas, nas orelhas e no dorso das mãos. Levanta ao máximo a gola de lã a fim de cobrir o pescoço entorpecido, bafeja nas mãos em concha e tapa com elas aquecidas os ouvidos inertes. Observa de longe a velha índia se mexer, afinal. Dos bolsos ela tira a palha e o fumo e, sem pressa, confecciona um palheiro, que acende com cuidado no fogo que pede ao guarda. Pita com gosto, engolindo, satisfeita, a efêmera dose de ar quente. Enrolada nos panos, jaz a menina, adormecida. Águia de Castañeda, a anciã ergue os olhos, e sua mirada se fixa no olhar de Helena. A fumaça do cigarro tece fios azulados no reflexo amarelo incandescente. Bienvenida al Uruguay.

Tres Cruces chega de manhãzinha. Boa lembrança trazer as pastilhas de menta na bolsa. Da plataforma ela arrasta a mala sobre rodinhas até o saguão, praticamente vazio a esta hora. Esperava dar direto de cara com o rosto familiar de Marina, saltando feito palhaço de mola diante de si logo ao baixar do ônibus, confirmando uma segurança que de fato não sentia, sorriso afirmativo da anfitiriã para devolver a sensação de estar fazendo a coisa certa, deixada para trás no trecho entre Castillos e Rocha e esquecida por completo antes de passarem pelo entroncamento para San Carlos. Mas nem sinal de Marina. Nem no desembarque e tampouco aqui no terminal. Os passageiros que chegaram com ela vão deixando o prédio em direção à cidade, sós ou na companhia dos familiares que recepcionavam parentes. Apenas a recém-quarentona que embarcara noite alta em Pelotas, Burma cinza sobre o colarinho de renda bege, saia preta até a base dos sapatos de couro, aguardava, sentada ereta no banco junto ao cinzeiro, maleta de pé ao seu lado, a fumar o segundo cigarro depois de ter feito uma chamada pelo celular. Quando o companheiro dela chega, apressado e desculposo na calvície dos seus cinquenta e tantos, ela o repreende de leve para, em seguida, sorrir e permitir que a beije brevemente nos lábios. O homem apanha a mala com a mão direita, seu braço esquerdo envolvendo a cintura da mulher. Quando o casal se vai, o salão de espera fica vazio, à exceção de Helena e dos trabalhadores que exercem seus ofícios no terminal. Próximo dela, o faxineiro de uniforme desbotado esvazia as latas de lixo e recolhe as baganas do piso. Mais além, o quiosqueiro destranca a cortina de ferro da tabacaria, erguendo-a estrepitosamente. Periódicos e revistas, caramelos de menta ou dulce de leche, chicletes de tutti-frutti e cigarrillos. O garçom arma mesas e cadeiras dobráveis no deque diante do café sem parar de implicar com o gerente, o qual, por sua vez, examina, sentado detrás da registradora, os cadernos do *El País* dominical. Hablan aos gritos e se divertem comentando os prognósticos para a partida de logo à tarde no Centenário, em clima de flauta e gozação. O garçom faz piadas sobre a péssima fase do time alheio, fazendo pouco caso da idade avançada do outro: se las cosas não melhorassem, viejo, ele não voltaria a ver seu time ser campeón de novo. O gerente finge que não dá bola e folheia o jornal, distraído, até que uma notícia lhe atrai a atenção e ele passa a lê-la em voz alta, com a empostação e a ênfase de um âncora de telejornal. Pelo que Helena capta do castelhano pausado, a reportagem trata do vilipêndio a cadáveres em diversas necrópoles da região metropolitana. Ao escutar a indignação do colega, o jovem pondo as mesas imagina chacotas e ri, sacudindo a cabeça.

– Su falta de escrúpulos no se detiene ni delante la muerte.

A casa de câmbio ainda está fechada, abre às nove.

– Cadáveres donde se extrajeron piezas dentales de los fallecidos. Cremaciones fuera de tiempo para la venta anticipada de las urnas.

Sorte que já trocara cem dólares por pesos para a viagem desde sexta-feira, correndo na chuva pelo canteiro central da Salgado Filho a fim de pegar o câmbio aberto. Se esgueirando pelo meio do formigueiro humano nas paradas de ônibus ao final da semana escrava nos escritórios e lojas do centro, gente espremida e despojada de toda energia vital, era fácil apreender o significado da mais-valia. Conceitos abstratos dissolvidos em fuligem de óleo diesel perambulavam sua dialética para cima e para baixo na avenida cinzenta transformada num corredor de ônibus urbanos, sucessão initerrupta dos fins de linha lado a lado. Filas intermináveis em ambas as calçadas, a chuva miúda ensopava roupas, encharcando sapatos. Fustigantes e persistentes, atravessando a pele e os músculos, as gotas esfacelavam a resistência dos ossos, inflamando gargantas e entupindo os seios das faces. Sorte não, juízo. Pelo menos dessa maneira ela tinha conseguido trazer em cédulas de dinheiro local o suficiente para as primeiras horas em solo estrangeiro. Nauseada, não sentia fome nem sede.

– En Paysandú, la situación no es muy diferente.

A leitura grave lhe devolve a atenção ao presente. O faxineiro e o homem do quiosque estão quietos, escutando, e o garçom já não sorri.

– En febrero de este año, profanadores de tumbas robaron nueve gramos de oro provenientes de piezas dentarias de cadáveres del Cementerio Central.

Sem parar de piscar, suas retinas escaneiam, aflitas, as portas de saída. Ela vem. As pessoas que vira partindo no semidireto de Canelones, quando desembarcava mais cedo na plataforma, a essa altura já circulavam pela ruta cinco entre La Paz e Las Piedras. Ela não vem. Quarenta e cinco minutos aguardando era um bom limite. O garçom retoma suas atividades de arrumar as mesas. Quer saber, que se danassem. Os mortos não precisavam mastigar. O aroma de café passado abre os trabalhos. Helena cospe o resto da pastilha na lixeira. Porcaria ter se esquecido de trazer o fio dental. Tinha razão, o rapaz. Vamos cuidar dos vivos. Passa pelo faxineiro e o homem volta a varrer sem pressa, como tem feito há trinta anos, meneando a cabeça para o pano encardido que esfrega no chão. O quiosqueiro gira a cabeça e tira o boné de lã, ajeitando os parcos fios de cabelo no crânio pelado à medida que ela se aproxima, incerta. Era assim a brincadeira? Não tinha medo. Examina as revistas e as guloseimas, detendo seu olhar nos maços de cigarro enfileirados sobre o balcão. Dez minutos e deu. Uma hora bastava. Esperar ali, parada, era ridículo. Decide não voltar a olhar para as portas durante esse tempo e se concentra nas atrações do quiosque. Para ter o que fazer com as mãos, escolhe a *Caras* da semana e, num impulso, o maço de Gauloises com filtro, atraída pelo tom de azul e pelas asas nas laterais do capacete gaulês. Os eflúvios espumantes e a chapação do sonífero tinham evaporado junto à alvorada, vampiros se escondendo nos esquifes lustrosos revestidos em veludo cor de vinho nos instantes em que Vênus assistia à lua afundar na geada, desaparecendo no horizonte. Alva celeste clareando com ela ainda no ônibus, quilômetros finais da estrada, tráfego cortando ao meio os bairros da periferia, aurora encontrando a interbalneária em Camino Carrasco, dia claro em Malvin, avenida Itália y ya estava, despierta nas entradas da cidade. Cafeína latejando. Uma broma. Típico. Por isso havia exigido, antes de partir, que Marina mandasse o endereço por e-mail. Se em Porto Alegre fora de táxi, por que no en Montevideo?

Três

Marolas turvas de marrom e marinho lambem a sinuosa faixa de areia clara salpicada por conchas e rochas negras, contornada pela Costanera. Por la playa en Parque Rodô avança o táxi amarelo e preto, seguindo o trajeto panorâmico sugerido pelo motorista: Bulevar Artigas abajo até Punta Carretas e acessar la Rambla junto ao club de golf por Playa Ramirez, a vista preciosa do imenso rio, sem que pudesse enxergar a outra margem no lado argentino, pocos pesitos más, valia a pena. Poderiam ter subido a ladeira muito antes de Ejido, porém optaram por seguir em frente para depois retornarem algumas quadras pela 18 de Julio. Partículas odoríferas desprendidas das pilhas de mariscos encrustadas nas pedras serpenteavam ladeira acima rumo à Praça del Entrevero quando ela ouviu a eterna piada do motorista velhusco sobre o Maracanazo.

Cinquenta? Nem sonhava em nascer nessa época. Ele sim, o taxista. Já era rapaz. Trabajaba con su viejo en el taller, y ajudava con los caballos em el prado. Otros tiempos. Era lindo cuando uno era joven. Ela já conhecia Montevidéu? Primeira vez. Não, não tinha família no Uruguai. Amigos? Si. Creio que si.

De pé na calçada com a bagagem, diante do antigo prédio residencial de quatro andares no trecho arborizado da Canelones esquina Salto, re-reconfere o endereço que traz impresso do e-mail. Olha para cima e identifica. Era aqui, sem dúvidas. Os nomes escritos nas placas metálicas azuis afixadas nas esquinas batiam com os que tinha na mão, o Café estava onde deveria estar, na calçada oposta, em diagonal, os números no mostrador haviam sido decalcados em letraset vermelha com serifas e algum poeta de letra cursiva grafitara em spray preto na fachada, sob o bronze do letreiro Madreselva, os versos de Amadori: vieja pared del arrabal, tu sombra fué mi compañera. Aperta a campainha no porteiro eletrônico outra vez. O zumbido abafado sob o dedo que pressiona o botão indica que está, sim, chamando lá em cima. Desta vez ela pensa até ter escutado o toque longínquo, através da janela fechada. Mas bem podia ser a imaginação lhe pregando novas peças. Chega de bromas. Marina tinha que estar em casa. O dela seria o quarto andar, o último andar. A veneziana estava cerrada, sua treliça marrom camuflada detrás das cascas secas dos ramos pelados dos plátanos. De novo, toca a campainha. Nada, de novo. Merda. Vontade de berrar o nome bem alto. No banho?

Dormindo? Desmaiada? Morta? Ou a puta sem vergonha se esquecera mesmo dela. E me deixou plantada, a vadia. Merda, merda. Vai ver passou a noite toda trepando que nem louca e agora não consegue nem levantar a bunda do colchão, deve ter amanhecido pelada nos lençóis dum playboy milongueiro, e está dando a rapidinha matinal meia-bomba do desayuno. Merda, merda, merda. Ficar aqui fora, no frio, não era nada agradável. A brisa do amanhecer vinha se convertendo num insidioso minuano ao subir pelo Barrio Sur, assobio agudo em rajadas desde os confins do continente. Afasta agouros negativos. No más bromas. Se fosse para testar seus brios, então que seja. Quatro vezes merda. E agora? Se ficasse na rua, teria o cartão de crédito para pagar um hotel. Marcelo viria a saber, pelas despesas na fatura, e ela teria que aguentar os eu não disse dele por sei lá quantos dias, semanas, meses e, volta e meia, anos depois, quando o tempo esquentasse entre eles e o marido lhe quisesse agredir verbalmente, extravasando a frustração. Vamos deixar esse crédito na manga, tentemos resolver o assunto com os pesos que temos à mão. Olha ao redor. Do outro lado da rua, dois mozos fumam, calados, em frente aos janelões do Café La Traviata. O mais baixo, barba de cinco dias no queixo, termina seu cigarro e joga a bagana no chão, esmagando a brasa com a ponta do sapato preto sem verniz antes de voltar ao trabalho pela porta giratória de madeira velha com vidros novos, que rodopia trezentos e sessenta graus quando o mozo entra e some lá para dentro, reflexos luminosos na vidraças. O outro, o que permanece do lado de fora, já andaria pela faixa dos sessenta e picos, estragado pela quilometragem e por tantos rabos de galo emborcados para aguentar o tirão. Os dedos tremeluzem, lívidos, ao apagarem na sola curtida o cigarro que acaba de fumar. Abaixa-se para apanhar da calçada o resto largado pelo colega no chão. Guarda aquele pedaço de lixo entre a embalagem e o invólucro de filme do maço, do qual retira outro cigarro, que pendura entre seus lábios para riscar o fósforo, protegendo a chama na concha das mãos. Acende o fumo e guarda o maço no bolso do summer jacket puído. Puxa a tragada bem comprida e cruza os braços, cerrando os olhos. Fagulhas priscam microestalidos, farfalhar de folhas secas em brasa. Lagarteia ao sol, entregue ao prazer da fumaça cálida que lhe navega os pulmões e escapa devagar para a friagem em vaporosos anéis. Merda vezes cinco. Aperta o botão pela última vez.

A campainha trina no silêncio de luzes apagadas. Oito cartuchos no pente, além da Parabellum na agulha, a boca de cromo da Colt .45 Night Commander aponta para a testa de Marina. O cano negro se projeta da empunhadura de madeira que resta firme no punho do invasor. Porte de boxeador peso médio, jeans escuros desbotados com cinto de lona verde-musgo e fivela de caveira prateada, jaqueta militar de camuflagem em grafite e chumbo, os coturnos engraxados e polidos com esmero e um passa-montanha de lã cinza lhe cobrindo o rosto, exceto os olhos, ele está de pé sem se mover no centro do quarto, apontando a pistola para a cabeça de Marina. Tem a mão esquerda espalmada no alto, a exigir imobilidade dos comparsas, pé direito bem postado nos tacos do parquê e o bico da botina esquerda enfiado sem cerimônia entre os lençóis de percal. Mantida de bruços em cima da cama e amordaçada com fita adesiva, Marina é contida com brutalidade pela dupla de capangas encapuzados que aguarda novas ordens do chefe. Narinas inflamadas em fúria, ela se esforça para inspirar volumes ínfimos de ar, e sente o oxigênio queimar rapidamente os pulmões. Há pouco, os três mascarados reviravam móveis, gavetas e prateleiras, furavam os travesseiros de pena de ganso com a ponta das adagas e pisoteavam os CDs e DVDs com o calcanhar das botas, perguntando sem pausa onde estavam as gravações, em que lugar ela escondera a sua câmera e o que teria feito das fitas. Tinha levado cinco ou seis tapas de mão aberta que latejavam nas bochechas e assobiavam nos ouvidos, mas no restante do corpo ainda não haviam batido. Estática à força, ela procura esfriar o sangue. Fique gelo, era como lhe dizia Gilberto, só de sunga no morro do farol em Salvador, ela estressada ao cair da tarde, preocupada com os horários, com o trânsito, atrasada, e ele zen, nem aí. Sorria, você estava na Bahia. Esquisito ela se lembrar do baiano nesta situação, o trabuco na cabeça e os rios de adrenalina zunindo entre as orelhas, asfixiada pela mordaça que grudava os lábios nos dentes. Sorria, Giba de Stella Maris. Sorriso bonito, com os longos dreads rastafári. Água verde transparente e tépida, maresia e cerveja gelada. Fecha os olhos e transporta o pensamento para a beira-mar. Não dissera coisa nenhuma para eles. De qualquer maneira, Marina nunca mantinha nada de importante em casa. Não era principiante, e conhecia os riscos. Além do susto, o prejuízo. Ficar fria. Sorrir na cara feia do medo e fingir desprezo da morte. Fácil falar. Difícil conter as lágrimas na hora em que a faca rasgara a seda indiana da almofada trazida por Etienne de Bombaim para lhe regalar no quartinho do Quartier, ano e meio depois de abandonar os dormitórios da faculdade. Seu pensamento tentava fugir para terras distantes em décadas passadas, no entanto, o aperto dos dedos deles nos pulsos afundava a pele e ardia intensamente. Até o banheiro foi alvo dos hijos de puta, chafurdaram lá dentro, urinando no tapete e nas toalhas, escancarando as portas espelhadas do móvel sobre a pia, derrubando nas lajotas a escova de dentes junto com as cartelas de antialérgicos e psicotrópicos. Silêncio. Parou de tocar, a campainha. O chefe abaixa a mão e, num gesto, comanda os seus capangas, o mais forte sujeitando Marina pelos braços enquanto o colega peso-pesado levanta-se de maneira esquisita e avança na direção da sala. Andando meio de lado, passadas compridas, vai esmigalhando com o solado de borracha os cacos do televisor estilhaçado, vidro moído a estalar fragmentos nas ripas soltas do assoalho. Esquiva-se dos restos de madeira, plástico e alumínio dos móveis quebrados, dos chumaços brancos de estofamento estripados do sofá, chega até a janela e espia pelos vãos entre as frestas.

Aqui de baixo, tudo o que Helena consegue enxergar por trás do emaranhado de galhos acima da sua cabeça é a mancha ocre da veneziana. O vento apertara de vez, sopro de gelo encarangando-lhe a nuca e os lóbulos das orelhas. Lembrou-se, saudosa, do blusão de lã fechado na mala, tão inútil lá dentro como as botas de couro sob ele na bagagem. Primeiro de agosto pode ser um dia bem difícil de suportar por estas bandas. Goles quentes de cortado na cafeteria em frente era ideia sedutora. Ficar plantada neste freezer ao ar livre é que não ia, não foi para isso que saíra da sua rica casinha. Saberia melhor o que fazer se não estivesse com os pensamentos e os pés congelados. Num beco sem saída, o melhor a fazer é pedir um café e fumar um cigarro.

Pistola armada, a menor pressão do indicador no gatilho vai disparar o projétil de ponta oca e explodir sua cabeça em pedaços. As fitas não estavam ali, ela já havia dito. Tinham quebrado a casa inteira à toa. Bueno, ele se conformara, se quebrar a casa não tinha funcionado, quem sabe agora eles quebrassem outra coisa, para variar. Seus capangas agarravam Marina com torniquetes de carne no lugar dos punhos, tamanha a força com que lhe apertavam os ossos. Mantinham-na deitada, espichada perpendicularmente à cabeceira, barriga para cima, pernas abertas e os braços afastados. Inclinando-se sobre ela, o chefete insere os seus joelhos entre as coxas da mulher. A barra da camiseta dela estava acima do umbigo, expondo sem querer a calcinha de usar em casa. Ele solta sua risada canalha de mau hálito e, sem se levantar, guarda a pistola no coldre às costas. Olha as tonalidades turquesa e fúcsia que compõem a serigrafia de David Bowie na fantasia de palhaço blasé das pistas de dança estampadas no camisetão desbeiçado que ela vestia sem sutiã. Recém acordara quando chegaram. Escovara os dentes, mas não tivera tempo de urinar. Ao abrir a porta da frente para apanhar o jornal sob o tapete de boas-vindas, os três tinham agido, rápidos e rasteiros. Lobos ardilosos. Ele a encara e sorri. Saca da bainha presa à bota o seu punhal de estripar javalis. Com a mão esquerda, apalpa a própria genitália. Lambe o fio da lâmina. Porco. Encosta a lâmina babada na jugular dela com mórbida delicadeza. Arranha a pele, provocando uma gota de sangue. Sem pressa, desce a faca em torno do pescoço dela, contornando-lhe os mamilos, até as reentrâncias do ventre duro de susto. Marina tem o púbis guarnecido apenas pelo algodão da calcinha, e os seus pentelhos negros vazam, encaracolados, pelas laterais.

– Me gustas asi, natural.

Debocha, cutucando-lhe a vulva com o gume.

– Alguna cosa nos vás a tener que dar, guapa.

Arrasta a faca na direção do pescoço de Marina, erguendo com sua ponta de aço o colorido da camiseta e deixando os peitos dela à mostra. Liberdades? Direitos? E ninguém se preocupava com os deveres. Carajo. Civil tinha o direito de dizer sim, senhor, baixar a cabeça e chupar.

– Patria y disciplina.

A adaga rasga Bowie desde o umbigo, passa pelos seios e avança até chegar colada à pálpebra do olho direito.

– Permiso.

É atendida pelo mozo velho. Ao vê-la passar pela porta, apanhara, solícito, a bagagem, instalando-a à mesa junto ao janelão com vista para Salto. Esfregara o tampo de granito com álcool e vinha trazendo cinzeiro e cardápio.

– Algo para tomar?

Sem abrir o menu, capricha na pronúncia.

– Un cortado, por favor.

– Grande o chico?

Normal, sei lá. Cortado.

– Y para comer?

– Nada, gracias. Só o café.

A calefação devolvia bocaditos de confiança. Atraso. Nada demais. Bem coisa de Marina. Quando combinavam de se falar pela internet, la bestia se atrasava toda vez, e a belle ficava rodeando a tela feito mosca tonta e de olho no relógio, num filme de suspense em dezesseis milímetros com a trilha sonora dos roncos de Marcelo lá no quarto do casal. Triângulo retângulo obtuso. Arestas incongruentes. Geometria nunca fora seu forte. Aos poucos, adquire certa tranquilidade na espera. O cortado estava divino. Aquele maço de cigarros comprado na estação vibra dentro da sua bolsa de mão. Haviam teclado várias vezes a respeito das medialunas calentitas do La Traviata. Marina descrevera as figuras de Romeu, o mozo viejo, e Ramon, o mozo joven. Macanudos. Contou que costumava fazer daquela cafeteria o seu escritório. Instalava o notebook na mesa preferida e escrevia tardes inteiras, fumando Lucky Strikes e bebendo café. Ao final do expediente, nos meses de junho a setembro, costumava cambiar expressos por doses de conhaque, e assim, aquecida, se lançava porta afora.

Retalhos do que foram os olhos de Bowie em tinta acrílica fitam, arregalados, as placas de concreto na calçada vinte metros lá embaixo. Caso as árvores absorvessem sua queda, espatifaria ossos e juntas, provavelmente romperia órgãos vitais e quase por certo teria lesões na coluna. Tiras de tecido pendem da garganta de Marina, suspensas pela gola da camisa estropiada. Pouco costumava subir aqui, à cobertura do edifício onde morava, vez que outra para esticar os lençóis ou fumar. Sim, tinha vindo duzentas vezes queimar fumo com amigos logo ao se mudar, porém vira-se obrigada a liberar a fumaça dentro de casa nos dias de chuva e frio, e as subidas ao terraço foram rareando. Depois, escassearam também os amigos, ocupados e preocupados com o marido, a esposa e os filhos. Pendurada como estava, segura pelos pulsos e tornozelos num ângulo de quarenta e cinco graus para fora do terraço, sustentada apenas pelos punhos dos seus captores, sentia-se como se fosse a flecha do caçador retesada no arco e apontada para o solo, só que a presa era ela própria, e se pegava prevendo o espocar que faria o seu crânio ao estatelar-se na calçada. Gravidade é lei que não se revoga. Outro táxi faz a curva e avança pela Canelones de ponta-cabeça, abelha de aço encravada num firmamento às avessas, na colheita do néctar de flores soterradas pelas camadas de asfalto. Sente-se despencar a todo instante, na iminência da ordem para os capangas relaxarem as garras e a deixarem cair pela beirada abaixo. Tem medo, sim, mas é de raiva que ela chora. Chorara tanto que nem sente frio, apesar de nua. Queda livre. Não queriam liberdade? A pior parte da coisa toda era escutar aquela merda que escorria em pérolas de ironia da boca do chefete, tendo ela mesma sua boca lacrada com fita adesiva prateada. Voar era coisa para los pajaritos y las libélulas.

– Será usted una mariposa?

Ora ele ria, ora permanecia sério. Pantomima mal encenada. Os filhos da puta eram bem capazes de jogá-la de verdade lá de cima. Prática nisso a corja tinha.

– Uno.

Balançam o tronco dela para trás e para frente.

– Dos.

No segundo avanço, o que a segura pelo pulso direito abre a mão e deixa seu braço solto no espaço. Marina grita alto enquanto metade do corpo avança junto para o vazio, mas só se escuta um gemido através da mordaça.

– Dos y medio.

Tenta se agarrar em algo, mas não encontra no quê, quando então é puxada de volta ao telhado. O braço oposto parece que vai se partir, no pulso, no cotovelo e no ombro. Dor insuportável ser jogada para fora pela terceira vez. Desta feita, é o capanga do lado esquerdo quem abre a mão e deixa escapar o tornozelo dela.

– Dos y três cuartos.

Transpõe a amurada se debatendo, frenética, e cai meio metro no espaço antes de ser estirada de volta. Sente a coluna estalar no tirão. Com apenas uma das mãos cada um para segurarem o peso dela, os verdugos suam e bufam, se agacham e peidam tentando manter o equilíbrio. Zumbe um zumbido dos infernos. O corpo se dilui em nuvem, só os toques no pulso esquerdo e no tornozelo direito sustentam sua consciência conectada à matéria. Esses filamentos são os últimos a se romperem quando ela é arremesada para cima pela quarta vez e as mãos dos capangas afrouxam a pressão sobre seu corpo. Marina fecha os olhos e pede perdão pelos pecados.

– Três.

Traga e solta a fumaça devagar. Observa as longas espirais azuladas contra o vidro e a manhã que avança lá fora. Tossiu forte nas três primeiras; com um vaso de água, acudira o garçom: *un cafecinho más, senhorita?*
– *Si, por favor.*
Pensara melhor. No. *Café no, gracias.*
– *Una cerveza, por favor.*
Corajosa, sabe-se lá por quê. É no calor da batalha que se reconhecem os bravos. A nicotina descia melhor com a garganta lubrificada. O Gauloise arde pela metade. Bate a cinza e descansa o cigarro no cinzeiro de vidro no centro da mesa. Não adiantava continuar insistindo, o celular de Marina permanecia desligado. Helena deriva mansamente as unhas pintadas na borda do copo. Verde como a inveja, a garrafa de Zillertal surgira, gelada, na presteza do *mozo viejo*, que, com arabescos nos gestos, servira na *manija* meio quartilho espumante. Sorvera cautelosamente, para provar-lhe o amargor. Molhar a garganta fornecia sensação de alívio na faringe; os arranhões de fumar tinham sua ardência e sua coceira amainadas. Bom mesmo seria tomar conhaque ou bourbon, mas a tanto não se atreveria, não a esta hora do dia. No rádio atrás do balcão toca um tango velha guarda em volume baixo. Riscara os fósforos na caixa com a marca do Casino Nogarot. Punta del Este, informara o *mozo*, sem ela perguntar. *Negro el ocho*, cantava sua mãe nas noites de festa em que tomava meia taça de champanhe, a bolear

o braço em comemoração aos ganhos na roleta. Tinha sorte no jogo, a danada. Ficava furiosa nas noites em que perdia, chegava no hotel batendo pés e portas, discutindo em voz alta e gritando com o marido por não ter tirado ela da mesa quando estava ganhando, irritada pela perda das fichas e das placas de quinhentos e de mil que acumulava na bolsa. Menina ainda, escutava, quieta no sofá-cama do conjugado, as culpas serem lançadas nos ombros calados do pai. Pelo menos na maior parte das noites a mãe ganhava. Jogava pouco, mas ficava feliz. Era bom quando ganhava, rendia jantares, passeios e presentes. Se um dia a visse fumando e bebendo cerveja sozinha na mesa deste Café portenho, sua velha acharia tudo muito bom e muito certo, que não era mulher de ficar pedindo licença para homem. Sabia que seria uma merda voltar a fumar, e nem tinha intenção de fazer isso. A pulsão de acender o cigarro era derivada do mesmo impulso que a levara a comprar o maço no terminal de ônibus, em primeira instância. Se riscara o primeiro dos fósforos com falanges trêmulas, a mão agora estava firme ao manusear o tubo de tabaco no seu percurso aos lábios. Desistira de consultar as horas. Permanecia sentada por não ter aonde ir. Retardava a decisão de buscar um quarto de hotel. Exala uma baforada e ergue a cabeça para olhar por cima das mesas através da janela oposta, na direção da calle Canelones. Pela vidraça, observa, do outro lado da rua, a porta do edifício de Marina se abrir. Pela porta saem três homens, indistintos à distância. Contornando a esquina, o vulto de seis pernas desaparece em direção à rambla.

Marina treme, encolhida no fundo da banheira seca, abraçada aos joelhos, cabeça enfiada entre as pernas. Feto que resiste fora do útero, e que vinga, e cria casca ao redor dos nervos para se isolar da dor. Correntes de prazer, porém, também são bloqueadas no processo. Insensibilidade à flor da pele. Pétalas rústicas sem viço nem cor, desbotadas até de desejos. Mas dói. Ah, dói. Cada pancada. Desgrenhada, os hematomas recordam a pressão dos machos na carne. O calor da ira já ferveu as lágrimas, apenas o leito salgado de um riacho seco prateia-lhe as olheiras. Si, que siga el baile. Embora respirar machuque, que siga el baile. Mesmo que o medo estale as sinapses em chicotadas no cérebro, a bailar. A bailar nomás. Pero bailan todos o no baila nadie. Dance, and shake your tamborine. A bofetada final no rosto fora o mais dolorido. O safado tinha deixado o anel bem postado ao dar-lhe o tapa. Ela tinha sido humilhada na cobertura. No três, ambos largaram seu corpo e o lançaram com força para fora do terraço por cima do muro. Fechara os olhos e gritara por baixo da fita até ficar sem ar, as mãos tateando, espalmadas no ar, com os dedos esticados, sem conseguir se agarrar a nada. Queda livre, esse era o tipo de liberdade à qual não aspirava; pulsos e tornozelos voam, desprendidos, e ela começa a cair no vazio, em direção ao impacto contra o pavimento, e o bafo da morte deixa de ser um chavão para impregnar a brisa seca da manhã montevideana de fedor e pestilência. Sente o baque na perna direita e pensa que o peso do corpo vai arrancar seu joelho da coxa. Abre os olhos e vê a calle oscilando, suspensa só pela canela a cinco andares de altura. Escorado na mureta da cobertura, o mais forte dos agressores segura-lhe a perna com ambas as mãos bem agarradas, do pé ao início da coxa. Seu parceiro sujeita os ombros do companheiro e segura-lhe a cinta de couro para ajudar no esforço.

– Adentro.

Ao comando, puxam seu corpo de volta para o terraço. A consciência permanece lá fora mais um tempo, sobrevoando os telhados num misto de náusea, pavor e encanto. Vomitara em golfadas o desayuno inteiro e partes do jantar de ontem, sushi e parrillada, dissolvidos em cabernet franc, quando lhe tiraram a mordaça. O líder dos agressores a xingava de puta pra baixo e todos riam, arremedando os trejeitos dela ao ser jogada para a falsa morte. Tragédia ridícula. Joelho latejante, pulsos dormentes e frios, formigamento nas extremidades. Estirada no piche cálido do piso, sentiu a urina solta escorrer, morna, pelo interior das coxas.

– Pero que hacés?

Ajoelhou-se ao lado dela e inclinou o tronco para poder cheirar melhor. Fungava e suspirava, observando a urina deslizar da pele clara para a massa negra viscosa. Se estivesse num filme de Coppolla, ele diria amar o cheiro de mijo pela manhã. Agarrara Marina pelos cabelos e a ironia se transmutara em ameaça. Na próxima vez. Depois que os homens se foram, ela chorou sozinha, deitada de costas, sem piscar, olhando as massas de vapor flutuarem, carregadas para o norte.

Quien me dará algo para fumar? Sui Generis rasga suas *Confesiones de Invierno* nas ondas do rádio. O violão acústico e Charly Garcia perambulam nos paralelepípedos das veias abertas da América Latina. Escuta. Sé que entre las calles debes estar. Esmaga a quarta bagana no vidro do cinzeiro. A segunda botella tres cuartos pela metade. Bebe e fuma para passar o tempo. Enfumaçada e tonta, evitava sentir fome. Jejum como forma de protesto. Que a vadia a encontrasse morta, estirada por cima da mesa, na segunda-feira, quando saísse para o trabalho e o barulho do trânsito calasse as cordas do violão. Si me comen la carne los lobos. Estremece. A coragem vem e vai. Ousadia e receio brincam de gangorra sobre seus ombros. Seria verdade que os lobos espreitavam cada movimento seu desde que partira da sua cidade natal para cruzar a fronteira? O lamento da canção lhe apertava os brônquios, ansiedade feito bigorna no peito em cima da qual se batessem ferraduras em brasa. Cravos furam a pleura e o ar se torna rarefeito. Fel das partículas de carbono precipitadas na fuligem ameaça lhe entupir a traqueia. O tráfego sobe a Canelones rumo ao centro. No interior do La Traviata se ensaia a movimentação para o almoço. Os mozos, atarefados com cubiertos e empanadas e sem conversar fiado na última meia hora, haviam deixado Helena em paz no canto dela, escutando rádio para afastar os pensamentos. Y talvez esperé demasiado, quisiera que estuvieras aqui. Durante o programa tangueiro, se deixara levar para outras paragens, distraída. Porém, ao mudar o apresentador e entrar o programa de pop rock, as melodias vinham se aproximando. Nenhuma movimentação ocorrera em frente ao edifício de Marina desde a saída daqueles três homens, quase hora e meia atrás. Aqui dentro do Café, os fregueses que almoçam cedo ocupam metade das mesas, bebericando aperitivos e lendo seus periódicos. O ruído dos copos, xícaras, pratos e talheres se sobrepõe em trechos ao volume da música. É preciso concentrar a atenção para compreender o significado e o sentido das palavras e frases cantadas em castelhano. Sim. Cerrarán las puertas de este infierno y es posible que me quiera ir. Arrebatada, vira o que resta da cerveza na caneca de vidro e bebe. Por favor, chegasse logo. Seu coração saltara pela boca há dezesseis minutos, instante no qual entrara pela porta giratória uma mulher que, afinal, não era Marina, mas poderia ter sido. A sinetinha no batente da porta soa a cada pessoa que entra, toque que já havia lhe pregado sustos antes, e se pensava imune a essa altura, porém se deixara enganar meia dúzia de segundos enquanto essa mulher recém-chegada andava quatro passos na direção da sua mesa, o jeito das mãos ao ajeitarem o cabelo a tinha confundido, sua pulsação tivera piques súbitos, e as palpitações persistiam desregulando o seu ritmo cardíaco mais de quarto de hora depois. Tentava se acalmar respirando fundo entre dois goles de cerveja. Talvez por isso ela tenha demorado a levantar sua cabeça quando a sineta tocou desta vez, tomada pela angústia da letra. Solamente muero los domingos, y los lunes ya me siento bien. A sinetinha soara sincronizada com o dedilhado final da música, e depois reinara quietude, quebrada aqui e ali pelas louças e talheres tilintando. Mas é só quando o locutor corta o silêncio anunciando o prefixo da rádio que ela se lembra de olhar para cima.

De pé ao lado da porta, Marina a encara com seu meio sorriso de olhos opacos, emoldurada pela janela em contraluz, mais escondendo do que revelando. Do lugar onde estava sentada, Helena não podia ter certeza.

Ressabiada, opta por permanecer estática e indiferente à presença da outra. Às avessas. Tudo sempre às avessas. Na sua curta existência, as coisas tinham por hábito acontecer sempre pelo avesso. Acabara de se decidir por pedir a conta e sair, incapaz de aguentar mais tabaco, álcool ou cafeína, cheia de esperar e cansada de ser feita de palhaça. Só não fizera isso ainda por não saber como se diz a conta em espanhol, envergonhada de atrapalhar o serviço dos garçons, depois entrara na rádio aquela longa sequência de hits vintage sem intervalos comerciais. Quando terminar esta faixa eu vou, decidira, entre goles de cerveja. Preparava a bolsa com a carteira, os óculos escuros, cigarros e fósforos, resolvida a levantar acampamento de malas e bagagens para um hotel onde pudesse tomar banho e cochilar, quando ouviu soar a sineta. Lembra de ter pensado: se não for ela desta vez, vou me jogar no meio da avenida, e depois tivera a certeza de que não seria Marina de novo, como não tinha sido ela em nenhuma das outras vezes, e nem se preocupara em olhar para a porta. Pois foi na hora de partir, erguendo o olhar desesperançado para pedir sua conta ao mozo, que enxergara o perfil de Marina estampado a poucos metros. Demorara segundos vagarosos para acrescentar solidez à figura parada ao lado da porta, olhando para ela com um sorriso sutil, mais no olhar do que nos lábios. Era ela. Era a Bestia. Marina, por sua vez, logo ao entrar, reconhecera Helena. No entanto, esperava. Casaco sobre o vestido cinza de lã fria, carregando a tiracolo uma bolsa parda de lona, vazia, destoante do figurino. Maquiada demais para esta hora do dia, os cabelos escorridos e úmidos, secados apenas com a toalha. Helena a contempla em câmera lenta vindo na sua direção, e as vertigens múltiplas que isso provoca dão conta do quanto bebera e fumara. Levantar estava fora de questão. Marina vem e abre o sorriso, e os dentes alinhados e alvos clareiam o dia sereno outra vez.

– Perdonáme pelo atraso, mi amor.

Aonde Marina ia assim, toda maquiada?

Estava pronta para buscar Helena na rodoviária. De última hora, o telefone havia tocado e lhe chamaram para essa reportagem extra, e a gravação acabou atrasando, ela teve que desligar o celular, pensava que daria tempo, mas demorou bastante, e não podia sair nem telefonar.

– E você costuma lavar os cabelos nas gravações?

Marina ignora a pergunta e pendura a sacola no encosto da cadeira. Tira o casaco e senta-se frente a frente com Helena. Se estava indisposta para explicações, sabia disfarçar com talento os fatos das horas passadas. O jato caliente da ducha afastara parte dos maus pensamentos, amaciando os demais. Enxugando o pescoço, ao esfregar a toalha felpuda nas costas, verificara que os ferimentos não eram graves; as marcas físicas desapareceriam em poucos dias, horas talvez, e não era difícil disfarçá-las com pó e base. Ela se deixar abater e amedrontar era justo aquilo que eles queriam que fizesse. Não lhes daria esse gostinho. Sinaliza para Ramón, e o velho lhe sorri de volta, cúmplice, da ponta do balcão, ao receber o pedido:

– Una cervezita bién fria, pichón, para las chicas más lindas del barrio.

– Não, chega de cerveja.

Helena reclama. Tinha bebido demais, e ainda nem era hora do almoço. De cara fechada, mostra-se disposta a fazer a amiga pagar pelo atraso. Detestava esperar. Avisa.

– Não estou a companhia mais divertida do mundo.

– Para cambiar isso é que estamos aqui, guapa.

Toca de leve o dorso da mão de Helena.

– Dejame a mi.

Intercepta o mozo: esquecesse a cerveza.

– Traenos dos Red Label, Ramón, por favor.

Vasos largos, mucho hielo. E uma Coca Light.

Riem, altas, ao atravessarem a rua arrastando a mala de rodinhas sobre o concreto na direção do edifício de Marina, duas horas, três drinks y dos milanesas com papas fritas mais tarde. Diante do prédio encontra-se estacionado o Ford Escort azul-metálico com falhas na pintura dirigido por Marina em Montevidéu. Saca do bolso o chaveiro com o pequeno globo terrestre de plástico, abre o porta-malas e lá enfia a bagagem. Helena se recosta no capô e olha para o céu. La calle rodopia em torno dela, suavemente. Marina bate a tampa e se reclina ao seu lado, sussurrando-lhe no ouvido. Era bom, ao menos, o sexo?

– Era. É. Não sei.

Mas chegava de falar em si. Também queria saber da outra. E Marina, afinal, tinha ou não tinha namorado?

– Namorado é coisa de adolescente.

Recostada no para-brisa, Helena balança o olhar pela vizinhança. Como se chamava mesmo o que a gente estava bebendo?

– Whiscola. É a minha terapia particular.

– E quantos foram?

– Não sei. Não contei. Esse é o mal de se ter conta no bar. Você nunca sabe a quantidade de trago que bebeu.

– Tragos, não. Namorados. Quantos foram?

– Ah, desses eu já perdi a conta faz mais tempo ainda. No momento, não estou preocupada com homens.

– Eu nunca dei prazer a nenhum outro homem além do meu marido.

– Se você diz.

– Não que eu saiba, ao menos.

Marina dá de ombros, abre a porta do motorista e joga para o banco traseiro, por cima do encosto, a sacola de lona. Faz a volta, destranca e abre a porta do carona numa mesura. Sua carruagem, milady.

Helena gira o corpo sobre o capô, estonteada. Mais tarde, terá enjoo e enxaqueca, mas, por enquanto, se diverte com a sensação. Senta no banco e procura ligar o rádio do carro. Estática. Eletricidade atmosférica captada na forma de ruídos soava, baixinho, nas caixas de som, em ondas que imitavam o mar friccionando as areias da praia.

– Ainda não acredito que a gente não vai ficar no teu apartamento. O combinado era nós dormirmos na tua casa.

Impossível, o fedor estava insuportável. Queria ao menos conhecer. Conhecer as entranhas do cano de esgoto derramadas no chão da cozinha? Não pedisse para ver o que não tinha estômago para suportar, nena. O cheiro de podre a faria vomitar.

– Me fez vomitar las tripas.

E ela era vaqueana nesses troços de fetidez. Iriam ficar melhor hospedadas num outro lugar, confiasse nela. Ficariam bem. Te lo jurava.

85

Quatro

Mofo triássico recobre fileiras de tomos encadernados no couro seco de animais mortos. A poeira acumulada entre páginas de papel pardo comicha, áspera, a mucosa dentro das narinas, arranha a garganta, irrita as pálpebras. Metros de veludo grená nas cortinas que revestem o entorno aprisionam as ideias, milímetros além do pensamento as libertar. Janelas lacradas e recobertas por tecido espesso tornam o silêncio abissal. Nenhum romance ou poesia. Alinhados pelas paredes a até três metros acima do taboão do piso, códigos e tratados jurídicos justapostos a narrativas de batalhas épicas e biografias de césares e marechais exercem pressão oceânica. Quantas árvores foram derrubadas para se construir tamanha estante de jacarandá negro a sustentar letras mortas?

– Buenas tardes, señorita.

Aceitava un mate?

– Senhora, papá. Helena é casada.

O Juiz sorri.

– Pero tán joven.

Tão velho. Ele era tão velho.

Holograma translúcido, inefável.

Embora ereta no centro do gabinete, sente a alma desfalecer, incapaz de articular fonemas.

O Juiz pressiona o castão de marfim com dedos trêmulos. A bengala que sustenta-lhe a pose traz os mesmos veios negros das prateleiras.

– Primeira vez en Uruguay, doña Helena?

Sacode a cabeça, confirmando.

– Y su marido?

Emudecida, olha para Marina, que acode.

– El marido se quedó en Brasil. Y basta de preguntas indiscretas, Meritíssimo.

Não estavam no tribunal dele. Que fosse um anfitrão caballero.

– Portate bién, viejo.

Tonta pela mistura de cerveja, whisky e Coca-Cola, Helena aguardava, temerosa, ser deixada a sós com o Juiz. No carro, a caminho, Marina avisara que teria de subir por alguns minutos e deixá-la sozinha com ele. Sente o toque da outra em seu ombro. Iria arriba agora, con permiso, bolsa vazia a tiracolo. Provoca.

– Se ele mencionar o Maracanazo, você grita.

O Juiz despede Marina num meneio falsamente despeitado e, com bem-humorada polidez, convida Helena a sentar-se numa das poltronas ocres diante da escrivaninha que domina o recinto. Aguarda que ela se acomode e toma assento na poltrona gêmea ao seu lado.

– Usted tiene hijos, señora?

Se tinha filhos. Sacode a cabeça, baixando cílios exaustos. Difícil respirar nesta abafação acarpetada. Aproveita o instante em que ele serve o mate a si mesmo para observar o bolor esverdeado que emana dos volumes encadernados e preenche as ranhuras das rugas do velho. Poeira flutua na parca luminosidade e descansa nas curvas de prata do estribo antigo, há muito destituído da sua função equestre e convertido em inofensivo peso de papéis num canto da oficina.

Evasiva, Helena desliza a memória para a imagem do próprio avô numa Páscoa da infância, todavia vigoroso, sustentando a netinha nos arreios em cima do lombo da malacara, par de pelegos preto e branco apertados na sobrecincha do couro mais brando de toda a fronteira.

– Un nieto. Varón.

Um neto macho era o sonho do Juiz, seu canto do cisne. Porém, Marina se negava. Não queria ser mãe. Sim, Marina era filha única, primeira e única. A passagem dele por esta terra estava se acabando.

– Y nada.

Fita, absorto, a erva embebida em água quente na cuia e ajusta a bomba. Chupa o mate num ronco esticado. Ele não saía quase nunca de casa. Principalmente no inverno. A vida inteira e jamais se acostumara ao frio.

– A cada invierno, estoy seguro que será mi último.

Agosto passava e lá vinha ele outro ano, cumprindo seu castigo. Quem sabe desse jeito chegaria mais leve ao juízo final.

Pensa em Marcelo pedalando na Redenção na hora da sesta; será que ele ia às putas depois da missa das seis, nos domingos solitários na cidade? Calda pastosa de cerveja e cigarros se mescla à acidez gástrica, reflui esôfago acima; teme regurgitar, mas teme mais ainda pedir para ir ao banheiro. Percebe o casarão como se houvesse tentáculos no lugar dos alicerces, pairando em poças de lama que a sugariam ao transpor a porta para o corredor que levava aos fundos. Se detestava o frio, por que vivia assim tão ao sul, formara, sem dúvida, a questão na sua mente, mas não estava certa de haver perguntado. De qualquer maneira, o velho lhe responde, olhando-a nos olhos, sem que ela veja os lábios dele se moverem.

– O sul é destino.

Todos yiran y yiran, todos bajo el sol. *Mariposa tecknicolor* sacode pulsações nas ondas do rádio enquanto o Escort noventa e quatro desce pela Rio Negro até a rambla República Argentina.

– Eu sonhava em ser juíza.

Reclinada no banco do carona, cotovelo apoiado na janela, Helena inspira maresia. Marina batuca no volante, sem desviar o olhar do tráfego.

– E você seria excelente juíza. Nós, mulheres, somos superiores. Nisso y en otras cositas más.

Viram à esquerda na rambla, velas ao vento na direção de Pocitos. Tarde domingueira, pouco tráfego. Escutam o rio passar a bombordo no decorrer da canção. La melancolia de morir en este mundo y de vivir sin una estúpida razón. Os versos de Fito Páez misturados ao assovio do minuano, que sopra pelas frestas abertas no vidro das janelas, exorcisam dos pulmões o bafio daquela casa.

– Teu pai deve saber muito.

Passavam em frente ao antigo Cassino Parque Hotel quando Helena quebrara o silêncio.

– Todos aqueles livros.

– Velharias.

– Muita história.

– Mais do que você imagina. A fase áurea dele como juiz das altas cortes foi nos setenta.

Bastava fazer as contas.

– Que contas?

Setenta o quê?

– Tenha santa paciência, querida.

Anos setenta. Já ouvira falar?

Tamanha alienação só podia ser fingimento.

Todo en fin se sucedió, solo que el tiempo no los esperó.

Marina amava o pai, mas.

– Pero a veces me dá ganas de esganar-lo.

Viejo mofado, poço azedo de bílis requentada.

– Pobre. Socado naquele mausoléu. Morto em vida.

Soterrado debaixo de tanta umidade que seus ossos não conseguiram suportar. O câncer chegara ao esqueleto e pronto. Já estava. Aumenta o volume e canta junto.

Yo te conozco de antes, desde antes del ayer.

Helena gira o botão no sentido inverso, abaixando o volume da música.

– Não entendi nada.

Marina alivia o pé no acelerador e a encara de volta.

– Não tem nada pra entender.

Soltos no mundo, a gente escutava coisas. Coisas dos tribunais, da repressão. Cosas feas. Mas preferimos nos fazer de surdos, estúpidos, não por covardia, mas por serem outros os nossos métodos e objetivos.

– De que adianta vencer o inimigo se nos tornamos como ele? Vivemos seus valores e tradições, calçamos suas botas e as usamos para pisar nos outros.

Menina de meias três-quartos e saia plissada do colégio, fazia de conta que os cacos de narrativas pescados entre frinchas na madeira grossa das portas, trancadas por robustas maçanetas de bronze, as chaves negras cheias de arabescos sempre nas mãos secas de unhas longas e finas da governanta Isabel, eram fábulas do pássaro gigante com garras afiadas que cortava o céu dos Andes feito faca quente na manteiga, porém não tinha certeza se de fato o Juiz lhe contava histórias na cama, à noite, antes de dormir. Enfim. A memória desse período era bastante desvairada. Mas se recorda sem dúvida de ter sonhado com o bico afiado do condor encharcado de sangue, pingando gotas grossas no lençol alvo e cheiroso. Morta de medo do bicho, se fazia de corajosa no abraço firme de buenas noches. Só pedia para deixarem a lâmpada do corredor acesa e a porta entreaberta. Rezava, ajoelhada ao pé da cama, três pai-nossos, cinco ave-marias, o credo e um salve-rainha. Se benzia três vezes, beijava a ponta do indicador, a santa na cabeceira e a foto do seu cantor preferido na capa da revista.

– Nem sob tortura eu digo quem era.

Na universidade, entretanto, se tornara impossível ignorar. O condor dos contos paternos se referia não à ave majestosa dominando as montanhas por sua força natural e livre, mas à operação paramilitar estabelecida entre os países do cone sul da América, aliados a cabresto debaixo das asas gananciosas da águia ianque para exterminarem a resistência aos regimes totalitários impostos sobre seu povo. Bela ironia. O poderoso condor andino, curvado manso frente às imposições da águia do norte. Ganância vil, subterfúgios maliciosos, violência obscena.

– Tortura. Estupro. Assassinato.

Ou se estava por detrás do cabo ou diante da ponta da faca, do revólver, do pênis usado como arma.

– Enxergo o capanga vindo na minha direção, babando e brandindo um cacete duro, ou o enxergo pelas costas, se afastando de mim com a bunda de fora, nádegas flácidas que posso chutar quando quiser.

Não há cinza, apenas branco e preto.

– E verde-oliva.

Cinza só nos ternos de grife dos engravatados sorridentes que promoveram e financiaram o funesto esquema, e nas convenientes tonalidades morais da burguesia. Fortunas foram construídas tendo esqueletos insepultos por alicerce, e não apenas em sentido figurado. No mais das vezes, nem a dignidade mínima de uma cova rasa se deu ao inimigo aprisionado. Todo mundo sabia, mas dar nome aos bois era outra coisa. O esquecimento confortava, até que, certa noite, iria acordar suando a bater queixo, tentando enxergar qual era a extremidade dos fios da máquina de choque que se enroscava nos seus dedos e de onde vinha o cheiro de churrasco. Acelera e torna a aumentar o volume da música, cantarolando baixinho. Llevo un destino errante, llevo tus marcas en mi piél.

– Cosas de família.

Marolinhas antárticas arranham os pés descalços dentro da água gelada, feito as unhas aguçadas de sereias frígidas, sua espuma deslizante em padrões sobre a areia escura. Imponente, a fachada do Carrasco Cassino Hotel vigia a beira da praia. O vento parou, congelando o tempo sob nuvens de frente fria. A longa baforada expelida pelos lábios secos de Helena ainda paira ao redor da sua cabeça. O olhar repousa na exuberante austeridade belle époque das torres gêmeas do hotel, onduladas linhas nas cúpulas abobadadas, mas a visão retém, superpostas, as cenas dos últimos minutos passados no carro a caminho dali. Marina se esticando para pegar no porta-luvas o potinho plástico de filme fotográfico, alcançando-o, em seguida, a Helena, era estranha aquela mulher, tão parecida com ela e, no entanto, tão distinta, como se assistisse a um filme sobre a sua vida no qual o roteirista tivesse extrema liberdade ao arranjar os fatos e o diretor extraísse da atriz performances que a aproximavam da caricatura, Marina pondo no colo dessa Helena o flyer publicitário vendendo lotes em condomínio com lago artificial e campo de golfe para lá de José Ignácio, a foto do farol virada para cima recebendo os nacos de erva que Marina despeja do pote plástico, o cheiro intenso da maconha verdinha e o toque de seda dos papéis de fumar. Antes que pudesse pensar em reclamar, já tinha enrolado um baseado bem razoável para quem não fazia isso desde os tempos de solteira. Marcelo era careta, apesar de enfiar o pé na jaca no whisky e na cerveja de vez em quando. Ele não era de beber todo santo dia, mas, quando queria, metia bons tragos. Costumava ficar alegrinho a maior parte do tempo, porém a duração das etapas finais depressiva e ressaquenta vinha sendo estendida. Esfrega os olhos e sacode o cabelo. Tirar da cabeça o marido e se divertir. Custa a crer, estava mesmo fumando marijuana. E da boa. Era isso que a tinha convencido, o jeito coquete de Marina dizer o nome da erva em espanhol. Repetira, por sua vez, a palavra, forçando na imitação o sotaque castelhano, o que a fizera baixar o tom. Marina arremedara fazendo biquinho, e as duas caíram na gargalhada. Marina, séria de repente, olhando-a nos olhos. Dale, não fosse cagona. Pisca e recebe o baseado outra vez, voltando-se de frente para o mar. Nas ondas de meio metro, garotos recobertos por neoprene manobram linhas clássicas entre a base e a crista. Helter Skelter. Lembrava sempre dos Beatles em Helter Skelter ao ver um surfista rasgando a onda repetidas vezes. Mareada pelo balanço das sombras a dançar na superfície, sai do mar e senta no chão. Abraça os joelhos. O ruído da ondulação exala preguiça. Precisava de um banho. E de uma cama.

– Princesa. Reclama do tédio, mas não passa sem banho quente e lençóis limpos.

– E você é o quê, operária, camponesa?

Abaixa a cabeça e murmura aos grãos de areia. E o mais louco é que ela amava o Marcelo, amava aquele filho da puta sacana.

– Virei um zumbi dentro da minha própria casa.

Marina senta-se ao lado dela. Apaga o baseado esfregando a ponta na areia e joga a bituca para o santo. Passa o braço pelos ombros de Helena, afaga-lhe os cabelos e sussurra. Desculpa.

– Por quê?

– Por não estar na rodoviária. Sei como é difícil chegar sozinha no estrangeiro.

– Não foi sua culpa.

– Talvez.

– Pensar em Porto Alegre me dá falta de ar. Precisava beber alguma coisa.

– Água.

Às vezes, desejava viver no fundo do mar.

Marina sorri para o gris do céu. Se cuidasse com os peixes grandes. Os tubarões tinham dentes afiados.

– E você tem a carne macia.

– Yes, Vince, I've got the names right.

Marina anda de um lado a outro, pendurada no telefone, pantera costeando a parede penumbrosa da jaula.

– Just send me their pictures, ok?

De pé no corner oposto do living, disfarçadamente desatento, Javier acerta sem pressa os ponteiros do carrilhão Urgos Triple Chime com máquina Tempos Fugit. Sessentão bronzeado, camisa branca sob terno creme sem gravata, ajusta o pêndulo com trejeitos milongueiros. Para fazer caipirinha no Uruguai, o mais difícil era encontrar buena cachaça. Fala fasssêêêrr e catchááásssa, pronúncia sibilante, como se em plena areia do posto nove de Ipanema, mirando enviesado por cima do ombro. Hirta, sentada bem na ponta da almofada do sofá de couro branco, Helena concorda sem ouvir. Abstraída, de olho na conversa ao telefone, afina o ouvido e tenta escutar por baixo da conversa do padrinho. El padrino. Era assim que Marina tinha apresentado Javier. A brasileira.

Mucho gusto, encantado. O mel cristalizado na voz raspava a garganta curtida num pigarro recorrente. Pois tinha gente que a preparava também com vodca e Bacardi. Chente. Gostou do jeito dele pronunciar o nome do rum à castelhana, com o i bem agudo no final. Mas não, ela não gostava assim. Preferia cachaça.

– É mais natural.

Repicam cinco horas no toque Westminster. Javier confere no Breitling de pulso o sincronismo e fecha o vidro sobre os contrapesos e correntes, sem tentar esconder sua contrariedade com o telefonema do outro lado da sala.

– Ok, ok, I'm gonna be there. Sharp.

Amanhã, vinte e três e trinta, no Conrad. Mandasse as fotos e deixasse o resto com ela. Já estava com o couro curtido, não precisavam se preocupar. Funny, her? Just tired.

– Have you seen the tapes I've sent to Yvonne?

Hora del té. Javier solta a frase a caminho do bar, onde começa a preparar manhattans de Wild Turkey. Otra cosa eran los limones.

– Los de acá? No, no. Tampoco sirven. Una lástima.

Javier projeta a voz na direção de Helena, porém o olhar ele concentra na outra, enquanto as mãos misturam o bourbon ao Martini Rosso na coqueteleira repleta de gelo. Pinga duas gotas de angostura e mexe, usando a colher de cabo comprido. Trinta segundos. Filtra ao servir nas taças de vermute recém-tiradas do refrigerador e aplica a cereja ao marasquino em cada drink. Acena e oferece a sedutora taça contendo o líquido escarlate. Marina sinaliza positivo, dois minutos. Decidira se despedir do seu interlocutor sem narrar o que ocorrera esta manhã. Preferia assim. Vince a faria deixar Montevidéu imediatamente se soubesse.

– Cubanitas?

Javier oferece a Helena cigarrilhas com piteira.

– No, gracias.

O aroma intenso da fumaça habanera se espalha quando ele acende um Partagas Corona, voltando à carga. Una verdadera alquimia, a caipirinha. Jeitinho brasileiro. Tico-tico cá, tico-tico lá. O que é que a baiana tem?

– Be safe, you two. Los quiero. Bye.

Marina desliga e vem até eles, recolocando o brinco na orelha direita. Passa a língua para umedecer os lábios e se joga no sofá bem entre os dois.

– A nosotros, ahora, papi.

Recebe a taça de manhattan e sorve um bom gole, o qual deixa escorrer garganta abaixo com gosto. Ao repetir a ação, engole e suspira, refeita. Ato seguinte, apanha, sem pedir, o charuto de entre os dedos de Javier, tirando longa baforada. Deita-se ao comprido no sofá, a cabeça no colo de Helena e os pés sobre as coxas roliças do padrinho, fixando o olhar no carrilhão. Tique-taque, tique-taque, tique-taque, tique-taque, segundos, minutos, horas, dias, anos, décadas, séculos, milênios até a eternidade no moto-contínuo pendular. Cruzamos o tempo à velocidade da luz, dedos em garra na esperança inútil de se agarrar às bordas do sonho, de resistir, suspensos, ao movimento. Congelar o tempo. Na temperatura de zero absoluto, a velocidade da luz seria igual a zero metros por segundo? Na imobilidade do tempo, não há o espaço. Ponto sem traço. Se desfaria a própria impermanência em poeira de nada? E depois do nada, o que vem? Ou antes. Vontade vazia, não existência. Tentava esquecer que o universo era essa ideia inviável na hora de repousar a cabeça na fronha macia e fechar os olhos sozinha, os outros todos dormindo, desejo de gritar feito louca, sair a correr pelo meio da rua.

Ondulações refletem na transparência os arcos sensuais em madeira branca que encimam os janelões, longas vidraças, do piso em mármore à madeira do teto, cinco metros acima. Se desfaz a languidez superficial da piscina tépida na turbulência acre do mergulho a espirrar água em leque. Respingos atingem as coxas de Helena, as quais deixa descobertas, reclinada, olhos cerrados, dorso da mão esquerda apoiado sobre o ventre nu, braço direito estirado numa curva sobre o couro creme da chaise-longue. Nuvens de vapor sopram seu bafo em ondas que embaçam o vidro duplo das janelas, pelas quais o pálido da tarde vaza para dentro do salão da piscina. Poderia ser como uma personagem nas estradas poeirentas de Faulkner, ao final arrastada à decepção, mas se debatendo feito uma traíra na taipa em busca de oxigênio. Afogando-se no ar como nós no mar. A sola de corda da alpargata do capataz a prender suas escamas contra o barro vermelho no movimento firme de tirar o anzol fisgado na boca, você é o peixe e ele vai te deixar sobreviver algumas horas num balde sujo de água escura, na companhia de outros pescados que nem você, e já sabes que teu destino é a frigideira. Ou o fogo. E sabes também que teu cadáver será trucidado por garfos e facas de prata esta noite, até se dissolver no ácido das panças estufadas. Meio litro de chá de boldo não tinha sido capaz de vencer o álcool. Permanecia bêbada e com vontade de urinar. Vomitara na privada do lavabo as milanesas com papas e tudo, ensopadas de cerveja e vinho, mas o mareio persistia. Whisky sempre a deixava tonta. Não misturava biritas desse jeito desde o terceiro ano. Ainda enxergava o espectro de Javier erguendo brindes sem parar, delizando a ponta dos dedos na taça molhada para lamber restinhos dos drinks, estalando os lábios, piscando olhos vermelhos de pálpebras refeitas pelas mãos hábeis de algum cirurgião plástico, distribuindo tapinhas distraídos para desamassar o terno Hugo Boss. Que ficassem cômodas, ladies. Estavam em su casa. Com seu permiso.

– Ahora me voy, que la guita no se hace sola.

A nosotras ahora, nena.

– Não vai mesmo tirar essa roupa?

Marina vem nadando até a borda, músculos esguios esticando a pele clara.

– Me deixa.

Não tinha trazido biquíni nem pretendia se molhar. Jeans e blusinha de malha erguida acima do umbigo eram o máximo a que iria se permitir do jeito que estava.

– Estás enojada?

Suor atrás das orelhas e nas axilas.

– Enjoada? Não, só cansada da viagem.

Umidade poreja na raiz dos cabelos.

– Enjoada não. E-no-ja-da.

Como se dizia em português, encazzada?

– Chateada?

Estava sim. Frustrada.

– Pensei que, quando a gente se encontrasse, você ia me contar da tua vida. Das tuas coisas.

Marina empurra de leve os azulejos e flutua para trás. O batimento suave de pés e mãos sustenta o corpo na vertical. Mergulha até manter apenas os olhos e o topo da cabeça de fora. Submersa, sopra bolhas transparentes que espocam, frente às pupilas, faíscas de sais de cloro. Helena entreabre os olhos. Na translucidez mórbida da pileta se percebem os efeitos das sessões de natação e ioga sobre a pele da outra. Braçadas de costas, os bicos dos seios apontam para o teto entre os vapores da superfície. Se afasta, deslizando, para a margem oposta. Observa que Marina não traz marcas de maiô. Pelos castanhos muito parecidos com os seus, encaracolados. Enrubescera quando Marina se despira para entrar na água, e se surpreendera ao olhar direto para o púbis dela.

– Estás rosada de calor.

Ia morrer sufocada. Ao menos tirasse essa blusa.

– Se me disseres no que tu estás metida, eu tiro.

– Chantagista. Gostei.

Gira o corpo ao mergulhar, provocando frenéticas marolas. Volta à tona junto aos pés de Helena, que agora tocam de leve o deque. Sua vida era bem simples. Torna a afundar o queixo, boca e nariz, feito jacaré. Abre a boca o suficiente para deixar entrar uma pequena porção de água, sem engolir.

– Não desconversa.

Helena se apruma na cadeira.

Antes de lhe responder, Marina cospe um comprido filete de água morna feito chafariz por entre os lábios, qual fiumi de Bernini, rio esculpido em mármore nas formas de mulher. Complicados eram os outros. Quem?

– Ninguém.

Ficava linda nesta luz. Por que esquentar a cabeça com coisas que não lhe diziam respeito? Inclina a nuca de leve para trás, molhando os cabelos. Não estava metida em nada. Seu trabalho tinha certos riscos, só isso. Olhasse os ativistas do Greenpeace. Volta e meia, precisavam meter o barco em manobras arriscadas. Cada qual con sus riesgos.

– Perigo de vida?

– Perigo de morte!

Dá um tapa na água e joga respingos para cima.

– Larga de ser cagona, tchê.

Por vezes, havia pessoas que tentavam nos impedir de descobrir certas coisas. Pessoas ruins. Gente má.

– E nós queremos saber nada menos do que todas as verdades do universo, certo?

Era natural surgirem atritos entre as partes.

– Da fricção é que vem o gozo.

Helena não entra na dela.

– Sei que você é jornalista. Periodista.

Mas nunca vira nenhuma matéria dela, nem sabia para qual emissora trabalhava.

– Emissora. Já trabalhei.

Nevermore, dizia o corvo. Essa imprensa era toda a mesma merda, baronetes prontos a fazer qualquer espécie de sujeira para aumentar os seus imperiozinhos de araque e a velha corja de feitores manicurados lambedores de saco que fazia o moinho girar.

– Mamam na cobra dos patrocinadores e nas tetas da república. E ainda têm a cara de pau de se travestirem em paladinos da liberdade, chamando os outros de piratas.

– Não vem te esconder atrás desse papo cheguevara. Discurso é para comício. Quero a verdade. Sem ideologias.

– Você não aguenta a verdade. Eu não aguento a verdade. Você tem os teus segredos, eu tenho os meus.

– Amigas não têm segredos.

– Amigas não têm vergonha.

Torna a mergulhar, para emergir segundos depois na margem oposta, de costas para Helena, de onde admira o final da tarde alaranjando as copas das árvores lá fora.

– Você é quem sabe. Se quer ficar vestida e suar que nem um chancho nessa calefação, a escolha é tua.

Transpirava bastante mesmo, e sua pressão tinha caído. Estavam as duas sozinhas, que mal teria? Ela já se despira em vestiários femininos antes, e, afinal de contas, estrias todas tinham. Não estava em forma como a outra, mas e daí? Mesmo assim, fazia boa figura, nem estava tão acima do peso. Puxa a blusa para cima num gesto rápido. De qualquer jeito, ainda estava de sutiã.

Marina se volta, emoldurada pelo crepúsculo.

– Vem para a água.

Estava divino.

Levanta-se devagar, tirando primeiro a sandália do pé esquerdo. Descalça, desce o zíper sem pressa, abre o cinto e despe as calças, sempre encarando a outra dentro da água. Fica bem acima dela, assim de pé, e, mesmo sabendo ser bobagem, sente-se poderosa nesta perspectiva.

– Uma ONG.

– Uma o quê?

Marina se aproxima em lentas braçadas.

– Uma ONG. O-N-G. Eu trabalho para uma ONG.

Só de lingerie bege, Helena senta-se na beirada da piscina, mergulhando as pernas até os tornozelos. Reflexos do ocaso ofuscam o constragimento.

– Organização Não Governamental.

– Eu sei o que é uma ONG. Não sou burra.

Outra vez, Marina submerge, ressurgindo a poucos centímetros das canelas de Helena. Sem roupas, diminui a abafação, mas sua pressão oscila em picos que dançam dos calcanhares à nuca. Estremece quando Marina lhe envolve os tornozelos com as mãos molhadas. Bueno, se ela já sabia, tanto melhor. Assunto resolvido.

Helena, no entanto, não se daria por vencida sem lutar. Sua curiosidade era como os kukris, punhais curvos dos gurkhas: uma vez desembainhada, a lâmina jamais iria voltar à bainha sem sangue.

– E essa tua organização faz o quê, para quem?

Retira, com dedos firmes de unhas impecáveis, os pulsos que lhe seguram as pernas e impede que Marina se sustente na beirada. Obrigada a nadar para se manter na superfície, ela ri e joga água nas coxas da amiga.

– Me saíste uma torturadora.

Por isso Helena y el Meritíssimo se haviam afinado tão bem. Balança a cabeça e dá outro tapa na superfície, lançando água mais para cima desta vez.

– Unidos para encherem o meu saco. Coño.

Tudo bem. Contaria. E depois, a aprovechar essas vacaciones como Diós manda. Combinado? Sim, combinado. Chegava de mistério.

– Fala. Para quem você trabalha.

Marina faz sinal para que Helena abaixe o rosto na sua direção e, aproximando os lábios, sussurra, matreira.

– Curiosidade matou a gata.

Ao se inclinar para ouvir, Helena tornara-se presa fácil para Marina, que se aproveitava daquela ingenuidade puxando-a com tudo para dentro da piscina.

– Lição número uno: feche a boca ao mergulhar.

Submersa, a primeira coisa na qual pensa é que o cloro vai lhe arruinar o cabelo. Só depois é que engole água e lhe falta o ar. Que desgraçada. Engasga e tosse bastante quando consegue vir à tona, resfolegante.

– Filha da puta.

Recupera o fôlego e parte para cima, furiosamente, dando tapas na superfície para lançar jatos de água. Tanta violência afoga as risadas de Marina. Para fugir ao ataque, ela mergulha e enlaça as duas pernas de Helena, puxando-a para o fundo de novo. Olhando, agora, para o ridículo que fora aquela batalha naval improvisada, ficava difícil não se ver alvo fácil de zombaria, ainda mais pela seriedade com que se envolvera nas escaramuças subaquáticas. Na hora, estava possessa. Depois, se perguntara em silêncio se não era Marcelo quem deveria ter levado as pancadas. Chorava de raiva enquanto Marina tentava lhe conter as braçadas, pedindo trégua. Bandeira branca. Finalmente se deixara abraçar, chorando. Por sorte, o rosto encharcado e os olhos vermelhos podiam ser debitados à piscina, já que nem ela sabia de fato por que chorava. Chegou mesmo a acreditar que estava sóbria. A sobriedade, porém, não chegará antes dela despertar amanhã, dor de cabeça e gosto de cabo de gurda-chuva na língua, os dentes ásperos e cortantes, aftas ulcerando as gengivas e uma unha quebrada, bem depois de se deixar flutuar quietamente assim de costas, mamilos e pelos pubianos marcados no algodão molhado. Boa parte da sua vergonha e timidez afundara, e foi se sentindo mais à vontade nessa nudez compartilhada. Revigorada. Feliz. Ria, chapada, ao tentar dizer o nome completo da guria em holandês pela nona vez. Coitada. Não tinha graça. O nome impronunciável era homenagem à filha morta do fundador, figurão de origem finlandesa, e a logomarca da ONG era o brasão familiar. Nobreza heráldica.

– Descendentes de duques y que sé yo.

Mas gente boa. Pagavam bem e em dia. O velho investira a fortuna da família nessa Fundação após perder sua única filha aos dezessete anos. Cristalinos olhos azuis, essa garota desce de mochila nas costas desde o extremo norte até os confins do sul para conhecer a Terra do Fogo. Recém começa, então, o ano de hum mil novecentos e setenta e sete, tanta coisa a pobrezinha deixaria de ver na vida. Viaja de férias, acompanhada por duas colegas do ginásio. Logo, ela se apaixona por esse argentino barbudo e míope que conhece na Patagônia. Remador, terceiranista de Medicina metido com política estudantil. O casalzinho vai morar junto na casa dele, em Rosário. Meses depois, desapareceram.

– Como assim, desapareceram?

Um dia, estavam en la calle, no outro, zip. A garota tinha sido encontrada morta meses depois, desfigurada e nua. Boiando, putrefata, a carcaça encalhara nas pedras de uma enseada. Se dizia que el novio era montonero.

– Do rapaz, nunca encontraram nem o esqueleto.

Helena passa o pente de osso no cabelo, cautelosa e paciente para não romper a queratina dos fios. Depois da ducha, ambas vestem roupões felpudos amarelo-clarinhos e bebericam gins-tônicas com bastante gelo. A sede do centro operacional para a América Latina ficava em Amsterdã. Marina desliza o cristal gelado do copo ao longo da testa e nas bochechas. Engole um trago e fala, amarga, para dentro do copo. No projeto original, o levantamento ia ser feito só no Uruguai. Logo, ficara evidente que os indícios e pistas se mesclavam, os casos investigados se misturavam e os seus protagonistas e coadjuvantes se espalhavam por todos os países do cone sul. Impossível ficar confinado entre os limites das fronteiras nacionais. Eles nunca ficaram.

– Eles quem? Levantamento do quê?

Os milicos, a repressão. Os esquadrões da morte financiados pelos dólares dos gringos e pelas contribuições polpudas da fina flor do empresariado local. Em São Paulo, chamaram de Operação Bandeirantes. Muita gente fez sua fortuna com a ditadura. Capitalistas de puta madre.

– Me formei em Direito. Conheço essa história. Mas é passado, morreu. O que a gente tem a ver com isso?

– Eu já te disse, sou periodista.

Freelancer, recebera dos holandeses a encomenda dessa reportagem especial há dois anos. Seu dossiê seria publicado na Europa em capa dura, o texto, disponibilizado no site da Fundação e distribuído via newsletter. Os filetes escorrendo nas costas nuas de Marina ao subir a escadinha de metal rumo ao bar do estúdio para preparar os drinks já tinham secado há horas, mas Helena ainda podia enxergar o jeito prático da outra cortando os limões no pirex sobre o tampo do balcão espelhado, roupão aberto na frente, gestos precisos para separar os copos, a botella de Gordon's Dry, o açúcar e a faca de serrinha com cabo de plástico escarlate. Combinava mais com feriado quando ela enchia dois copos bem altos com gelo e apanhava as latinhas de Paso de los Toros na geladeira, as quais despejaria com mão delicada por cima do gelo, do gim, do açúcar e das finas rodelas de limão. A ONG para a qual estava trabalhando era uma fundação europeia privada voltada à defesa dos direitos humanos de presos políticos, dissera, casual, aproximando-se com as bebidas numa bandeja cheia de salamaleques.

– Que chique.

Analisando em retrospectiva, ela se arrependia da reação leviana e da frase boba que lhe ocorreram então, e tenta lidar com sua bebida e com os rumos da conversa de maneira mais apropriada, respirando devagar e fundo.

– Sobre o que você escreve?

– Ações da Operação Condor. Casos de tortura e desaparecidos políticos nas ditaduras latino-americanas.

– Mas faz tanto tempo.

– Quem bate esquece rápido. Tanto tempo para ti. Para mim. Para famílias que se aproveitaram do milagre econômico. Como a tua. E a minha. A minha família.

– Parece até que eu tenho culpa de alguma coisa.

– Não, Helena. Ninguém tem culpa de nada.

Ninguém tinha culpa de nada. Eram tudo coisas do demônio. Fantasmas. Tentáculos sem cérebro e sem corpo.

– Satisfeita?

Não responde, apenas olha fixo para a água da piscina. Estar nua lhe fazia bem. Seu corpo ficava aquecido perto de Marina. No início tinha sido apenas uma ideia, meio difusa, história mal contada nos textos do chat. Depois a ideia fora feita em carne, pouco a pouco se desvendando das roupas que usavam e se descobrindo tão iguais e tão distintas. Mas agora começava de fato a sufocar de paixão, na ânsia por um toque. Helena larga seu pente em cima das roupas dobradas no chão e se esparrama de costas na espreguiçadeira. Era hipnótico estar ali ao lado de Marina. A existência da outra de certa forma justificativa a presença da própria Helena no universo. Sentia-se plena, assim. Mas tinha medo do que viria depois. Brincara com a fantasia e se deixara levar num capricho descuidado, porém de fato agora as sensações deslizavam as pontas de garras afiadas em toda extensão da epiderme. Morde os lábios e se espreguiça de leve, imaginando como seria deixar aquelas garras penetrarem seus músculos até o coração.

– Mais uma dose?

Marina sorri, e seu sorriso injeta endorfinas nos recônditos mais íntimos de Helena.

– Claro.

Helena entorna o restinho aguado do gim e entrega o copo à outra, que se dirige ondulante ao bar. Os derradeiros fachos de sol daquela sua primeira diária em Montevidéu desaparecem aos poucos, enquanto a iluminação subaquática é acionada de modo automático pelo sensor, recriando o efeito de fosforescência liquefeita planejado pelo arquiteto.

– Você não tem medo?

Medo? Tinha medo, sim. Terror. Mas, se a gente fosse esperar o medo passar sozinho, não faria nada nunca. E, depois, os dutchs pagavam em euro, e ela precisava da grana. Dito isso, mesmo que ainda houvesse perguntas a fazer, ficariam sem respostas por enquanto.

– Buenas noches, princesas.

Acorda e dá de cara com Javier na porta de entrada do salão da piscina, de olho nos seios dela. Risonho, rola entre o polegar e o dedo médio o toco do Cohiba robusto e funga, enfatuado. Pelo jeito, desfrutava há certo tempo daquela intimidade seminua entre as duas, adormecidas com os robes entreabertos e restos de lingerie sobre a pele. Helena retém o susto na laringe, fechando o roupão.

– Veo que están a gusto em mi chalet.

Era noite, e apenas as luzes subaquáticas estavam acesas, a exalarem seu brilho psicodélico nas paredes.

– No las voy importunar.

Armani impecável, nó Cavendish na gravata de seda azul-profundo, enlaçando o colarinho inglês, avança em passos medidos até o lado da cadeira na qual Marina está deitada. Finge dormir e não dá bola para a presença dele, sem se mover nem para cobrir a nudez. A toalha de rosto lhe cobre os olhos, umedecida no balde de gelo, e os braços descansam estirados ao longo do corpo.

– Te vas a resfriar, mi amor.

Javier cobre as virilhas da afilhada com a toalha felpuda que apanha do chão. Ao fazer isso, as pontas dos dedos dele resvalam na pele de Marina. Sem tirar a toalha de cima dos olhos, ela sussurra, rouca da garganta seca.

– Com mi salud, te preocupás?

Javier recua numa mesura barroca e sai na ponta dos mocassins de pelica italiana.

– Bueno, cariño, vine a ver si están cômodas.

E isso ele tinha visto. As convidava para o jantar. Aonde gostariam de ir?

– Si pagás vos, a lo mejor.

– Me voy a duchar. A las once, salimos?

A sós, Helena reclama. Sair? Tinha certeza? Estava exausta da viagem e com certeza bebera demais. Começa a pensar em se levantar e voltar ao quarto quando uma nova presença no salão da piscina lhe constrange. De Hugo Boss cinza-chumbo e quepe adernado, entra o motorista, César. Sem dizer palavra nem lhes dirigir o olhar, ele atravessa o deque em direção à sauna, carregando um saco de lona cheio de folhas de eucalipto. No meio do caminho, é interrompido por Marina.

– Dame una, cariño.

César se abaixa diante dela e deixa que pegue três ou quatro folhas compridas. Ela leva as folhas ao nariz e inspira. Estica duas para Helena, que repete seu gesto.

– Naturaleza.

Giram as folhas pelos talos em ambos os sentidos e sorriem. O aroma de sauna suplanta os cheiros de cloro, de gim e limão. Ele se mantém agachado por instantes entre as duas. Logo, se levanta e segue adiante.

– Gracias.

– Merece.

O motorista entra na sauna e retorna em seguida de mãos vazias, com o quepe debaixo do cotovelo esquerdo, calçando as luvas de dirigir. Passa ao lado das mulheres e toca a ponta dos dedos na testa, em continência informal.

– Señoritas.

Sem responder, as duas contêm o riso excitado até a saída completa dele do recinto. Marina olha nos olhos da outra e reafirma, irredutível: sair, sim. Tinha certeza. Afinal, era a primeira noite delas juntas.

– A festejar!

Pop, espoca, em surdina, a rolha parda do Premier Cru Classé, e o vinho tinge a transparência do cristal tcheco das taças numa onda de veludo líquido.

– Besame. Besame mucho.

Ainda bem que Helena enfiara o dedo na goela mais cedo, antes do banho de chuveiro, abraçada na louça, os joelhos raspando nos rejuntes dos ladrilhos, segurando a tampa da privada. Caso contrário, vomitaria ali mesmo, na renda da toalha, nos reflexos da prataria, na porcelana inglesa e nos castiçais de prata que adornavam o centro da mesa com longas velas torneadas em cera amarela.

– Como se fuera esa noche la ultima vez.

Expelira em golfadas biliosas os restos de fritura que lhe reviravam os intestinos no sulfuroso aquário da pança, abastecido por insensatas mesclas alcoólicas. Tanta sede, bebeu não apenas todas as garrafas pet de meio litro com e sem gás no minibar da suíte que compartilhava com Marina, como ainda sugou longos e saborosos goles no bico da torneira do banheiro. Depois de beber, deitara a cabeça no geladinho de pedra da pia, traçando, com a ponta do indicador, caprichosas linhas no rajado do mármore. Besame.

– Besame mucho.

Depois da ducha, vestiu a saia de lã xadrez com as botas de salto alto e a blusa preta de gola rulê. Arriscara duas gotas de Miracle, da Lancôme, atrás da orelha, lóbulos ornados pelos mesmos brincos de prata e água-marinha que estava usando na primeira vez em que escutara a voz da Bestia através dos fones de ouvido pelo computador, meses atrás, vidas atrás. Sorriu de volta através do espelho da penteadeira e afinal pensou em se divertir, por que não? Não era para isso que tinha vindo?

– Que tengo miedo perderte, perderte después.

Couro escarlate no encosto das cadeiras, borrado pelas sombras dos gestos na claridade das velas. Chamas âmbar colorem o salão, tremulantes à passagem tênue dos garçons, vultos silenciosos que somem no escuro além da porta da cozinha.

– Quiero tenerte muy cerca, mirarme en tus ojos, verte junto a mi.

Pediram enormes entrecôtes au poivre, e estavam pela terceira ou quarta garrafa. Javier repetia brindes a los hermanos del Mercosur, enquanto Marina se afogava em risadas. Fazia pouco caso da afetação dele e contestava com brindes à marijuana, ao ócio e ao sexo livre. Comiam ao som d'*O Lago dos Cisnes*, orquestrado no sistema de som do restaurante, mas a outra cantarolava simultaneamente, ao pé do ouvido de Helena, boleros e o *Clandestino*, de Manu Chao, e isso a deixava tonta e excitada.

Recordar, agora, os movimentos do cisne branco, o qual dançara aos quatorze anos de idade, a tornava ao beiral de profundezas trágicas que tal libreto descortinara diante da virgem romântica na época. Vibrações esquisitas lhe formigavam extremidades afora, calor e frio se alternando em ondas frenéticas aos acordes dramáticos do piano, pontos de pele sensíveis ao toque do jovem príncipe Siegfried, nas costas, nos braços e pernas, menino franzino e elegante, vindo do Municipal paulistano apenas para aquela apresentação especial na escola de balé que Helena frequentava, convidado com quem ela ficara ensaiando a semana inteira, e junto dele dançara o cisne como nunca, loucamente apaixonada. Mas o garoto nem te ligo, boa noite e até logo, voltara para casa em São Paulo sem lhe dar ao menos o beijo no rosto que aguardava para a despedida no dia seguinte. Desejo de morte, afogada na decepção adolescente. O amor ardido ficara no passado, junto ao balé, à virgindade e a boa parte do romantismo, enfiados na gaveta dos pijamas, lado a lado com o ritual de emoção nos rostos do pai e da mãe ao abraçá-la e beijar-lhe a face maquiada à porta do camarim, recobertos pelos cheiros e sabores da pizza na cantina favorita da mãe depois do espetáculo, meia-noite passada, adulta entre os adultos, sabor de muzzarela, tomate e orégano.

— Piensa que tal vez mañana ya estaré lejos, muy lejos de aquí.

A esta altura da noitada, nutridos e exaustos, os três oscilam em transe opiáceo nos limites da sonolência. Javier saca outro havana do bolso do paletó e corta a ponta para acender.

— Dame uno, viejo.

Marina apanha o charuto e sorve-lhe o aroma. Em seguida, estende o braço e esfrega suavemente o cigarro sob as narinas da outra, provocante. No le gustavan los puros? Helena prende a respiração e desvia o rosto, em desagrado. Fumo matava.

– Viver mata.

Marina dá de ombros e se inclina para acender seu Montecristo na chama que Javier sustenta entre os dedos. Segura a mão dela firme entre as suas e faz outro brinde, sussurro audível só para suas convidadas.

– A la vida y al amor.

Marina engasga de rir e solta espessa baforada, nuvem que sobe em espirais azuladas ao teto de madeira escura enquanto ela tosse três vezes, batendo com a palma da mão no peito, às gargalhadas.

– De amor, hablás.

Torna a encher ela mesma sua taça, bem acima do que recomendaria a etiqueta, ergue o Chatêau Lafite 72 e oferece, em voz alta, a todas as mães e aos pais que, nesta noite, não tiveram o que dar de comer aos seus filhos.

-Salud.

Entorna a taça de vez, e o gole desce aos solavancos garganta abaixo. Ensaia breve mesura e torna a sentar-se, afogueada. Javier permanece escarrapachado feito pachá na poltrona de espaldar alto e largos braços acolchoados, o charuto mordido no canto da boca torcida e o olhar de peixe morto. Bate palmas insossas e rosna, inerte.

– Me encanta verte hacer la revolución con una taza de vino de setecientos dolares en la mano.

Tinha o mesmo efeito para ele que aquelas imagens do Che Guevara estampadas em lycra na bunda da Gisele

Bündchen nos desfiles de biquíni. Marina bebe outro gole e retruca em português.

– E eu adoro quando tu falas o preço das coisas.

Tão fino e elegante. Javier passa o guardanapo nos lábios e puxa do bolso a carteira de couro de jacaré. Bueno, ao menos sabia quanto as coisas custavam. La buena vida, alguém tinha que pagar por ela. Separa um maço de notas e sinaliza para o garçom, retoma a garrafa e volta a encher a taça de Marina.

– Dime cuando, cariño.

Marina mantém os lábios cerrados e Javier deixa a garrafa emborcada, vertendo o vinho numa longa onda cor de rubi. Cálice cheio, a bebida tranborda, avermelhando a toalha até esgotar a garrafa.

Trance rodopia ao som do Infected Mushroom a todo o volume na pista do clube. Luzes frenéticas piscam em zigue-zague através da fumaça que reveste corpos sacolejantes. Refugara mais cedo a pílula lilás oferecida entre a ponta dos dedos de Marina no reservado do banheiro feminino, ela lhe sugerira colocar a droga debaixo da língua, do mesmo modo que fazia com a sua dose. Dulce. Lambera os lábios e guardara ostensivamente o comprimido envolto em plástico sob o sutiã. Para después. Mais tarde. E mais tarde chegara cedo. Metade primeiro, a outra metade depois. Andava lá pelo quarto ou quinto scotch, gelo e Redbull. Braços estroboscópicos se enroscam, coloridos, na batida dos tambores eletrônicos, fios revoltos dos cabelos da Medusa, que balança, impetuosa, a cabeça, feita de corpos suados cheios de álcool e um pot-pourri de drogas sortidas. Sonoridades trepidantes bumbam em alta rotação. Olhos nos olhos, as duas mulheres acompanham em arcos as onduladações uma da outra, espelhadas nos gestos a meio palmo entre as pontas dos narizes, sem, no entanto, se tocarem. Lábios secos, seios corados, suor gelado porejante na parte interna das coxas. Estalos sensoriais hipertensionam seus tálamos.

– Baila, mi amor.

O gesto malcriado de Marina no restaurante foi a senha para ativar a nova fase no jogo. Javier se mantivera distante desde então, acabrunhado no mezanino, cem por cento compostura no seu traje gris com corbata marinho, bebericando sua Bollinger rosé, Cohiba apagado entre os dedos gorduchos. Exangue, a palidez encovada do rosto já nem é capaz de absorver a bebida, transfusão inútil e dispendiosa. Ele acordava cedo. Dormia cada vez menos. Com a idade, os pesadelos se aprofundam e dormir não é tão bom. Na verdade, ficar acordado também não, mas pelo menos havia com o que se ocupar. Como as malcriações da mulher que lhe tratava por padrinho. O garçom interviera no devido tempo, nem presto nem tarde demais, a toalha foi trocada com rapidez e gentilezas. Javier, muito sério, mandara levar as sobras da refeição, deixando apenas a bebida. Marina o encarara com escárnio. Lambendo a borda da taça com a ponta da língua, deixava gotas coloradas pingarem no colo do seu jeans. Ao final do duelo silencioso, Marina emborcara todo o vinho da taça de um fôlego só, sem desgrudar os lábios do cristal, a esguia curva do pescoço em marolas da boca ao esôfago. A reação de Javier fora se desculpar polidamente com Helena.

– A veces tu amiga se pone pesada.

– Yo? Para nada.

Foi nessa hora que ela se levantou da cadeira e puxou Helena, suave mas firmemente, pelo pulso.

– Estoy livianita, livianita.

– Más despacio con el vino, niña. Tan leviana, te vas a salir por la ventana. Sabés volar?

– No jodas, Javi. No seas boludo. Pedinos champán.

Queria saber voar. Não, não basta querer. É preciso desejar. Vamos dançar. Madrugada de segunda-feira sem compromissos com o amanhecer. A essas alturas, era capaz de sentir a vibração dos próprios neurônios, arrumando-se em combinações desconhecidas na batida drum and bass. Sente o perfume no suor de Marina acariciando os pelinhos das suas narinas inflamadas. Seria capaz de desfalecer com a perspectiva da separação, quando chegasse a hora de voltar para casa. Sim, queria mais do que tudo neste momento dançar com ela. Mas tinha vergonha.

– Vergonha de dançar?

– Na verdade, quando era pequena eu gostava.

Dançava pop, brega, tudo, qualquer coisa.

– Dançava na frente da tevê, com a babá.

– E o que houve?

– Com a babá?

– Contigo.

– Comigo? Nada. Por quê?

– Dança comigo.

– Eu tô dançando, não estou?

– Se você chama isso de dançar, por mim tudo bem.

Me soltar. Se eu me soltar mais do que isso, caio estatelada no chão. A conversa tinha sido ao pé do ouvido no meio da pista, berros sussurrados debaixo da pulsação da música. A pista de dança joga feito barco em mar bravio, faiscantes bailarinos marujando na instabilidade perene do convés, entupidos de rum e maresia, arremessados por cima da amurada para o golfo infestado de tubarões. Que siga el baile. No pare la música.

– The manyac psycho, the maniac psycho.

The maniac psycho. Experimenta a nítida sensação de se desfazer em borbulhas coloridas flutuantes no limiar do buraco negro, vazio eterno bem no centro da galáxia. Os corações das duas mulheres batem em uníssono no meio da pista de dança do nightclub apinhado de gente, e é como se todas as pessoas bailassem naquela batida apaixonada, todos os corpos úmidos de suor e desejo se entrelaçassem num único ser de fogo e água, fazendo amor consigo mesmo. Cabelos encharcados respingam gotas mornas de sal e luz, mão se movem em todas as direções tateando, agarrando, abraçando, arranhando, pegando, apertando, acariciando, deslizando pelas fendas das roupas e se enfiando pelas dobras do corpo. Queria voar, mas tem os pés pregados ao chão.

Quando torna a olhar para cima, o camarote está vazio.

– Javier se mete a dormir con las gallinas.

– E como voltamos para casa?

Marina sorri e estende o braço com o chaveiro em forma de felino no ar. O pequeno jaguar faísca em dourado.

– Sua carruagem, princesa.

A essa altura da madrugada, Helena cochilava no banco de couro. Música hipnótica irreconhecível segue a tocar, agora no rádio do carro, em volume baixo, sinuosa linearidade sonora que acompanha o desenho da rambla O'Higgins nas curvas entre Malvín e Playa Honda. Vidros abertos ao vento de través, garoa fria na vanguarda da frente de baixa pressão que sobe pelo rio, empurrando a massa seca de ar polar para as bandas do grande irmão do norte. Conseguira deixar para trás a vontade de vomitar e o ar frio lhe fizera bem.

– Coloca o cinto.

A voz viera de muito longe, dos confins melados do planetóide de onde emanava aquela música estranha, e a ordem tinha se repetido três vezes antes dela acordar. Na última vez, percebera o timbre urgente de Marina, e a pontada aguda de ansiedade a deixara alerta.

– Tudo bem?

Observa que a outra dirige de cenho fechado, atenta ao retrovisor. Ato reflexo, se volta para olhar a retaguarda, sendo imediatamente ofuscada por faróis altos.

– O cinto.

Marina soa autoritária, ajustando a postura ao volante. Helena vê os faróis ofuscantes se separarem em duas motocicletas de alta cilindrada, as quais, em seguida, se emparelham ao Jaguar, a sessenta por hora na rambla deserta. Apesar da velocidade baixa, a rotação das motos é elevada, escapamentos abertos ensurdecedores.

– O cinto, Helena. Agora.

Feras rondando a presa. Cada moto carrega o piloto e o carona, os quatro portando capacetes pretos de viseiras espelhadas. Volumes suspeitos sob as jaquetas de couro e gestos bruscos dos caronas apontam para a possibilidade de armas, porém nenhuma aparente. Os pilotos aceleram com força no vazio e fazem bruscas ameaças na direção do carro, tentando cortar-lhe a frente. Helena afinal afivela o cinto e senta-se, quieta, fincando as unhas no couro macio do assento. Marina pisa fundo. As motos aceleram junto, rugindo novecentas cilindradas de cada lado do carro. A cento e cinquenta na curva que contorna Los Ingleses, ela maneja, abrupta, cantando pneus por Republica de México, e quase derruba a dupla à direita. Nessa velocidade, nem é possível apreciar o gramado e a beleza da praia. Manobras acentuadas logram deixar para trás os seus perseguidores, porém, ao reduzir a marcha para contornar a Plaza Virgilio, os motociclistas alcançam o carro outra vez. Na entrada da curva eles avançam e ultrapassam, cortando a frente delas e reduzindo a velocidade. A dupla dos caronas gira, ágil, nas garupas, sentando-se de costas para os pilotos e de frente para elas. O da direita aponta para o rosto das duas o farolete de mão que carrega aceso, mais intenso ainda do que a luz dos faróis. Ato contínuo, gira o facho para o colega ao lado, que imita com os braços em mímica uma rajada de metralhadora. Ofuscadas, a impressão de realidade é tamanha que as mulheres protegem os rostos com as mãos. De repente, assim como surgiram, a dupla de motocicletas se divide numa bifurcação, afastando-se num comprido ronco estereofônico, e Marina se vê entrando de volta na avenida principal em transversal a cento e vinte por hora. Enfia o pé no freio a tempo de evitar por poucos centímetros a colisão lateral contra a pickup que vinha de Coimbra a oitentinha no escuro e rodopia a traseira num meio cavalo de pau que as deixa atravessadas de bico no acostamento junto à praia.

– Reputa madre.

Marina esmurra o volante.

O motor apagara com a freada, mas, no silêncio da noite, o cheiro de borracha queimada permanece intacto. Helena apalpa o peito machucado pelo cinto, sentindo finas lascas de couro roçarem por debaixo das unhas. Pelo vidro do para-brisa, tudo que enxerga agora são as pedras negras para além da mureta que protege as dunas, mais escuras do que as águas lamacentas do rio.

Palpitações. Antes que possam retomar o fôlego, escutam novo rugido de motor, em rotação baixa de tenor. Sem ousarem se voltar, é pelo retrovisor da porta do seu lado que Helena vê surgir, quase roçando o para-choque do Jaguar, o velhíssimo Ford Falcon azul 76 caindo aos pedaços, cano de descarga furado e vidros fumê. Embora passe roçando-lhes a traseira a menos de vinte por hora, é impossível ver quem trafega por detrás das janelas escuras. Marina mantém a cabeça baixa e repete, baixinho, a mesma frase. Reputa madre. O sedã azul arranca numa acelerada grave e desaparece por entre as ruas do bairro.

Cinco

Sentado só numa cadeira dobrável de metal gelado diante do oitavo chope no boteco de calçada na República, Marcelo reverbera o pensamento dentro do copo. Domingo para segunda, esta noite na Cidade Baixa não tem tanto movimento, ainda mais com este frio. A névoa desce dos galhos altos dos cinamomos, cercando em brumas a casca dos troncos. Sinto a casa vazia. Mesmo assim, em tão pouco tempo. É estranho sem você aqui. Mas não sei. Ao mesmo tempo, estou tranquilo. E apavorado. Espero que estejas bem. Que o Uruguai seja um lugar agradável e te trate bem. Que tua amiga seja de verdade. E que você possa ser feliz. Fica bem. Helena termina de ler a mensagem na tela do computador e se recosta na cadeira. Tonta de sono, está agitada demais para dormir. Chora baixinho de nervosa no gabinete de Javier às escuras. O brilho azulado do monitor ilumina os dedos finos que formigam sobre o teclado, porém nada digitam. Para além das ventanas cerradas, alvorece despacito. Ela fecha a página de correio e se ergue num só impulso. No caminho até o quarto de hóspedes, observa ao fundo do corredor a porta entreaberta da suíte principal.

Javier se veste sem pressa, de camisa social branca, carpins pretos e cuecas de seda. Dali do corredor, Helena não consegue ver a cama, mas escuta o ronronar rouco de Marina num sussurro forte. Deixasse de ser bobo, apenas queria dormir. Javier insiste. César dissera que faltava uma calota en el auto. Resoluta, Helena avança pequenos passos, visando a obter melhor visão do quarto, protegida pelo escuro do corredor. Bobagem de trânsito.

– Dejame dormir, viejo fauno.

– Seguis con tus cosas, no?

Sim, ela continuava com suas coisas, se por isso ele entendia seu trabalho.

– Pero para que necesitas trabajar, nena?

Ele podia cuidar de tudo. Ela sabia. Gracias, pero no, gracias. Ela sabia tomar conta de si, e contava com a proteção dos holandeses. Agora, podia ver a ponta dos pés de Marina por cima dos lençóis desfeitos, e logo mais veria o corpo inteiro da outra nua sobre o colchão, desfalecida de bruços e já apenas murmurando respostas. Javier, a cada palavra, soava mais desperto. Dormia e acordava com as galinhas. Navio ancorado não ganha frete.

– La guita no se hace sola.

Precisava sair para uma reunião em Buenos Aires essa manhã, mas não ia se esquecer do assunto.

– Comigo podes jugar, niña, pero no con mi coche.

Flashes das motos riscavam traços de luz em frente à vista de Helena, ao passo em que via pela fresta da porta Javier terminar de se vestir e Helena se virar de frente na cama, seios afogueados e as coxas despudoradamente afastadas.

– No passó nada, mi amor.

O ruído dos motores atordoava sua cabeça em surround, e lhe martelavam o cérebro as frases escritas pelo marido em Porto Alegre, a ideia dele solto na noite que nem ela, fluxo de informações entrecruzadas num plasma de álcool, adrenalina e exaustão.

– Te conozco de chiquita, mi hija. Basta de sustos.

Javier senta na beira da cama e acaricia os cabelos de Marina. Devia esquecer esses fantasmas que andava buscando.

– Con esa gente no se juega.

– És mi trabajo. No puedo olvidar.

– Y tu amiga?

Marina gira o corpo e não responde, voltando a deitar de bruços. Javier desliza a mão pelas costas dela, alisando as nádegas e as coxas. É paternal o tom com que se despede, reiterando suas preocupações de homem mais velho. Se sentia responsável pela segurança dela, e agora também pela moça que ela havia importado. Helena percebe Javier pronto para sair. Não seria adequado ser descoberta desse jeito no meio do corredor, espionando o quarto dele. Hipnotizada, observa-o acariciar os dedos do pé de Marina enquanto a recrimina gravemente. Por que razão ela se expunha dessa maneira e colocava em risco as pessoas com quem convivia?

– Por la verdad.

O fiapo de voz escorrera pela fronha como se viesse do outro lado do sonho, pronunciado pelo inconsciente da mulher adormecida. Javier retruca.

– Por tu verdad.

Tua verdade, Marina, ele repete, ríspido. Se ergue da cama e ajusta o nó da gravata no espelho antes de sair.

Motosserra estridente de manhã cedo arranca os pinheiros carcomidos para evitar que sejam derrubados pelas ventanias sobre os telhados das mansões. A cabeça lateja. Puta ressaca, era de se esperar. Passara um dia e duas noites bebendo sem parar, não fazia nada parecido desde o verão em que completara o terceiro ano e passara no vestibular da UFRGS. Na faculdade, tinha tomado bons porres, mas nada desse naipe já faz seis ou sete anos bem passados. Depois de casada então, raras vezes, noitadas festivas que terminavam em uma grande trepada ou numa tremenda briga conjugal. Acordada pelo barulho, abre os olhos de vez quando Marina escancarara as cortinas. Sob a luz cinzenta da manhã nublada, a outra tem o ar sereno, como se nada tivesse acontecido, cabelo preso e pouca maquiagem, corretivo nas bolsas debaixo dos olhos e pozinho para disfarçar. Está vestida sobriamente, jeans e tailleur escuro sobre o Burma bege de gola redonda, e a aparência suave de quem tivesse dormido doze horas. Helena, por sua vez, sente-se um lixo, e aparenta um pouco pior. Puta merda, que horas seriam?

– Tarde, mi amor. Dale a desayunar que estamos retrasadas – Marina chama, batendo palmas.

– Tarde para quê? Atrasadas para quê?

Grama cenicienta jaz sob a chuva matinal. Gotas triscam respingos nas poucas folhas que restam amarelas. Manhã descolorida. Nuvens monótonas. O pátio quieto e deserto. Apesar da calefação no máximo, sente frio.

No canto oposto do quarto, Marina confere cada equipamento de gravação, colocando-os com cuidado na sacola camuflada enquanto Helena se veste.

– Quem eram aqueles caras nas motocicletas, Marina? O que eles queriam?

– Chicos en pedo.

Garotos bêbados. Nada demais. Coisa de guri.

– Javier parece preocupado.

– E o que você sabe do Javier?

– Sei que ele se preocupa contigo.

Marina cerra impacientemente o zíper da sacola e testa seu peso antes de responder.

– O que você quer que eu te diga, Helena?

– A verdade.

– E quem te disse que eu sei a verdade?

– Você não é jornalista?

– E isso me faz dona da verdade?

– Mensageira.

Marina deixa a sacola no chão do lado da porta e cruza os braços, mirando a outra nos olhos. Talvez fosse mesmo melhor Helena voltar para casa.

– Não é um bom momento para estar comigo.

Helena a encara de volta.

– Nem comigo.

– Falo sério.

– Eu também.

– Conversa de maluco.

– É o que Marcelo também diz.

– Ele tem razão.

– Eu também tenho. E você?

– Razões? Tenho as minhas.

Vamos, precisava sair para trabalhar, de tarde ia voltar e a levaria na rodoviária. Ou, se preferisse, a um hotel turístico.

– Ainda podes seguir teu passeio de férias.

– Quero ficar contigo.

– Não quero te colocar em perigo.

– Eu aguento.

– Já basta essa noite.

– Mas não eram só moleques a fim de assustar a gente, curtir com a nossa cara?

– Talvez sim.

– Quero ficar. Não estou pronta para voltar ainda. Nem ficar sozinha.

– Pode ser perigoso.

– Você não parece com medo.

– Mas estou.

– Você me convidou pra vir, e agora não vai me mandar embora assim.

Marina hesita por instantes, erguendo e baixando a sacola de estilo militar pelas alças de náilon grosso até, por fim, sucumbir à determinação de Helena.

– Você quem sabe. O pescoço é teu.

E ter uma assistente por alguns dias até que seria útil. Podia, então, começar carregando o equipamento, sorri, estendendo-lhe a sacola.

Trinta frames progressivos por segundo, o reflexo eletrônico de Esperanza preenche a telinha da camcorder. Envelhecida, cansada, doente, passando já dos oitenta, fala para a câmera com sotaque arrastado, em voz baixa. Na lã grossa da gola puída, o microfone de lapela digitaliza o que ela diz. Mi hija. Mi hija y su marido, los dos. Una mañana de junio. Tormentosa. Mucho frio, muy, muy frio, un frio barbaro. Me habia quedado un ratito más bajo las mantas en la cama por la lluvia, y el viento, y todo eso. Diós mio, que castigo. Gabriela me llamó la noche anterior, le dolía la panza, medio mareada, con vômitos y tontura. En esa epoca Pedro salía a trabajar por la noche, en el tallercito de Avenida Italia. Ya no estaba más en la oficina esa de Ejido, no señora. Me acuerdo muy bién de todo. Trabajaba noche tras noche tras noche, el pobrecito. Trasnochaba, el Pedrito. Regresaba al alba a la casa, leche y pán. Pero en ese dia no. Ese dia no regresó. No regresó. O silêncio da morte perdura na sala acanhada. Todo movimento cessa na morada triste de Esperanza, enquanto os olhos baços da velha vislumbram futuros que restaram apenas em sonho, tão cedo podadas as raízes que deveriam alimentar de sangue os ramos, as flores e os frutos, vidas desaparecidas prematuramente no gelo eterno do não ser. Nenhum pai deveria ser obrigado a vivenciar a morte do filho. É cruel demais, antinatural. Desespero insuportável. Qual força superior permite a esta mulher carregar com tanta dignidade tal fardo?

– Y su hija?

Sentada de frente para a entrevistada, ao lado do tripé da câmera, Marina ousa quebrar a quietude com sua pergunta seca. De pé atrás dela, Helena observa, quieta. Ao seu lado se encontra Lucia, atenta. Sessentona forte e rija, cabelo grisalho envolto pelo lenço encarnado, saia preta de lã e blusão marinho discreto em trama grossa, está alerta a toda e qualquer nuance de movimentos da abuela, pronta a intervir. Esperanza fita o vazio, sem contato visual com o presente. A resposta escapa num fiapo de voz. Marina sobe o ganho no microfone e o chiado ambiente cresce nos fones para que a fala se faça ouvir.

– Mi hija. Gabriela. Si, si, señora. Gabrielita se me fué igual. Igualito, igualito. Los dos chicos. Desaparecidos. No me cree? Nel setenta y três, en el invierno, frio hecho ahora. Tormentoso. Se imagina el frio que uno siente, solito en la tortura? Desnudo, mojado, herido, tirado en la piedra hecho mierda, y água fria y água fria y água fria, y los choques y ahogamentos y las palizas. Ai.

Esperanza estremece. Choraria, talvez, se suas glândulas lacrimais ainda segregassem líquido, esgotado nas lágrimas copiosas cujo sal provara por dias, que se tornaram semanas, as quais se fizeram meses e anos, até a seca rachar a pele e lhe sulcar vincos amargos no rosto. Ao mirar, firme, o centro da lente, seus olhos se estreitam em fendas negras das asas do corvo. Nunca mais. Rígida na poltrona, a melancolia se reveste da couraça de chumbo. Repetira aquele depoimento tantas vezes para jornalistas, ativistas, advogados, juízes, curiosos e sabe-se lá mais que tipo de gente de sei lá quantas organizações que, em certo momento, conseguia manter o tom grave e monocórdio sem emoções, e, nessas horas, nem era ela quem falava, mas um rolo de fita magnética que lhe girava dentro do peito em quinze rotações por minuto, pois sua alma não aguentava mais tanta dor.

– Aquella noche, mi hija llamó temprano, a eso de las ocho y cuarto. Yo tenía el teléfono cerca de la cama, con el cable largo, ese. La calefacción estaba rota y hacia frio del infierno. Si Pedro estaba en mi casa? . No, niña, hace dos dias que no nos vemos. No llegó a casa, todavia? Bueno, si són recién las ocho. Quedáte tranquila, mi hijita, no pasa nada. Cuando llamó la segunda vez yo estaba en la cocina, nueve, nueve y pico. Muy nerviosa y mareada, el marido todavia no llegara. Le dije que no se preocupara. No seas tonta. Que le podria pasar a Pedro? Cosas, me dijo ella en la tercera llamada, passadas las once. Cosas. Pero que cosas, m'hija, le pregunté, y me dijo nada, mamá, dejá nomás, nada, nada. Todo va a quedar bién. Todo va a quedar bién.

O rosto digital no monitor da câmera fita o vazio.

Quantos dias depois da prisão de Pedro os militares haviam sequestrado Gabriela? Após breve pausa, Marina acelera a dinâmica do diálogo, antes que a velha feneça.

– Una semana, más o menos.

E ela estava grávida de quantos meses quando foi capturada?

– Cuatro o cinco meses. No se veía casi nada, todavia. Flaquita. La pobrecita. Mi hija. Mi hijita.

Marina sabia que os filhos da puta se regozijavam por não terem deixado nem mesmo cadáveres a sepultar para as famílias destruídas pela tortura e pelo assassinato de seus membros. No caso de Esperanza, a filha, o genro e a neta surrupiada do ventre da mãe. Desaparecidos. Ser e não ser. Memória congelada no instante fatal para sempre e nunca mais. Almas penadas. Pedro e Gabriela, mortos por agentes da ditadura na prisão. Isso lhe haviam confirmado as autoridades, após muitos anos de trâmites jurídicos e burocráticos, embora os nomes dos assassinos permaneçam impronunciados. Mas e o bebê? A comoção retorna à voz de Esperanza.

– Y a mi nieta, quién se la terá llevado?

Em que lugar deste mundo de Deus andará agora essa pessoa? Com meu sangue e uma vida de mentira?

Ela se cala, numa quietude que arranha e machuca. Ninguém se atreve a perturbar o império da dor sobre esta morada, num instante de imobilidade absoluta desfeito quando Marina aperta o botão vermelho da câmera e interrompe a gravação. Sem dizer nada, sinaliza para Helena desligar o refletor e passa a desmontar o equipamento rapidamente e sem ruído. Lucia se adianta e coloca o mate na mão de Esperanza. A anciã sustenta a cuia caliente com firmeza entre os dedos, sem esboçar qualquer gesto para sugar a beberagem que emana vapores cálidos no ar espesso.

Soy un carancho! Soy un carancho! A menina pula na calçada, balançando os braços em asas na fantasia dos cinco anos. Soy un carancho! Seu nome será Maria.

Viverá neste bairro obrero de Montevideo entre crianças filhas da mesma história, con sus cuentos, sonhos e doses cotidianas de realidade fresteando o espírito. A luz do seu sorriso fará constraste no desgaste das fachadas, sua pele tomará aos poucos as rugas das paredes e o tom desbotado das portas e janelas cerradas. Mas, hoje, ela é um pássaro, e bate asas de fada sob o sol oblíquo. Helena também já foi pássaro, e do toco das asas congeladas às suas costas pingavam gotas que estremeciam seu fígado. Faz pouco que parou a chuva para estes lados do Cerro. Marina se despede de Lucia em frente à casa. O vestidinho azul-claro de Maria rodopia em espiral hipnótica ao redor de Helena. Busca apoio no capô do carro para não derrubar a sacola da câmera. Hoy han tenido suerte ustedes, dissera Lucia. A velha estava com a cabeça mais ou menos em ordem.

– Porque mañana o después, puf! Se va la memoria.

A lembrança some por inteiro, projetando largas sombras ao poente.

– Mañana o pasado no si acuerda ni su nombre, ni en que país estamos. Tanto mejor, pobre.

Esperanza era uma mulher forte, se despede Marina com firme aperto de mão.

– Si, pero ya no tanto – pondera Lucia, acariciando-lhe a palma. – Las cosas cambian, Marina.

A brasa do cigarro é olho vermelho que fita e acusa. Observa as pontas lascadas das unhas e pensa sem querer na manicure do salão na Bela Vista, expresso na padaria, rodas metálicas do carrinho rolando no piso do super entre gôndolas desfocadas. Sacode os cabelos em serpentes de Medusa, espantando as lembranças. Traga fundo, segura a fumaça por instantes e passa o cigarro para Marina.

Trim... trim... trim... trim.

Marina troca a marcha e acelera Agraciada acima, deixando para trás o Parlamento. Apanha o cigarro e fuma com a mão direita, ao passo em que, com a esquerda, segura o volante, fazendo leves ajustes de percurso aqui e ali ao cruzarem por Madre España.

Trim.

Freiam de súbito na sinaleira fechada, esquina del Entrevero com 18. O toque ininterrupto da campainha se mostra nítido dentro do carro, embora ninguém escute além delas. Toca treze vezes, e, quando alguém por fim atende, é Esperanza quem fala.

– Todas las mañanas despierto con ese sonido nel oído. La campana, la campana. El teléfono. Treinta años la escucho. Me despierto. Y sigue llamando.

Já tinham chorado juntas ao longo dos primeiros quarteirões após deixarem a casa. Precisaram parar num posto de gasolina para comprar água mineral e chicletes.

– Adelante!

Marina quebra o gelo com sua picareta afiada.

– Gracias por la mano.

Segura o pulso de Helena quando lhe devolve o cigarro desta vez. Se olham nos olhos por segundos antes de Helena endireitar o corpo no banco.

– Abriu.

Marina solta a fumaça devagar contra o para-brisa enquanto engata a marcha e arranca, dobrando à esquerda na avenida. Abre um sorriso e liga o rádio.

– Você leva jeito.

Estática zumbe até localizar um sax que parece Lester Young, mas não tem certeza. Sintoniza baixinho e dirige devagar, se deixando levar no fluxo do tráfego. Sem dúvida, era Mr. Young. Não se atreveria a chamá-lo Prez, como se o conhecesse de verdade. Enter Billie.

Maybe we do the right things, maybe we do the wrong. Spending each day just wending our way along. When we want to sing, we sing, when we want to dance, we dance. You can do your betting.

– We're getting some fun out of life.

Deixam estar ao som da voz que espanta fantasmas para os cantos poeirentos da memória. Quando termina a canção, seguem quietas, ouvindo sem escutar o que diz o apresentador do programa a respeito da vida em comum de Lester Young e Billie Holliday. Quando entram os spots comerciais, Marina reduz o volume ao mínimo e aponta o dedo para a ponta do nariz da outra. A poucos centímetros, as pontas das unhas apresentam marcas de terem sido um pouquinho roídas, mas não muito.

– Olha só, está tudo bem, mas, por segurança, quero te pedir esse favor.

– Segurança de quem?

– Nossa segurança.

Helena absorve o risco. A possibilidade de perigo adquire novas tonalidades à luz do dia.

– Qual favor?

Coisa boba. Precisavam ter precaução, só isso. Os holandeses faziam questão. Já estava quebrando as regras um bocado ao trazer Helena junto até Punta.

– Precisamos usar nomes falsos.

Codinomes, nicknames. Normas da diretoria. Ao conversarem entre si esta noite no cassino, precisariam tratar uma à outra por identidades falsas.

– Eu sempre me chamo Júpiter.

– E alguém acredita que esse é mesmo o teu nome?

Não importava. Bastaria não dizerem quem eram de verdade.

– E como te chamo?

Brincando com o ridículo daquilo estar acontecendo mesmo com ela, quem sabe inspirada pelos raios oblíquos de sol descendentes através das brechas escuras entre as nuvens remanescentes da chuva que se derramara pela madrugada sobre as águas frias do rio, Helena medita ao som do sax que volta a soar no programa especial sobre Lester Young. *This Year's Kisses* se espamarra dentro do carro e escorre janelas entreabertas afora, misturando-se à fumaça dos cigarros.

– Diana. Quero que me chames Diana.

Faz em mímica o gesto de lançar uma flecha na direção de Marina. Caçadora. Não mais presa.

Marina esquiva o corpo num menear de ombros, piscando o olho.

– No me tires asi, Diana.

A princesa ou a deusa?

– Por que não as duas?

Riem. Muito bem, Diana.

Agora, então, estava sob o comando de Júpiter.

Helena, ou melhor, Diana bate continência e aguarda suas ordens.

– Vas a cerrar un porro para nós.

– Porro?

Como se dizia? Baseado.

– Vais fechar um baseado para nós.

Diana até se distraíra esmurrugando o fumo, mas só concordara em executar a tarefa quando Júpiter prometeu lhe explicar o que estava acontecendo.

– Mas não agora.

Precisava se concentrar na estrada. A saída para a interbalneária estava próxima. Mais adiante, o movimento se tornaria mais tranquilo, e poderiam conversar.

– Você nunca esteve mesmo em Punta del Este?

Assegura com a cabeça e apaga a bituca no cinzeiro do carro. Jamás. Sua preocupação agora era outra.

Estava mesmo segura de que não tinha problema terem deixado as malas dela no Javier?

Ficasse tranquila.

– Na volta você pega.

Acende o baseado e passa para Marina.

Fumam em silêncio.

Quando Helena torna a falar com a personalidade de Diana, os fonemas lhe escapam da boca feito bolhas de sabão, refratando em prismas brilhantes as cores do arco-íris. Pelo menos elas ainda tinham a menina.

– Elas quem, que menina?

– Esperanza. A garotinha que estava brincando no jardim de Lucia.

– Garotinha?

Quatro, cinco anos. Vestidinho celeste anos setenta.

– Justo os que eu usava naquela idade.

Não tinha visto garotinha nenhuma.

– Veio até a calçada e ficou pulando à nossa volta quando a gente estava entrando no carro. Impossível não teres visto.

Não. Imposível seria ela ter visto. Não havia mais ninguém lá além delas quatro: Esperanza, Lucia, Marina e Helena.

– Muito menos uma menina assim.

Não havia ninguém com menos de dezessete anos na vizinhança há um bom tempo. Tira o baseado da mão da outra e lhe aplica um tapinha carinhoso nos dedos.

– Acho que estás vendo coisas.

Talvez fosse melhor dar um tempo no fumo e na birita. Precisavam estar bem sóbrias logo mais à noite.

O sol se põe na baía de Maldonado em grande plano geral, imenso Sonrisal efervescente. Em contraplano, desde o alto da Ballena, Punta del Este pulsa ao crepúsculo suas torres esguias de vidro, concreto e aço. As pedras escuras tapadas de mejillones infiltrando suas garras mar adentro são como raízes que prendem a península à terra. A Isla de Lobos, bem lá em cima, na linha do horizonte, protege com seu farol o curso dos navegantes.

– Bienvenida a Babylón.

O sussurro ao pé do ouvido faz Helena contrair de leve o pescoço e piscar três vezes. No centro do palco, bem diante dela, a ilha Gorriti esparrama suas palmas. Alguns veleiros na enseada na costa oeste da pequena ilha, três ou quatro lanchas e meia dúzia de jet skis. A maresia traz, do encontro da rocha com o mar, aroma intenso de mariscos, o qual emerge das zonas abissais até chegar, a la provenzal, nos restaurantes ao redor del Puerto. A luminosidade púrpura de contornos alaranjados que se infiltra através dos galhos espinhosos dos pinheiros brilha no retrovisor no instante em que Marina manobra à esquerda, logo depois da ponte sobre a desembocadura da Laguna, no comecinho da Playa Mansa, e roda despacito no piso de terra das ruelas curvas em caracol de Pinares.

– La Morocha.

Marina sorri ao balbuciar o nome do chalé assim que enxerga a placa no gramado em frente à casa.

La Morocha, repete Helena. Tinha achado bonito isso das casas aqui terem nomes em vez de números. As duas bebiam manijas de chope em mesas de frente para a praia em Piriápolis havia poucos minutos quando Marina lhe contara as histórias de La Morocha. Ela vinha para cá desde menina. Veraneavam ela, o pai, Isabel e o motorista, Eduardo. O pai tinha tempo para ela nas longas tardes do verão meridional, e o que adoravam fazer juntos era tomar banho de mar nas noites mais quentes, depois de uma boa encandillada, os peixes no balde prontos para serem fritos mais tarde e o lampião brilhando na areia sob as estrelas da lua nova. Fizera muitas amizades com as crianças de sua idade na vizinhança durante as longas temporadas de três meses, todos os anos, até a faculdade. Depois de Paris, poucas vezes vieram juntos. Normalmente, alternavam os períodos de cada um, na difícil convivência da adolescente com o velho debaixo do mesmo teto nas noches veraniegas. Vinha com as amigas primeiro, e com amigos depois. Mas, agora, fazia anos e anos desde a última vez em que estivera no chalé. O velho pinheiro permanecia no meio do jardim, dominando, com sua majestade, o caminho de pedras que serpenteava o gramado até o hall de entrada. Tábuas nas janelas trancadas dão um ar de tapera, emolduradas pelas pedras escuras da chaminé, que se ergue até as telhas de louça cor de vinho.

Lá dentro haveria poeira e teias de aranha. O facho da lanterna que usariam para localizar o disjuntor e ligar a eletricidade daria o tom expressionista, transformando o ambiente num clichê do terror. Lençóis brancos estendidos por cima dos móveis seriam a chave de ouro do pulp. Mas ainda não. Permanecem sentadas, quietas, dentro do carro, estacionado na entrada da garagem, ao lado da casa, com o motor desligado. Quando Marina põe a mão na maçaneta, Helena quebra o silêncio.

– Tremenda irresponsabilidade dessa mãe.

Marina interrompe o movimento de abrir a porta, mas responde sem olhar para trás.

– Você não entende. Não adianta.

– Me chamar de burra não resolve.

Entendia, sim. Só não concordava.

Marina suspira e solta o ar com força para o teto do carro. Quietas outra vez, escutando os grilos e as cigarras. Marina acenderia as luzes e começaria a tirar os panos dos móveis. Estaria falante e excitada, agitada, com sua rinite exacerbada pela poeira e pelo mofo. Depois de começar a falar, não se deixaria interromper. O que conseguira descobrir por seus informantes dizia respeito a um casal de jovens presos pelos militares. Naqueles mesmos local e época aos quais se referira Esperanza, marido e mulher tinham sido presos e assassinados. Operação conjunta entre forças da repressão dos dois lados do rio.

– A garota estava grávida e morreu na prisão poucos dias depois do parto.

A criança sobrevivera. Uma menina. Seria a neta perdida de Esperanza? Possivelmente.

– Há probabilidades a favor e contra.

O objetivo principal era descobrir o paradeiro das crianças sequestradas pela repressão, mas os holandeses também queriam que Marina relatasse os indícios e pistas descobertos a respeito dos responsáveis pelas ordens: quem tinha sido o oficial que mandara roubar a criança, quem executara a ordem, saber para quem o bebê fora entregue, coitadinha. E onde essa menina vivia hoje. Essa mulher. Poderia ser a neta dela, sim. Ou poderia ser neta de outra abuela destrozada. Era preciso colher o DNA dessa mulher para confirmar ou negar ser ela filha de Gabriela e Pedro. Essa parte nunca era fácil. Para as pessoas, era sempre um choque se encontrar em tal situação. A negação era a reação natural, que se verificava em grande parte dos casos. Mas a Fundação já tinha alcançado resultados positivos antes, e ela mesma participara da corrente de investigações que resultara numa confirmação. Agora estavam bem perto de conseguir outra identificação positiva.

– Eles estão por aí, sim.

Podia sentir o cheiro de enxofre.

Esta noite, no cassino, Júpiter vai se encontrar com o contato que irá lhe conduzir ao resultado do exame. Era o passo derradeiro desta missão. Tendo os dados genéticos dessa mulher nas mãos, o seu relatório estaria completo. Depois, era assunto para Vincent.

– Essa porteña pode ter sido um bebê sequestrado pela ditadura no princípio da década de setenta. Agora, em dois mil e quatro, teria mais ou menos a nossa idade.

Estavam no rastro da fera, as fezes do bicho ainda quentes na trilha. Porém, faltava esse último degrau para subir. Marina diria essas coisas enquanto passavam panos úmidos nos móveis e batiam os cobertores na varanda, mas, por enquanto, elas ainda estão sentadas no carro, parado ao lado da casa, escutando cada uma o que a outra não diz.

Marina desiste três vezes de acender o cigarro que tirou do maço minutos atrás antes de retomar o assunto.

– Você precisa relativizar a situação da mãe.

E, depois, Gabriela não fizera coisa nenhuma.

– Pedro pode mesmo ter participado de reuniões do sindicato, mas, pelas informações que colhi, duvido que tenha se metido com algo mais radical.

Eles prendiam todo mundo.

– Mas por que essa mulher grávida, com uma criança na barriga, foi se meter em luta armada? Subversão, guerrilha?

Era um absurdo completo.

– Absurdo? Vou te dizer o que é absurdo.

Absurdo era esse tédio burguês. O chá morninho da tarde, empapuçado de porcarias-shopping-center. Tudo que essa mãe buscava na luta era uma vida diferente para a filha crescer. Com dignidade.

– Isso ela conseguiu.

– Conseguiu o quê?

– Uma vida diferente para a filha.

Fuzilada pelo olhar de Júpiter, Diana não se deixa amedrontar; ao menos a menina tinha sido adotada por alguém que desejava muito ter essa criança.

– O monstro capaz de cometer tal atrocidade, que espécie de pai seria?

Tomaram em silêncio as Carlsbergs em lata compradas no posto de gasolina a cinco quadras da casa. Escutando música em volume baixo. Três latinhas por cabeça. Sentaram juntas na mesma cama de casal, sobre o único lençol que consideraram livre de mofo. Marina alisaria as rendas nas laterais das fronhas, recomeçando a falar, com olhar baixo e voz grave.

– Na verdade, não sei se Pedro e Gabriela estavam de fato metidos com os Tupamaros. Não importa.

Não fazia diferença, não para os milicos. Deixaram só velhos e crianças nas ruas. E no Brasil também não fora diferente. Quem sabe a repercussão do sumiço das pessoas tivesse sido diluída pelas dimensões gigantes do país.

– Lá, tudo é o mais grande do mundo, como dizemos os uruguaios – sorri Marina, ajeitando os travesseiros.

Mas os gorilas atuavam em conjunto. Recostar-se-ia no espaldar da cama e tiraria seus sapatos, deitando os pés sobre a manta. Aliás, chamar essa gentalha de gorilas era grave ofensa aos animais. O gorila era um bicho tão forte e digno. Não estava cansada? Seria bom cochilarem, a noite podia ser longa. Os horários em Punta eram regidos pelo coelho louco da história de Alice. Tudo sempre muito tarde.

– Gorilas, condores, hienas e outros bichos, perdoem, por favor, a nós, humanos, em nossa pretensão ridícula, por compararmos criaturas sinceras como vocês a esse bando de covardes assassinos.

Piores que vermes, mandaram seus especialistas em tortura mais sádicos, com ordem para os sacanas ensinarem aos capachos terceiro-mundistas como aplicar as técnicas mais cruéis de terror e e dor em seres humanos. Todo mundo devia estar careca de saber dessa história. Reclinaria a cabeça, fechando os olhos. Mas a verdade era que os mais jovens não sabiam de nada. A cortina de fumaça cumprira seu objetivo de alienar as novas gerações de todo esse processo sangrento de integração da sociedade de consumo latino-americana ao mercado ocidental. Nem Helena nem Diana sentiriam mais disposição para discutir. Ninguém estava ali para defender ditadura militar.

– Não sou idiota, Marina.

– Júpiter.

– Estamos falando de uma relação entre mãe e filho. A coisa mais sagrada que existe.

– Sacramentos não têm nada a ver com essa história. Você quer conhecer a verdade? Não a carochinha que te contaram nos bancos do colégio.

A história real, que escorria todo dia pelo ralo, lançada com o esgoto em alto-mar, porque, depois de puxar a descarga, ninguém mais quer saber onde vai parar a sua própria merda.

– Se você tem estômago, eu vou te mostrar.

Ponto por ponto, a imagem fotográfica conforma o rosto jovem de olhar distante. Preto no branco em dezoito por vinte e quatro, a alma roubada em plena semana dos vinte e três anos completados há pouco, no frio agosto de setenta e dois, jamais teria paz. Pastas de couro e gravatas de seda haviam vencido. Derrotado os panos coloridos e cabelos ao vento. Nem cinzas deixaram para trás.

O silêncio acolchoado do quarto de hóspedes acolhe os suspiros de Helena. Organiza as fotografias em fileiras de quatro. Todos eles? Marina aquiesce.

– Desaparecidos.

Eles e muitos outros. Sem contar os reconhecidos como mortos até mesmo pela própria repressão. Milhares de pessoas. Uma geração inteira riscada do mapa. Marina apanha outro cigarro.

– Deverias saber.

Absorta nos rostos retratados como eram antes da prisão e da tortura, antes do cheiro de mijo e de merda e de suor amargo e sangue e esperma e carne queimada, antes do desespero e da solidão e do desejo de morte terem aniquilado seus corpos e moído as psiques feito cacos de vidro mastigados entre dentes cariados com punhados de areia, Helena enxergava nas pupilas de cada garota e cada rapaz desaparecido o vácuo do not to be, o reverso da vida, a intangível inexistência. A morte.

– Pior que a morte.

O desaparecimento condenava as vítimas e seus familiares, amigos, amantes e amores ao limbo eterno da desesperança, uns no lado de cá e outros no de lá dessa membrana intangível que distingue os vivos dos mortos.

– Punta del Diablo.

Marina segura o canto de uma das fotos entre o polegar e o dedo médio, mantendo o cigarro aceso entre ele e o indicador. Fumaça azulada encobre a face plana no retrato, mulher de vinte e poucos anos, cabelo curto e óculos de grau com armação escura. Sopra a cinza que deixara cair sobre o papel e estende a fotografia para Helena, que retruca. Del diablo o quê?

– Punta. Ponta. Pedras sobre o mar. Feito o tridente de Poseidon. Ou o garfo do diabo.

– E o que isso tem a ver com as calças?

Helena apanha a fotografia e examina com atenção cada ponto no papel. Meio zonza pela fumaça, sem soltar a foto, recusa o cigarro e fecha os olhos. A voz de Marina soa distante. Estalam em chicotadas secas os ecos dos ruídos escutados na avalanche das últimas horas. Mais que nada, a campainha telefônica prossegue soando no vazio dentro da cabeça, iluminado apenas pelos traços em negativo do rosto da mulher da fotografia. Punta del Diablo era uma praia no Uruguai.

– Na região de Rocha.

Para os lados da fronteira com o Chuí.

– Foi lá que descobri a menina. A mulher.

A mulher que tinha sido a menina. Desaparecida. A mãe tinha sido presa grávida, desaparecera e, muitos anos depois, fora dada como morta. Não havia documentação a respeito do destino da criança, e se presumia o aborto na tortura. Mas fontes ligadas à Fundação apontavam para a ocorrência do parto no cárcere e a sobrevivência do bebê.

– Menina.

Que teria sido levada pelos oficiais carcereiros para adoção por suas autoridades encapuzadas.

– Gente graúda. Foi aí que o Vince me acionou.

Eles já tinham os exames daquela vez quando ela foi contratada. Sua missão fora apenas localizar a mulher e fazer contato físico. Confirmar a identidade e o endereço para que o encarregado viesse de Amsterdã com precisão cirúrgica realizar a intervenção. Nem se encontraram, o tal encarregado tinha ido direto do aeroporto para Punta del Diablo num carro alugado. Contrariando as regras, ela tinha esperado o voo e examinava os passageiros na saída do terminal internacional em Carrasco quando Vincent cruzou o saguão até o balcão da Avis. Esperou ele concluir a locação do sedã que ela reservara na semana passada e o deixou sair, sem seguir-lhe os passos. Melhor não arriscar mais, podia complicar a missão.

– Foi um sucesso.

A identificação foi positiva, e as reações das partes, no geral, também foram satisfatórias, segundo a carta de agradecimento que recebeu três meses depois no elegante papel timbrado da Fundação. Helena abre os olhos e pega o cigarro aceso da mão de Marina.

– Punta del Diablo. Imagino.

Agora é Marina quem tem o olhar fixo no mosaico de fotografias deitadas sobre a colcha, espelho múltiplo na visão da mosca que comia a merda dos porões nos quais se arrancavam as unhas e os espíritos. Moscas vorazes.

– Não é como você pensa. É uma praia linda.

– Quando se fala no diabo, cada um imagina o seu.

– Mas, enfim, foi desse jeito que eu conheci o Vince.

E, por causa dessa primeira missão bem-sucedida, tinha sido contratada pelos holandeses novamente, desta feita para atuar numa investigação completa.

– Parabéns. E todos viveram felizes para sempre.

– Quem dera.

Depois do primeiro ano efetivada sob contrato na Fundação, numa visita protocolar ao escritório em Buenos Aires, escutara coisas sobre a situação dessa família que ajudara a reunir. Preferira não dar ouvidos nem a uma nem a outra versão, fechando a mente ao profissionalismo de suas funções. De novo, deixava as cortinas do esquecimento abafarem vozes inapropriadas que insistiam em sussurrar segredos detrás das portas.

– Faço o meu trabalho.

Se concentrava na gravação dos depoimentos.

– Na pauta. Na posição da câmera.

Buscava, devagar, em cada ambiente, o ângulo certo para se posicionar. Escolhia a dedo a cadeira, observando conforto, solidez, altura. Precisava ser incisiva e, ao mesmo tempo, deixar o interlocutor à vontade. Era mestre nisso. E, com o tempo, aprendera a prestar atenção tanto às pausas e silêncios quanto aos fonemas e articulações.

– Esse mofo me dá alergia.

Helena aconchega o roupão verde-água nos ombros, esfregando o nariz com força repetidas vezes. Levanta e vai até o banheiro, de onde retorna enxugando os cabelos úmidos. A intimidade dos gestos aproxima as mulheres. Era tão bom sentir-se assim. O olhar de Marina a fazia se achar bonita. Sua pele brilhava do banho recém tomado, e sua mente clareava dos pensamentos obscuros num passe de mágica. Se permitia estar alegre, como há muito não fazia. Respira fundo e suspira. Marina ri, e também se alonga numa espreguiçada bem gemida.

– Bom, chega de ditadura, tortura e o diabo.

Helena se aproxima da cama e senta bem ao lado de Marina.

– Por que você faz isso?

Andar por aí arriscando o pescoço atrás dessas crianças.

– Uma mulher como tu pode ganhar a vida fazendo tantas coisas.

Não precisava ser um trabalho que colocasse sua vida em risco.

O silêncio imóvel de Marina a desconcerta um pouco. Teria falado demais, dito algo errado? A naturalidade com que era possível conversar com a outra, no entanto, anulava essa hipótese. Impossível dizer algo errado entre elas. Essa era a sensação que tinha. Mas quando o silêncio começou a se prolongar demais, decidiu se levantar da cama.

– Esquece.

Marina a contém pela mão.

– Fica.

O toque faz Helena fechar os olhos e pressionar os dedos.

Agora é ela quem faz silêncio.

Marina senta na cama, bem de frente para Helena, e seus rostos estão muito próximas quando ela começa a falar num tom de voz quente e baixo.

– Eu também nunca conheci minha mãe.

Morta no parto. Muito jovem, disseram.

– Eu matei ela.

– Tu não matou ela, não fala bobagem.

Nem de fotografias.

– Quando eu fiquei maiorzinha e perguntava das fotos, o pai contava que, depois da morte da minha mãe, tinha juntado todos os retratos da família e levado a um estúdio para que o fotógrafo montasse um álbum.

Pois esse fotógrafo tinha perdido todas as fotos num incêndio que destruiu o laboratório.

– Cópias, negativos, tudo queimado.

– Não sobrou nada?

Por algum tempo acreditara que sim, um retrato havia escapado. Escondida, a menina idolatrava a foto da jovem mulher que Isabel lhe entregara uma noite, sem o Juiz saber. E se encantava por ter uma mãe tão linda e delicada, princesa de contos de fada e anúncios de televisão. Na foto, a mulher estava sozinha e sorridente diante de uma árvore de natal esplendorosa. Dezenas de estrelinhas coloridas e caixas de presente com laços enormes. Marina nunca vivera natais assim. E desde sempre achara estranho o fato daquela moça tão jovem e bela ser casada com um homem tão mais velho quanto era o Juiz. Marina sempre tivera o Meritíssimo muito mais como avô do que como pai. Durante certa época, na adolescência, estivera convicta de que o Juiz era de fato o pai do seu pai, mas nada dissera nas sessões com a terapeuta, e nem mesmo às amigas mais próximas. Era estranho estar agora envolvida de novo com essa questão de maternidade e paternidade, desta vez a serviço. Mas não desconfortável. O tema lhe obcecara na adolescência, é verdade. Porém.

– Quando eu fui para a Europa, deixei tudo pra trás.

Seis anos de vida louca em Paris desvanesceram as lembranças a ponto de se tornarem indistinguíveis da criatividade pura e simples.

– E a fotografia?

– Fotografia?

– Da tua mãe.

Marina sorri e acende outro cigarro.

– A foto era de mentira, recortada de um exemplar das Seleções da *Reader's Digest,* mil novecentos e sessenta e nove. Afinal de contas, mamãe era mesmo uma princesa do sabão em pó.

Por uma dessas coincidências improváveis do universo em conspiração, Marina iria se deparar com uma cópia do mesmo exemplar de onde fora sacada a foto num sebo em Madrid durante as férias de verão do seu terceiro ano na faculdade. Mulher que se achava feita, supreendeu a si mesma o ataque de fúria que a obrigou a comprar a revista para rasgá-la em pedaços e queimá-la na banheira.

– Não tinha álcool no hotel. Encharquei as páginas com conhaque e toquei fogo.

Jamais voltara a mencionar sua mãe para o Juiz, nem para ninguém.

– Só pra você.

Marina acaricia os cabelos molhados de Helena, e depois esfrega a toalha neles com vigor, descabelando a amiga que reage num salto para fora da cama.

– Vai te vestir, que não vou te levar assim desnuda ao Cassino.

– Blackjack.

Valete de espadas desvirado sobre o feltro azul na destreza da croupier. Unhas carmim roçam paus, copas e espadas. Nada de ouros dessa vez. A seriedade discreta da funcionária que dá as cartas, ajustada num colete preto bordado em fios brilhantes, a torna invisível aos olhos dos apostadores, que só enxergam os números e as figuras das cartas. Marina tenta sem sucesso trespassar, por visão de raios X, o carteador.

– De enero a enero, la plata és del banquero.

Flip-flap da carpeta, mesas fervilhando ao redor. Bacarat, roleta, dados, caballitos, slot machines. Prêmios, drinks, tentação. Nas maquinitas barulhentas, os dólares de prata quicam no metal que nem campainhas. Amadores e profissionais, turistas de primeira viagem mesclados aos veranistas de longa data, apostadores convictos desde os tempos em que o asfalto ainda não cercava a península e os jardins das mansões avançavam sobre o mar na Playa Mansa, e mesmo na Brava, da âncora até a ponta do Emir, onde as paredes caiadas dos prédios residenciais desciam, retas, até as rochas semeadas de mariscos, nas quais, vez ou outra, sentavam velhos lobos-marinhos, emissários de Netuno para vigiar as fronteiras do reino das águas com as terras habitadas pelo homem.

– Carta.

Marina casa duas de cinco no retângulo demarcado em laranja sobre o feltro azul, o pérola fosco nas unhas em oposição ao brilho plástico do amarelo vivo das fichas. Dez de paus. A banca tem nove de espadas. Recebe a segunda carta. Valete de copas. Chance de duplicar o jogo, embora o nove na mão da mesa não recomende a ousadia. Nem liga. O certo pelo duvidoso. Nem tanto por cobiça, mais pelo risco. Abrir, por favor. Deposita no espaço vazio do jogador ao lado a ficha verde de dez, abrindo seu jogo em duas apostas. A croupier separa o dez do valete, o qual coloca diante da ficha verde, e volta a dar as cartas. Oito de copas sobre o dez de paus. Sete de paus sobre o valete de copas. A banca vira dez de ouros sobre nove de espadas.

Perda dupla.

– De enero a enero.

Tilintar de champanhe no rodo que passa oblíquo às colunas numeradas de zero a trinta e seis na mesa ao lado, recolhendo apostas perdedoras. Resignada, Marina chama o mozo.

– Jack Black, por favor.

Doble, vaso alto, mucho hielo. Helena? Gin Tonic. Vaso alto, mucho gin, poco tonic. E uma rodela de limão.

– Una rodaja de limón.

Vamos de novo.

– Última ficha.

Três de paus, puta-que-o-pariu, o que eu faço com isso? Contra oito da banca. Já era. Vamos até o fim. Carta. Seis de ouros. Melhor. Calor atrás das orelhas e debaixo do queixo. Suave fragrância emanando no vapor do corpo quente para o ar viciado do cassino.

– Carta.

Sete belo.

Merda.

E agora?

Quinze contra oito.

– Carta.

Espadas. Outro sete.

Vinte e dois, e buenas noches.

A crupier recolhe as fichas.

– Nunca vi tanto sete junto.

No va más, graceja Marina frente à solidão do feltro vazio. Menos mal que o mozo retorna trazendo os drinks, e elas bebericam goles de prazer on the rocks.

– Ainda resta uma chance.

Helena mostra na palma da mão a ficha solitária de vinte em tons de esmeralda e púrpura.

– Você me deu pra guardar meia hora atrás. Quando estava ganhando.

Lembra.

– Boa menina.

Marina acaricia a mão da outra sem pegar a ficha.

– Joga você.

– Nunca joguei a dinheiro. Não gosto de apostar.

– Para tudo tem uma primeira vez. De qualquer jeito, o dinheiro é meu. Se você ganhar, a gente divide.

– Não. Eu jogo.

Mas o dinheiro era empréstimo.

– Se ganhar, ganhei. Se perder, te pago.

– É tudo ou nada.

– Tudo ou nada.

Helena se volta e faz a aposta no quadrado, pedindo carta. Valete de copas.

– Buena.

Contra dez de ouros da banca. Empate. Segunda carta. Ás de ouros.

– Blackjack.

A banca vira oito de copas e paga a aposta.

Helena ri com o ruído do canudo no fundo do copo. Suga o restinho de gim entranhado no gelo derretido e fala num tom levemente alto demais.

– Azar no amor, sorte no jogo.

Adorava clichês. Clichês, repetia, girando a língua pelo céu da boca e sentindo o sabor da palavra.

– Dame las fichas – ordena Marina.

– As fichas? São minhas.

– Vou trocar para você.

– Trocar? Pelo quê?

– Outras fichas.

Helena entrega as fichas e acompanha Marina ao guichê. Marina entrega-lhe um copo alto de papelão cheio de dólares de prata. Para las maquinitas.

– Você coloca a ficha, puxa a alavanca e a máquina faz o resto sozinha.

Chacoalha o copo e as moedas tilintam.

– Essa quantidade deve render o tempo necessário.

– Necessário para quê?

As pessoas que precisava encontrar aqui. Estava na hora. E deveria encontrá-las a sós.

– Eu volto logo. Aproveita a sorte.

Beija Helena no rosto e se afasta na direção da área VIP, ao fundo do salão principal. Helena observa de longe e vê a outra apresentar ao segurança um cartão que tira do bolso. O funcionário do cassino analisa o cartão por alguns segundos antes de devolvê-lo, liberando a entrada. Marina some de vista ao atravessar a porta, logo fechada pelo segurança.

– Dale, dale, dale.

O casalzinho torce, animado, a cada puxada da alavanca. A secretária aposentada enfia moeda atrás de moeda e apenas aperta o botão, o braço já cansado de ter esperança, rímel borrado pelas horas sem ir ao banheiro. Helena vagueia em passos de caranguejo por entre as fileiras de slot machines por diversos minutos, observando os demais jogadores e suas manias, antes de se animar a jogar as próprias fichas. Depois de algum tempo perdendo, resolve tomar outro drink.

Gin Tonic, pede antes de sentar, e o mozo, si, como no, numa mesura, posiciona-lhe a cadeira e se retira à cozinha para providenciar o pedido. Ficar só costumava lhe aguçar os medos, no entanto, ao sorver a bebida, sentia, no calor do gim, doses de confiança, quem sabe até excessivas. Sentia-se bem e sem receios. Podia ser a bebida. Ou podia ser o fato de estar sozinha no estrangeiro.

– Con permiso.

O fato é que, quando Isidoro se materializou ao seu lado, ela não o recusou de cara, como teria feito até ontem à noite, mostrando o dedo dourado pela aliança para cortar a conversa. Deixara que ele visse o anel, sim, mas não fizera disso problema nem obstáculo. Isidoro era bonito, atlético, bem-vestido e maduro, pele bronzeada e olhos de alto-mar, ou quem sabe fosse mesmo o efeito da bebida.

– Buenas noches.

Pedira licença para sentar-se ao lado dela, oferecera cigarros e um drink. Ela recusara o fumo e mostrara o copo alto pela metade, a meia-lua de limão mergulhada entre os cubos de gelo deformados pelo calor. Mas rira ante o olhar de desaprovação do homem para aquele drink desmaiado, e descobrira que ele era da Catalunya, de uma pequenina vila ao pé dos Apeninos na entrada para Andorra, ao norte de Barcelona, jogava polo, pilotava aviões e operava no mercado de capitais.

— E eu nem sabia que se negociavam as capitais. Quanto custariam Nova York, São Paulo e Buenos Aires, quem sabe Londres?

— Seria possível alugar por duas ou três semanas?

Isidoro sorrira, polido, da brincadeira boba, fruto do puro nervosismo juvenil de Helena. Se assim fosse, para una mujer como ella, arrendaria Paris pelo outono inteiro. Ah, ela preferia a primavera.

— No momento, estou tratando da compra de Montevidéu por um grupo de investidores japoneses.

Porto Alegre não estaria interessada em entrar no negócio? Isidoro seguia em cantadas fáceis, ajudado pela receptividade dela ao flerte. O jeito que a luz de neon da propaganda de cerveja sobre o espelho atrás do balcão incidia no rosto dela assim, oblíqua, o fascinava. O papo furado em espiral a deixava tonta, mas estava gostando. Lembrava levemente a vertigem que sentira ao despir-se virtualmente para a Bestia pela primeira vez. Já estava começando a ficar boa de novo nesse negócio da sedução. Afinal, nem estava assim tão enferrujada pelos anos de casada. Não que com Marcelo fosse ruim, mas isso era no começo. E não ia pensar no marido justo agora, essa não. Onde mesmo eles estavam? Ah, sim, na vila em Ibiza.

— Praias de nudismo?

Não, Helena nunca tinha ido a nenhuma. Decidira entrar na brincadeira. Caminhar sobre a linha até decidir entre deixar-se levar ou se manter do lado de cá. Sente o olhar dele na pele de cima a baixo, envolta na sopa primordial feito único ravióli a esfriar sozinho no centro do prato.

– Primera vez en Punta?

– Sim. Primeira noche.

Flertam futilidades durante segundos que flutuam ao tilintar do cassino, até o vulto de Marina emergir das sombras fechadas da área VIP.

Marina avança ladeada por um casal idoso de ares britânicos, ambos vestindo camisas havaianas coloridas, bermudões cáqui e sandálias australianas. O marido tem um chapeuzinho de palha esquisito sobre a calva e pinta o bigode de preto. Colorado treinta y seis. A roda gira sem ganhadores. Croupiers recolhem as fichas.

– Hagan juego.

Daí em diante, as recordações se embaralham progressivamente com o papo furado da paquera até a confusão total.

– Y Porto Alegre, como é?

Porto Alegre não importa mais. Ficou no passado.

No vá más, canta em sintonia o lançador.

O futuro está nas estrelas.

Las estrellas, suspira, simulando apontar a flecha do seu arco imaginário. Distende a corda. Aperta o olho e mira nas letras que piscam em neon vermelho e roxo por detrás da nuca de Isidoro o lettering Lucky Star.

– Você nem me disse o seu nome.

Isidoro chega mais perto.

Diana. Seu nome era Diana. Lembra do sorriso muito branco e parelho e do hálito de whisky com Redbull entre os lábios dele, lembra de tentar equilibrar o foco nos pontos distintos do homem à sua frente e da amiga lá no fundo do salão se despedindo do casal britânico, e até se recorda vagamente de quando Marina viera até onde eles estavam e tomara longos goles do drink de Helena, antes mesmo de enxergar a presença de uma terceira pessoa. Porém, se lhe turvara em definitivo a percepção a partir dos shots de Four Roses que rolaram a pedido de Marina para os três, e se nublaram por completo as recordações na réplica dos tragos baixada por Isidoro. Do banco de couro preto, restara o toque macio nas costas, nas pernas e nas nádegas, sentada na frente, ao lado de Isidoro, se Marcelo sonhasse, ela num Audi, carro em que o marido tanto babava nos estacionamentos quando via, passando a mão na lata fria com mais volúpia do que acariciava a esposa. Mas o que mais lhe impregnou mesmo a memória foi essa umidade salobra de maresia no rosto, nos pulmões, entre as pernas, nas axilas, ao redor do pescoço. Submersa nessa substância gelada que a envolve à beira do oceano, absorve em ducha morna a luz da lua. Feito as pedras negras e os galhos espinhosos dos pinheiros ao largo da avenida, sua epiderme brilha, prateada.

– No.

Se deixara inebriar ao luar de Montoya.

– No.

Helena cedera ao primeiro beijo num imprevisto acesso transgressivo de tesão adolescente, mola mestra libertária das revoluções, mordida de brincadeira na maçã proibida. O diabo, porém, não está para brincadeiras, e as campainhas do inferno sempre atendem. Azar o seu.

– No.

Que se dane, ela pensa, de que vale ficar presa a realidades que não se sustentam mais? Demônios, aos porcos. Mulheres, à vida. Em nome de que se conter, da relação estrebuchada, do matrimônio finado, de um anel de ouro no dedo? Roça de leve a aliança na nuca de Isidoro enquanto sua língua percorre a fileira de dentes perfeitos do catalão. Muy bién, brasileira, o comentário divertido de Marina a trouxera de volta à consciência do frio da noite, e, na verdade, tinha boa lembrança do trajeto de volta da praia até a taberna no porto, de frente para a Gorriti. A lua cheia se deitando pálida por detrás da ilha.

– No.

A última coisa que recorda com certa exatidão é da própria resistência em participar da roda de clericot.

– Las tres últimas!

Foi por essa hora, na taberna, que Martin se juntou ao trio na mesa. Martin era portenho, nascido e criado em Buenos Aires, e ficara maluco ao encontrar o amigo Isidoro com duas meninas lindas, puxa vida, uma gata brasileira, conheces Florianópolis? Tenho uma casa num condomínio em Ponta das Canas, você tem que ir um dia lá. Foi Martin quem trouxe os comprimidos, ele ria e brincava, estalando a língua e rebolando os ombros, cantarolando ecs-ta-si, ecs-ta-no ao embalo da música eletrônica.

– Si.

Manchas disformes de cores intensas sucediam-se na sua mente às formas deles quatro no bar. Seria incapaz de dizer ao certo como tinham chegado do pub até o quarto de hotel de Isidoro, no oitavo andar.

– Ascensor.

Os quatro subiram sem problemas. Isidoro era o hóspede registrado, e o porteiro sabia que ele dava boas gorjetas. Dinamitadas as resistências, quando cruzaram as portas da suíte, Helena já se entregava aos besos e carícias de Martin, assim como Marina dançava o tango da lascívia com seu parceiro Isidoro. Horas mais tarde, ela saberia que o sexo tinha sido bom, teria sentido vertigens elípticas e gozara, isso sim, ao menos duas vezes antes do amanhecer. Mas se lhe perguntassem o que de fato tinha acontecido durante a madrugada, nada teria para relatar. Nenhum recuerdo senão a ardência no meio das pernas. Impossível qualquer ação concreta se sobrepor à barreira acolchoada do sonho, os tais orgasmos múltiplos teriam acontecido a outra mulher, longe dali, no país do faz de conta.

– Que horas são?

Quando o sono por fim a derruba, logo após a alvorada, a luminosidade filtrada pelo voile das cortinas semiabertas de frente para o Atlântico prenuncia rajadas agudas de ressaca no horizonte. Espasmos matinais de culpa agitam as tripas éticas e biológicas em pequenas contrações.

– Una mariposa.

Martin jurava que mais outra dose as deixaria leves como mariposas no jardim florido sem carma, esticando a pílula diante dos lábios dela.

– No.

Não, obrigada, não almejava voar. Permanecer apenas sem afundar já estava bem por agora. Desgrudar do colchão e do cheiro de suor e esperma dos lençóis seria desafio para mais tarde. A ordem era reagrupar as células dispersas pela inconsciência, restaurar o ego desfeito em fiapos pela luxúria, resgatar a alma solta aos desígnios dos anjos caídos e suas deliciosas asas flamejantes.

– Hasta mañana.

A última faísca antes de apagar tinha sido para a voz de Billie Holliday no sistema de som, a canção abafada pela maciez exuberante dos travesseiros.

Ooh ooh ooh, what a little moonlight can do.

Seis

– Diana.

Marina sussurra ao pé do ouvido, no tom rascante da garganta seca pelo álcool, antes mesmo de beber água no bico da torneira pela manhã, que já vai alta. Diana. No sono da outra, o chamado soa na periferia dos confins da matéria, e de lá cresce até desfazer o etéreo em ondas sonoras.

– Helena.

Agora sim, abre os olhos em câmera lenta, do mesmo jeito que nas manhãs em que despertava no seu quarto de casal em Porto Alegre. Percebe, no entanto, pelo cenário, que não está em casa, e as roupas amarfalhadas ao pé da cama atestam sua nudez com fria crueldade. Ao vestir o sutiã, a renda pinica-lhe os seios, inflamados que estão pela ação dos dedos e lábios do parceiro. Espera até urinar e limpar-se para colocar a calcinha, duas folhas de papel higiênico dobradas entre o corpo e o tecido. Marina mastiga o cigarro apagado ao lado da porta, pedindo pressa em silêncio.

Ao saírem, lançam derradeiro olhar conquistador aos valetes de copas que tinham possuído, nus e esgotados, estirados um no sofá e o outro na cama de casal, onde elas os haviam deixado. O clique ao fechar da porta é capaz de provocar um breve hiato na respiração de Isidoro, embora insuficiente para despertá-lo. Martin? Martin está muito além do alcance de qualquer ruído.

Avança o dia claro península adentro, sobrevoando a Isla de Lobos para incendiar as areias na Brava. Gorlero acima, o rastro do sol pinta de amarelo as vitrines.

– Un cortado, por favor. Largo.

No El Greco, comem torradas sem a casca do pão para acompanhar os cafés. Misturadas às funcionárias das lojas e aos poucos veranistas que prezam almoçar ao meio-dia, a maioria gente de mais idade, réstias dos derradeiros transnochados das fiestas nos boliches entre a playa e os Pinares, ao norte, pela Barra, até o faro na distante José Ignácio, e a oeste, no caminho de Solanas, se espalham que nem zumbis pelas mesas dos cafés do centro, alguns já no expresso con medialunas para acordar, outros ainda nas saideiras. Las três últimas!

A espuma gelada das ondas rebate nas pedras dos Ingleses. Salpicos dourados alcançam as gaivotas em voos graciosos ao redor da punta. As rochas se infiltram, ásperas, feito lagartos gigantes nas entranhas do oceano. Aroma de algas e mariscos penetra as narinas e os pulmões.

– O mar é foda.

Nem o cheiro da cigarrilha cubana de Javier que Marina fuma sentada na mureta de concreto em frente à praia do Emir apaga essa sensação.

– Me dá uma fumada.

Sente-se como a sereia a quem foi concedida a oportunidade de ter as pernas separadas por uma noite.

– Arrependida?

– Toda hora você me pergunta isso. Nem deu tempo de se arrepender ainda. E você, satisfeita?

– Nunca.

Tinha sido a senha para partirem de volta ao chalé, Marina cantarolando *Satisfaction* de maneira provocativa e Helena se recusando a entrar na dela, muda e séria ao sol do meio-dia batendo de chapa nos óculos escuros. Tinha escolhido permanecer blasé a respeito da noite passada, de forma a evitar novas pontadas na boca do estômago.

Estacionam em cima da grama diante do chalé em Pinares, na entrada para a garagem. Helena desce com a chave da casa, enquanto Marina desliga o rádio e tranca o carro. Recosta-se à porta e fita a copa dos pinheiros contra o céu anil. Na quietude, a brisa de sudoeste agita apenas os galhos mais altos das árvores. A atmosfera cristalina do sol a pino lhe dá vontade de fumar, cortar o ar puro com a fumaça de nicotina e alcatrão.

– Vem?

Helena tem pressa e se dirige logo para a entrada da casa. Desejaria mergulhar numa piscina cheia de álcool anídrico, a fim de purificar a intimidade cansada, flambar a pele em labaredas gélidas.

– Já vou. Vai indo.

A sonolência conduz Marina ao voo entre os fiapos de nuvens que deslizam no céu, rabos de galo eriçados da pré-frontal que se aproxima pelo Prata.

– Já vou indo.

Vestígios de ecstasy ainda trançam fitas coloridas na nebulosidade incipiente. Marina inspira fundo o aroma de pinus e maresia. Sente-se bem assim, parte integrante do planeta. Em sintonia com os elementos. No estado em que está, custa-lhe um pouco decifrar o som que sai dos lábios de Helena ao ver que esta se aproxima, ofegante. Cheia de quê?

– Flores. Cheia de flores!

– Cheia de flores?

– A casa está cheia de flores.

Rosas, tulipas, girassóis, bétulas, petúnias, violetas, orquídeas, rododendros. Marina avança, desconfiada, passo a passo no chalé repleto de arranjos florais multicoloridos. A salada lisérgica de alto custo e baixo gosto lhe turva o estômago, e ela pode sentir o aroma de velório lhe apertar a garganta com garras pútridas. Nauseante, a presença fúnebre do defunto ausente se gruda na pele, ectoplasma disperso no oxigênio do ar que alimenta o cérebro.

– Não toca em nada.

Helena percorre em asas de libélula mesmerizada os corredores de buquês, inebriada por tantas tonalidades de cores e cheiros e texturas. Sente na ponta da língua os sabores de cada pétala, masala em espiral que atrai seus passos à mesa de jantar, sobre a qual se destaca um grande envelope vermelho com o nome Marina escrito a pincel atômico.

– Marina.

Seus dentes rilham como se mordessem os caules ásperos das flores que cercam a clareira na qual repousa o envelope. O pequeno arranjo com quatro rosas vermelhas pousado sobre o canto inferior direito lança a sombra de seus espinhos sobre o papel.

– Canallas.

Marina irrompe ao lado de Helena e avança sobre a mesa, jogando no chão as rosas antes de abrir o envelope e puxar o cartão de dentro. Helena se abaixa para impedir que a outra pise sobre as flores.

– Cuidado.

Apanha o buquê e levanta-se devagar, protegendo as flores com as mãos sobre o peito. De quem era o cartão?

– Dos cães de guarda do inferno.

Estende a mão para que Helena pegue o cartão.

– Au. Au.

Simula latidos de rotweiller quando a outra vai pegá-lo e, antes mesmo de Helena ter tempo pra perceber que a mensagem estava escrita numa colagem de tipos recortados de revistas e jornais, Marina arranca o buquê das suas mãos e amassa as rosas com fúria, para depois deixá-las cair no piso de pedra escura. Helena bufa.

– As flores não têm culpa das merdas que os homens fazem com elas.

Marina nem dá bola para os muxoxos da outra. Vira-lhe as costas e sai derrubando arranjos florais pelo chão, esparramando com os pés a bagunça que provoca com as mãos.

– Você sente cheiro de flor?

Cospe no chão.

– Pois eu sinto fedor de esterco e rato morto.

Cuidado con lo que buscas. Lo podés encontrar. Helena relê três vezes as frases coladas no papel antes de deixar o cartão sobre a mesa e se abaixar novamente para recolher as pétalas amassadas. Marina resmunga reclamos sem destino entre os móveis cobertos de lençóis e poeira.

– Esgoto encharcado de perfume para disfarçar a podridão debaixo do tapete. Narinas entupidas de pó e de mofo pra não sentirem o mijo rançoso atrás da porta.

Ao se erguer rápido demais, tudo gira ao redor de Helena, e ela já não tem certeza em que medida os traços de fala que escuta vêm da boca da outra berrando furiosamente lá dentro no quarto ou se são fonemas escritos na sua própria psique. Mas sabe que precisa de ar.

– No meu pesadelo, o mofo me incha a garganta a ponto dela se fechar, entupida de gosma verde, e eu afogo no seco e acordo gritando pra descobrir que estou vendada e amordaçada, pendurada na borda do poço sem fundo até o éter eterno.

Comprimidos para dormir não resolviam mais. Despertava de madrugada no desespero. Falava sozinha no escuro, a fim de testar a materialidade das coisas, e o som abafado da própria voz sozinha no quarto estremecia seus músculos até os ossos. E dedilhava acordes em bemol nas cordas desafinadas do seu sistema nervoso.

– Você já sentiu o cimento que gruda teu ser se esfarelar alguma vez?

Quando Marina retorna à sala, seu discurso já terminou faz tempo, mas Helena permanece de pé na mesma posição, com as pétalas murchas nas mãos.

– E agora?

Em resposta, Marina acende um cigarro.

– O próximo passo é eu estar no porto às três da tarde. O contato de ontem no cassino me passou o nome e a localização do barco. A reunião com o tal figurão vai ser a bordo, e retornamos ao entardecer.

– E é ele quem tem o resultado do exame?

– Ou o nome de quem tem. Não sei. A gente nunca sabe o tamanho do próximo passo. Só sabe que precisa pisar com cuidado.

– Vou junto te ajudar na gravação?

– Negativo. Vou sozinha.

Sem câmera nem gravador.

– Tenho medo.

– Também sinto medo. Por isso, não posso parar. Senão vou ter medo a vida inteira.

Helena afinal se moveu, e, para sua surpresa, foi para derrubar com um tapa um grande arranjo de gerânios no aparador às suas costas.

Meia hora depois, estavam as duas fumando debaixo dos pinheiros, lá fora, no pátio dos fundos, retomando o fôlego em baforadas e parando aos poucos de tremer.

– Posso te contar a verdade que você quiser, Helena. Sou jornalista, não esquece.

– Chega de filosofia de boteco.

Não queria falar, não falasse. Nem precisava. Só não viesse lhe carregar para dentro dos seus problemas sem ao menos uma explicação.

– Me deixa na rodoviária.

Fala, mas não se move. Apanha o cigarro de entre os dedos da outra e fuma, soltando a fumaça devagar entre os olhos rumo ao céu.

– Só tem ônibus para o Brasil de noite.

– Posso voltar a Montevideo.

– Gostei do sotaque.

– Eu também.

Riem. Quando Helena vai devolver o cigarro, Marina segura-lhe os dedos por um instante e olha direto nos seus olhos.

– Eu não sei quem são essas pessoas.

Quer dizer, não tinha certeza. Não havia o rosto, o nome, o indivíduo. Nem mesmo a organização, hoje em dia. Nos tempos das ditaduras, era mais simples apontar quem estava de um lado e do outro. Repressão. Tortura. Exílio. Mortos. Desaparecidos. Esses eram os assuntos que ela pesquisava na sua reportagem. Já trabalhava com isso antes mesmo de conhecer Vincent; aliás, o motivo da sua contratação pelos holandeses tinha sido uma série de matérias que publicara como freelancer na imprensa nanica nos quatro ou cinco anos anteriores.

– Mas essa história já faz tanto tempo.

– Não o suficiente para apagar as marcas.

Ainda havia desaparecidos, vivos e mortos. Famílias na angústia do limbo lancinante. Ausência. Universo paralelo de mentiras deslavadas. Injustiça e hipocrisia. Graves sequelas. Feridas que ainda sangram.

– Não se curam nações assim, da noite pro dia.

A mutilação na carne nacional custava a cicatrizar, assim dizia aquele seu professor de sociologia na Sorbonne, um coroa gostosão metido a Depardieu. Helena solta sua mão e pede outro cigarro. Espera Marina acender e lhe passar, fuma e solta duas baforadas antes de falar.

– Mas o que isso tem a ver contigo? E comigo?

Eram crianças nessa época. Viam desenho animado na tevê e comiam bolacha Maria com goiabada.

– Pois enquanto a gente se empanturrava de bolo de chocolate e guaraná nas festinhas de aniversário, a nossa América Latina era estuprada pelos cães de guarda dos homens de bem. A nata do empresariado, construindo as fundações dessa nossa sociedade consumista, agressiva e egocêntrica.

– Vai começar com discurso, eu vou embora mesmo.

– Vai nada. Vem cá.

De forma inesperada, Marina enlaça a outra num abraço carinhoso e cálido. Ficam assim, relaxadas nos braços uma da outra, pela eternidade de um átimo, até Helena se afastar, cheirando as próprias axilas.

– Preciso de um banho.

– Me ajuda a jogar fora essas flores antes.

Helena ainda iria escutar a retórica excitada da outra por longos minutos antes do banho, enquanto, juntas, socavam os restos dos arranjos destruídos em sacos de vinil preto. De luvas plásticas amarelas para evitar ferimentos por espinhos ou talos pontudos, elas conversaram sobre seus medos e receios, e ficou combinado que retornariam para a casa de Javier em Montevidéu naquela mesma noite, sem pernoitarem no chalé. Depois disso, Helena apenas escutou, concentrada em não machucar as mãos e os braços nem espetar os olhos na galharia.

– Tecnicismo desenvolvimentista de merda.

Concentrador de renda, gerador de desigualdades e infelicidade, matriz do modelo falido dessa democracia de fantoches. O mundo é dos espertos, alardeia um. O mundo é de quem tem dinheiro, rebate outro. E se atropelam com seus carros importados no estacionamento do shopping. O resultado é essa pocilga putrefata a que a gente assiste todos os dias no noticiário.

Helena ergue os olhos ao deitar fora o último saco de lixo repleto de flores e tirar as luvas.

– Mas o que isso tem a ver?

– Somos filhos dessa ditadura, seja de qual lado for do arame farpado. Esse chumbo ninguém nos tira de cima.

Os herdeiros das flores murchas, jardins cavocados pelas marmotas sedentas. Filhos da revolução?

– E ainda somos os privilegiados.

Do outro lado eram a miséria e a fome. Sofrimento. Doença. Dor. Pais sem ter o que dar de comer aos filhos.

– Acorda, Helena.

Bem-vinda ao mundo.

– Mas as flores eram tão lindas.

A beleza era só mais um truque.

– Atrai os insetos para a armadilha. E nós ainda temos coragem de matar mosquitos e baratas, autoeleitos pequenos deuses mundanos. Vamos embora. Vamos sair desta casa. O ar aqui está contaminado.

Em tons de azul e verde, o mar se mistura ao Prata na baía de Maldonado. Marina fita os veleiros. Sentada ao seu lado nas pedras da Ballena, Helena observa o perfil de Punta no outro lado da baía, a leste, por trás da Gorriti. Bem no horizonte por sobre a península, vê a Ilhas dos Lobos, lá no fundo. O carro está estacionado no mirante, às costas delas. Turistas apreciam a paisagem e fotografam. Pescadores vigiam suas linhas. Marina funga, olhos rasos de chorar devagarinho.

– Rostos de pessoas.

Gente que conhecera quando era menina.

– Homens que frequentavam a casa.

Vinham ver o Meritíssimo. Alguns desses homens brincavam com a niña Marina, alegre e sorridente nessa época. Cheiravam a Aqua Velva e Old Spice, brilhantina no cabelo e dedos gordurosos. No verão, suavam as camisas de colarinho e mangas curtas nos sovacos. Davam-lhe beijos cheios de saliva no rosto, lábios moles, hálito de álcool e tabaco. Mas havia um de quem ela gostava. O brasileiro.

– Papai o tratava por Capitão Miguel.

A menina se animava quando o capitão vinha lhes visitar. Marina nem sabia se Miguel era mesmo soldado de verdade. Tinha o cabelo demasiado longo, mesmo para um oficial. E nunca estava fardado.

– Mas como cheirava bem e era bonito!

Mãos bem tratadas, unhas curtas e polidas.

– Eu sentava no colo dele. Me trazia brinquedos e sempre tinha balas nos bolsos. Depois, o velho se trancava com ele por horas na biblioteca.

Por anos, ela fingira ser impossível escutar o que os dois diziam um ao outro.

– A porta era grossa demais, o veludo absorvia o som das vozes. Mas agora me vêm trechos de frases.

Expressões perdidas, vozes que ecoam nos cantos mais sombrios da memória.

– E eu não gosto do que essas vozes falam.

Marina silencia e deita a cabeça entre os joelhos. Helena passa-lhe o braço pelas costas, acariciando-lhe os cabelos. Ficam assim, uma de cabeça baixa e a outra com o olhar perdido no horizonte.

– E aquele homem?

– O Capitão Miguel? Nunca mais o vi. Acho que desde os meus sete ou oito anos. Nunca mais. Nem ouvi falar dele.

Permanecem sentadas nas pedras, em silêncio, até depois das duas e meia da tarde, quando Marina examina o relógio e se ergue, fungando e secando a umidade dos olhos com as costas das mãos. Helena permanece mais um pouco sentada, mirando os veleiros que passeiam na baía àquela hora, e a voz quase não sai da garganta quando ela pergunta: qual era mesmo o nome do barco?

– Sherazade.

Tripas de pescado fresco são lançadas nas águas oleosas do porto pelo marinheiro sul-africano de pupilas incolores, pele tostada de sóis oceânicos, a cabeleira ruiva escapando em grossas tranças por debaixo do pañuelo de tela preta que leva amarrado à cabeça.

– Birds!

Limpa a gosma sangrenta das mãos, bate palmas duas vezes e torna a gritar em surdina para os céus.

– Pájaros!

Os restos de corvina, peixe-rei e carnada espalhados entre os cascos que balançam suavemente, bem amarrados ao cais, atraem flocos de barulhentas gaivotas, num frenesi de penas e bicos e garras em mergulhos certeiros.

– Help yourselves.

As aves pescam as vísceras na superfície gordurosa, espelho onde a tarde se reflete nas manchas brilhantes de diesel e espuma encardida.

– Fucking seabirds.

Alheia ao alarido, uma loba-marinha contorna os pilares do píer em rodeios ressabiados. Marina segura as mãos de Helena por um instante.

– Hasta luego. Cuida-te.

– Tu também.

Dali, precisava seguir sola. Após estacionar o carro atrás do prédio da aduana, Marina retocara a maquiagem no retrovisor. O batom discreto protegia os lábios do sol e disfarçava sua preocupação. Estariam no mar até quase o anoitecer. Não adiantava esperar aqui. Fosse conhecer as lojas da Gorlero, menina. Afinal, estava de vacaciones.

– Só não esquece o que te pedi.

E se afastara num aceno.

Sete

– Buenas tardes.

Na solidão do abajur aceso na mesa do gerente, ao fundo do corredor, a luminosidade azulada dos monitores em fileira nas bancadas envolve a sala comprida na bruma colorida de um cenário Blade Runner. Em tudo, a obscurecida lanhouse contrasta com a visão magnífica do veleiro de três mastros em madeira nobre, a bandeira argentina e o nome de princesa árabe flamejando na popa, que ela vira partir rumo ao poente há menos de uma hora, com Marina a bordo e ela em terra. Estranho estar sozinha.

Nem bom nem ruim. Diferente.

– Pantalla siete.

As vitrines da Gorlero distraíram de alto a baixo sua atenção a princípio, e subiu na mureta de concreto da Brava para contemplar a praia. Resistiu à vontade de um cigarro, comprou chicletes e subiu de novo a avenida até o ponto onde estava agora, diante da tela do navegador, abrindo a janela de correio eletrônico. O ar-condicionado mantinha a temperatura agradável ali dentro, e estaria protegida dos raios ultravioleta. Não tinha passado protetor, e nutria terror neurótico de tumores malignos. Paranoias hipocondríacas que Marcelo lhe incutira por osmose. Tudo bem ela não querer expor a pele, o buraco na camada de ozônio e tudo mais. Mas o marido exagerava seus medos às raias da insanidade, ainda mais que perdera o avô e o pai para o câncer de próstata, já sentia as células malignas subirem feito formigas atômicas pernas acima e comerem os órgãos aos bocadinhos até transformarem seu organismo inteiro na pelota podre que o ceifador vai lançar no buraco dezoito com um taco de metal. Precisava segurar a respiração para não sentir o bafo, suava frio com a carne em chamas e se deixava hipnotizar pelas forças negativas com tamanha facilidade que Helena precisava se afastar o mais rápido possível por algumas horas, até ele se acalmar e eles poderem ficar juntos de novo. Como tudo mais entre eles, esses intervalos de tempo que passavam afastados um do outro se multiplicavam e amplificavam geometricamente nos últimos meses. Melodrama estúpido. Seja homem.

– Yá está liberada la conección, señorita.

Gostou de ser chamada assim, embora usasse a aliança de ouro na mão esquerda. Espantou com ela os últimos vestígios da imagem do barco com as velas abertas contornando a Gorriti e digitou o nome de usuário e senha que Marina havia lhe passado.

– Inicio cuatro y doce.

Ao final, era só desconectar e se dirigir ao balcão. Helena é a única cliente na sala da frente, mas, quando o gerente deixa seu posto e abre a porta que dá passagem aos fundos da loja, é possível vislumbrar a algazarra da turma adolescente que virara a noite jogando em rede e prosseguia suas batalhas virtuais dia afora, escondidos da passagem do tempo pela sombra providencial das janelas lacradas e paredes abafadoras de ruídos. Aos gritos, para serem ouvidos além dos headphones, metralhavam sem dó seus inimigos, lançando ameaças de morte em castelhano e inglês, motherfucker hijo de puta.

– Te voy a matar diez veces!

– Te voy a sacar los dientes uno a uno!

– Te voy a quemar vivo!

Helena cria uma nova mensagem, à qual anexa o arquivo copiado do CD que Marina lhe dera junto com as instruções no carro, antes de entrarem no porto.

– Che, chicos, menos, menos.

O gerente fecha a porta e volta à sua revista no balcão. Não dá pra ver, mas Helena aposta que tem fotos de mulher pelada ilustrando as páginas. O som abafado das vozes dos garotos imitando tiros de metralhadora, fuzil e bazuca com a boca na sala dos fundos cria ondas sonoras que percorrem a sala como os acordes da batida do baixo elétrico de um instrumentista com doze cabeças e vinte e quatro braços. Concentrada, Helena endereça a mensagem a vincevdw@kessfound.org, confere o anexo e clica em enviar. Resolvido. Mais difícil tinha sido quebrar o CD, não pela curiosidade de olhar o conteúdo do arquivo, contida sob estrita orientação da outra, mas pela complexidade física da obra em si. Força, dizia a si mesma, com os óculos escuros postos para proteger os olhos e a barra da blusa a resguardar-lhe as mãos.

– Força.

Conseguiu partir o disco sem se cortar e jogou os pedaços no lixo. Virou o rosto para admirar as pontas das lascas de acrílico. A atração que exerciam sobre ela a fez apanhar de volta uma das lascas, em forma de punhal sem cabo, a qual colocou na bolsa envolta na echarpe. Seduzida pela lâmina, imaginava outra vez a ponta afiada rasgando o tecido pálido entre o punho e o antebraço, do mesmo jeito que fizera diante dos cacos do espelho partido no chão do banheiro naquela vez em que Simone o esquentara demais com o isqueiro e ele tinha estourado, espalhando cocaína e pó de vidro nos azulejos para todos os lados. Ficou furiosa, era a última micha, porra. Discutiram e ficaram sem se falar por um bom tempo. Na verdade, pouco voltaram a se falar depois disso, e nunca mais foi a mesma coisa. A razão não era o pó. A razão nunca tinha sido o pó. Sabiam disso. De qualquer modo, aquilo tinha sido em outra vida, muitos séculos atrás, e sentia mesmo que os fatos tinham ocorrido com outra pessoa, outra alma que habitava algo parecido com seu corpo. Um destilado vinha bem. Mas não. Já tinha bebido que chegue. Faltava preencher algumas horas antes de resgatar Marina no porto.

Dale, dale, dale.

Balbuciando, desconecta a conta do webmail.

Dale, dale, dale. O jogo da gurizada segue animado.

Hesita diante do teclado, mas afinal cede à tentação de abrir o seu próprio correio eletrônico. Ali, entre spams e correntes de oração, se destaca na caixa de entrada o e-mail recém-enviado pelo remetente marcelo_jbn com o singelo título de "nós", assim mesmo, entre aspas e todo em minúsculas, podendo significar eles dois, ou então cordas amarradas entre si, o que talvez viesse a dar no mesmo. É nisso que Helena pensa durante os dezoito segundos e meio que leva para executar o duplo clique e abrir a mensagem.

Teu silêncio reverbera.

Ela escuta as palavras escritas na voz de Marcelo, porém dubladas por um ator profissional, como se fizessem parte do elenco de uma comédia romântica hollywoodiana exibida na sessão da tarde da tevê. O dublador é o mesmo do Tom Cruise. A dela seria a da Julia Roberts.

Rastro digital sem carne nem sangue. É estranho. Mas estou, ao mesmo tempo, tranquilo e apavorado. Longe de mim, me pareces mais perto. Perto de mim, me pareces mais longe.

Helena sabia que, para soar assim, lírico e indefeso, Marcelo devia estar muito bêbado ao escrever. Visualiza o perfil do marido perambulando na casa escura, e é capaz de perceber detalhes das almofadas do sofá. Mas seu olfato já não consegue recriar o aroma do lar. Embora sinceras, as frases soam secas e vazias, como um voice-over dublado, sem sentido nem desejo. Tom Cruise prossegue.

Chega de escrever. Um homem precisa saber a hora de parar. Por favor, não responda. Por favor, não diga nada. Espero que você esteja bem. Saudade. Um beijo.

Ensaia redigir a resposta no mesmo tom dramático, porém esbarra na falta de motivação já na segunda linha. O amor não sobrevive de cabeçalhos. É preciso parágrafos, alguns extensos e sem pontuação, longos capítulos. Paixão? Essa sim era capaz de incendiar bilhetes monossilábicos e queimar apenas com gemidos e sussurros. À merda com o romance de capa e espada, lirismo sem paixão. O gosto acre de ficar sem respirar era o mesmo em todo lugar. Escreve.

Você me pede para não responder. Isto não é uma resposta. Você me pede para não dizer nada. Tudo que eu diga é menos que nada.

Deleta a mensagem sem enviar, paga no caixa os minutos utilizados e sai com os olhos úmidos entreabertos para a claridade da Gorlero.

Ofuscada, vislumbra do outro lado da rua o rosto do argentino que passara a noite com Marina, ela e Isidoro na suíte do Conrad. Martin? Fica na dúvida, pois nunca vira o homem sóbria. E até suas pupilas se ajustarem à luz do sol, esse homem já lhe virou as costas, descendo a avenida em direção à esquina com Los Meros pela calçada leste.

– Martin?

Esboça o chamado com os lábios, porém a voz frágil se dissipa no céu da boca. Estática, no seu inconsciente já compara a curvatura dos ombros e o bronzeado dos braços daquele homem que boleia a perna para montar na Harley Ironhead sete-três preta estacionada em diagonal junto ao meio-fio com as imagens da noite passada e desta manhã. Os flashes deles quatro desnudos a trocarem carícias num quarto de hotel teimavam em faiscar na sua mente sem ela conseguir evitar, incapaz de reconhecer com exatidão até que ponto essas imagens eram de fato recordações precisas ou cenas ao gosto de uma imaginação destemperada. Será que havia mesmo deslizado os dedos pelas costas nuas de Marina, teria a outra efetivamente tocado com os lábios o bico do seu seio uma vez, seriam reais os beijos de língua que trocara com os dois homens antes de se deitar com Isidoro? O motociclista gira a chave, acionando o motor. Um rugido longo e profundo precede a pulsação mecânica que toma conta da rua. Ele a fita fixamente, permitindo-lhe comparar por um instante o gelo verde dos seus olhos com a mirada febril de Martin sobre o corpo dela, na cama com Isidoro, bem no instante da penetração.

Ato seguinte, esse homem abaixa a cabeça, ajeita as ondulações do cabelo e veste o capacete. Torna a encará-la por quatro segundos à distância, sem sorrir nem esboçar o reconhecimento que ela esperava. Ao contrário, ajusta seus óculos de aviador e gira o pulso direito, acelerando a moto. Vibrações roucas pulsam através do piso, debaixo do rugido das cilindradas cúbicas. Helena sente abalos sísmicos a lhe balançarem as pernas debaixo do salto das botas de couro. Perde o equilíbrio quando a moto arranca, fazendo a curva ladeira abaixo na direção del Emir. Ensaia dois passos no mesmo sentido, a tempo apenas de enxergar sua manobra à esquerda na Resalsero, para o norte.

Martin?

Por momentos tivera certeza, mas, agora, já nem tanta. A distância entre eles ali, na rua, era grande, estivera virado de costas para ela na maior parte do tempo, seu capacete encobrira boa parte do rosto e, enfim, estava vestido. Mas e se o homem fosse Martin, de verdade, será que ele também não tivera dificuldade para identificá-la à luz do dia? Afinal, todos tinham bebido bastante y otras cositas más.

– Diana.

Podia escutar a voz dele sussurrando ao seu ouvido esquerdo, com Isidoro a lhe assoprar promessas na orelha direita. Ainda sentia seu metabolismo alterado. A espuma das ondas batendo nas pedras de La Virgen eleva a mirada de Helena numa panorâmica vertical que sobe, sinuosa, da mureta junto à calçada no Emir, ondulando azul-marinho acima, até enquadrar, no horizonte, o farol.

Los Lobos.

A ilha oscila e a terra vibra, até que o solo, camada por camada, restabelece pontos de firmeza. Chão, ar e mar voltam a ser elementos distintos um do outro. Atina colocar os óculos escuros para seus olhos pararem de arder. Fora do aconchego da lanhouse, sente a atividade ao seu redor fazendo cócegas desagradáveis.

Diana, la loba.

Se apruma e consulta as horas no Swatch colorido.

Falta muito ainda para o sol se pôr.

As águas cercam a extremidade sul da península, aríete rochoso contornado pela fúria do Atlântico. Mesmo assim tranquilo, o oceano mostra na superfície a força das profundezas.

– Poseidon.

Consegue imaginar a figura majestosa de Netuno se erguendo no horizonte, e lhe presta reverência. Não saberia dizer em qual momento ela começara a falar em voz alta os pensamentos, não todos, alguns deles.

– Buenas tardes.

Ficar só é tão libertador que às vezes dá medo.

– Buenas noches.

Helena jamais ousaria descrever sua sensação ao sentir sobre o corpo o calor luminoso do sol poente, sentada nas pedras do mirante da Âncora. A perspectiva do infinito lhe arrebata de tal forma que seu ego se derrete como flocos de marshmallow no calor da fogueira. Meditara duas horas e meia sentada naquela pedra sob o sol de julho.

– Rolling rollercoaster.

Cantarola a surf music que costumava escutar no toca-fitas do carro nas caídas para a praia com os amigos da escola no segundo grau. Lembrava de ouvir um dos colegas dizer que conhecia as praias de Punta e surfava por lá no verão, depois tinha visto fotos e imaginara como seria estar ali, bem naquele ponto onde se encontrava agora.

– Rollercoaster rolls.

Ao pegar o carro na saída da lanhouse, Helena tinha dirigido sem destino, zanzando num raio amplo da Ballena à Barra, rodando pela Costanera e até se arriscara pelas ruelas sinuosas por dentro dos bairros, pela Roosevelt até Maldonado. A experiência de abastecer el coche con nafta foi o ápice desse circuito. Marina lhe entregara os pesos e instruções bem específicas. Precisavam estar com o tanque cheio sempre. Três garrafas grandes de água mineral, dois pacotes de galletas El Hoggar e cigarros no banco traseiro, ao alcance da mão. Secura na boca mastigando presságios, o piso terroso da ruela estalando feito pipoca sob o peso da borracha dos pneus em marcha lenta, consultava o relógio no pulso de cinco em cinco minutos.

Temprano.

Abaixa os vidros e respira fundo o ar impregnado de pinus e maresia. Existe a fantasia de acelerar e prosseguir dirigindo sem parar até a porta da frente do seu prédio em Porto Alegre, se esconder debaixo da cama para só sair no Carnaval. Nem chega a ser ideia, no entanto, mera chispa que mistura receio e culpa num coquetel salobro. No fundo, no fundo, estava gostando de dirigir ao vento, e se deixara levar pela beleza do cenário. A luz da tarde no céu límpido de agosto é extraordinária por entre os bosques ao sul de Maldonado, onde os troncos, os galhos e as folhas das árvores se projetam sobre as areias da Mansa, cercando as águas turquesas da baía.

– Não priemos cânico.

Fumou, com imenso prazer, três cigarros ao longo desse trajeto itinerante, e se sentiu livre como em um comercial de absorvente. O pânico de estar sozinha com Marina, perdida no oceano, estava lá, sempre, em algum lugar, porém, pouco a pouco, Diana impusera sua personalidade, e Helena, como sempre, se deixava conduzir.

– Time is on my side.

Preferia deixar o rádio desligado e, vez por outra, ia cantarolando trechos de músicas, a maioria em inglês. Às vezes, nem cantava, só deixava a música ocupar o universo ao seu redor. Era como se folhas gigantes de plástico-bolha a envolvessem por inteiro.

And you run and you run to catch up with the sun.

Sentia-se envelhecer segundo a segundo, ali, sentada atrás do volante, na ansiedade da hora de resgatar Marina no porto. Se por fora sua silhueta circulava, altiva pelos bulevares esteños, por dentro a couraça mostrava indícios de fissuras e rupturas logo adiante. Fantasmas, demônios gosmentos gestados nas noites de insônia, em visões cruas de calabouços fedendo a carne humana queimada e restos putrefatos de gente estrangulada. Pesadelos atormentando o sono, vigília lúgubre das madrugadas sozinha trancada no lavabo, de luz acesa e choro contido. As fagulhas dessas visões do inferno estalam em fogos de artifício quando ela afinal se dirige à península, as luzes dos apartamentos dos andares mais baixos começando a ser acesas. Nas vidraças da cobertura, o sol lança as últimas flechas do dia.

Apoia a palma da mão no tronco do pinheiro mais próximo e vomita fiapos de bile no gramado. Tosse. Tosse. Tosse. Tivera ao menos o discernimento de manobrar para callecitas desertas nos bosques entre a rambla da Mansa e a Roosevelt antes de lançar cargas ao mar. Minutos depois, lavara as mãos e a boca melada com água mineral no posto de gasolina. Sabor metálico na água, pontadas de ferro nos intestinos. Pássaros cinzentos espiam lá de cima, curiosos.

A happy hour se estende noite adentro na strip ao redor do porto. O sol baixara a oeste da Gorriti, dourando as jarras de clericot e cobrindo de púrpura as cascas vazias de mejillones a la provenzal. Ela tinha checado três vezes. O local onde devia estar atracado o Sherazade estava vazio.

– Buscaba algo, señora?

A rouquidão do velho corta talhos na pele. Sentado num tamborete de madeira sobre o deque do cais, observa o bisneto travar seus primeiros diálogos com as linhas e os anzóis. Ajoelhado aos pés do bisavô, o garoto lança carnada aos peixes-reis em pequenos punhados das manitas miúdas.

– Si.

Helena respondera sem olhar para eles.

– Sherazade.

Seu olhar continuava distraído, balançando ao ritmo da superfície na qual deveria estar o barco e onde bufava, em intervalos regulares, um grande lobo-marinho marrom-escuro, vindo à tona para logo desaparecer de novo no breu coberto de óleo.

– La joven Sherazade?

O velho tinha brincado com ela no princípio, antes de ver que a sua preocupação era autêntica e profunda.

– No, el barco Sherazade.

Helena percorrera cada trapiche do porto de cima abaixo três vezes, conferindo os nomes na popa, barco por barco. Na última vez, o velho tinha lhe sugerido perguntar na Capitania. Mas logo que ela chegara, aquecida pelo sol poente, não parecia haver motivos para preocupação. Não ainda. Poderia ter se enganado. Esse era o box dezessete?

– Negro el diecisiete, si señorita.

O velho confirmara o número do box, cutucando o garoto com a ponta da alpargata.

– Has visto a esse barco, Ernesto?

O caniço seguro pelo menino tinha balançado três vezes ao peso da chumbada na ponta da linha antes dele responder, sem desgrudar a vista do brilho dos anzóis.

– Si.

– Si qué?

O avô cutucara o neto outra vez.

– Si, señorita.

Ernesto acomodara o caniço no deque e se erguera, voltando o rosto para ela.

– Salió por la tarde.

Helena se ajoelhara diante do menino e olhara nos olhos dele com urgência. Havia uma moça, una chica, que entrara no barco antes dele partir.

– Amiga minha.

– Si. Si, señorita.

Gostava que ele a chamasse assim, senhorita. A fazia se sentir jovem. Livre. Era engraçada essa capacidade das palavras mudarem as coisas. Mas do pensamento à ação, a textura do mundo impunha contradições. Sim, Ernesto viu la otra señorita bajar a la cabina, em seguida o marinheiro soltou as amarras e o veleiro partiu.

– Se fueran al mar, nomás.

O menino apontara para sudoeste num aceno.

– Le gusta pescar?

Helena sorrira. Nunca mais pescara, desde guria nos açudes e arroios da estância dos avós. Tirando a mão de sobre o ombro do menino, se ergueu, sacudindo a cabeça. Más o menos. Mirara o horizonte com a mão em pala. E ele não os tinha visto retornar?

– El Sherazade? No, señorita.

Para acá no volvera.

Lambaris e traíras sufocando na taipa.

Gracias.

Nem lembra se de fato agradeceu em voz alta às informações. Foi até a extremidade do cais e voltou duas vezes nessa primeira caminhada, antes de decidir esperar no carro. Bandera argentina, tenia. Ernesto afirmara não ter visto mais ninguém além de Marina e do marinheiro.

– Pero podian estar abajo.

Já tinha meia dúzia de pescados na lata de tintas com água pela metade quando ela veio pela segunda vez, meia hora depois. Tinha fumado dois cigarrillos e tomado una mineral sin gás escorada no capô do carro, estacionado junto à rambla. A senha para voltar ao cais foi a passagem da pickup de fabricação japonesa com o quinteto de garotos bêbados em algazarra na caçamba, lhe dirigindo gracejos e convites indecentes em castelhano e francês.

Voulez vous coucher avec moi.

O cone de luz da única lâmpada no poste incidia nos nós calejados dos dedos do ancião, com os quais ele consertava furos numa velha rede de pesca.

– Guido.

Tinham se apresentado nesse segundo encontro.

– Diana.

A voz rouca de Guido na brisa da noite soava como arranhões de cascas de marisco na sola dos pés descalços ao caminhar sobre as pedras na beira da praia.

– Noche sin luna. Buena para encandilada.

E mais não disse, nem foi perguntado.

Passar horas na dureza da plataforma tinha sido exasperante. Do concreto às pedras negras do pontal, nas quais repousava agora as pernas, a água cheirava a ostras e óleo de motor. Por várias vezes percorrera a passarela de noventa metros do estreito píer, no princípio, debaixo das vistas disfarçadas de Guido e Ernesto. Depois que a dupla de pescadores levantou acampamento e se foi, de caniço e samburá, para casa, em San Carlos, num velhíssimo Citroën anos setenta, Helena sentou no tamborete vazio e ficou ali, sozinha, exceto pelo breve período no qual um navegador australiano recém-acordado da ressaca da véspera, que a bem da verdade se estendera com cervejas e bourbon até o final dessa manhã, desembarcou de cuecas vermelhas e se afastou pelo píer, vestindo a cambaleante bermuda jeans sobre as pernas cabeludas.

– Buenas noches.

Frio. Helena abraça o próprio corpo, recostada às pedras na extremidade do cais. A dor da ausência de Marina se metaboliza em cólicas terríveis e uma tremenda dor de cabeça que a fazem permanecer encolhida naquele canto gelado demasiado tempo. Quando decide recorrer ao posto de informações da Capitania, era tarde demais. Deveria retornar mañana.

– A las siete.

Olha ao redor. De onde está sentada, Helena vê a massa líquida negra da baía balançar suavemente ao sopro do vento, que faz seus dentes baterem. O frio aumenta a cada minuto depois que escurece. Pelas dez e meia, quinze para as onze, já estava um gelo dos infernos ali fora, porém ela não se animava a deixar seu posto.

Gracias por nada.

Bate meia-noite, e o tenebroso mar noturno desperta temores esquecidos. Careta que surge, horrenda, por detrás da vidraça na escuridão, iluminada pelo tremor do lampião a querosene. Latidos de cães furiosos varam a madrugada. Gaivotas mergulham das estrelas e cravam os bicos agudos nos pedaços de peixe que boiam, sangrentos, nas águas do cais. Atrasos acontecem. Imprevistos. Marina devia estar bem. Como partira sem o celular, não tinha podido avisar. Tudo ficaria bem pela manhã. Suas entranhas se contorcem como se ela fosse vomitar. Fecha os olhos e esconde o rosto na echarpe de seda. Chora quietinha, envolta pelo resquício de sândalo que adorna o tecido.

Ao clarear do dia, Helena cochila reclinada no banco do carona do carro, coberta pela manta que tinha encontrado no porta-malas. Uma mecha dos cabelos soltos grudados na testa pelo suor frio de pesadelos lhe recobre parte dos olhos rubros, a ponta do nariz rosada como ficava desde menina quando chorava assim, demais, a noite inteira. O ar salgado traz cheiro forte de pescado e o assovio das almas penadas que viajam na ventania. Desperta com desejo de café preto e cigarros. O desayuno vai ter que esperar. Fuma sentada na mureta do passeio, de frente para o pátio do porto e de costas para o sol nascente. Na tela do celular ainda pulsa o sinal de mensagem de voz recebida. Mensagem de Marcelo. Recebida há quatro horas. O que ele estaria fazendo acordado no meio da madrugada porto-alegrense era algo que não lhe interessava imaginar. Não mais. O conteúdo do recado lhe deixava, agora, mais curiosa do que antes. Nem pensara em escutar a mensagem quando a recebera, tentando fechar os olhos com o rádio tocando em volume alto músicas que ela desconhecia, entre reclames e comentários em castelhano.

Prende os cabelos revoltos num rabo de cavalo e olha para o painel do telefone, que repousa na mureta ao lado dela. Um ou outro corredor matinal passa a trote, duas babás em uniformes idênticos empurram carrinhos de bebê na calçada oposta, e grupos em algazarra deixam o mesmo bar ao mesmo tempo, se cruzando no canteiro do meio da rua. Sem pressa de retornar ao box dezessete, onde faria uma nova tentativa de encontrar o Sherazade, ela apanha o aparelho e pressiona as teclas do correio de voz. Afasta o cabelo da orelha para ouvir, porém só escuta o silêncio, com som ambiente de trânsito ao fundo. Do outro lado, a pessoa gravara apenas segundos da sua falta de assunto. Helena não saberia dizer se Marcelo tinha bebido como gostava de fazer nas noites de festa, copo longo de cristal com bastante gelo, ou se tinha enxugado cowboy direto na petaca de estimação, mas pressentia a amargura do drink feito chicote na respiração disfarçada do lado de lá.

Para apagar, digite três.

Não há novas mensagens.

Ao chegar de volta ao espaço onde deveria estar o Sherazade, descobre que já está atracado ali outro barco.

– Necesita algo, señora?

Rapsodia, de bandeira argentina.

– No, nada, gracias, solo estaba mirando.

Helena se desculpa, afastando-se de cabeça baixa.

O marinheiro portenho embarca no iate com três sacolas de mantimentos e duas garrafas de rum.

– Dejála estar com el chupete, mamán. Y que podría hacer yo desde acá? Bueno, por una mañana, no és que te haya pedido algo absurdo. No, mã, yo no le puedo pedir a Ignácio. Al mediodia voy a estar. Por la tarde traigo el niño al trabajo comigo. Ahora dejame trabajar. Besos.

Desliga o telefone sobre o balcão, suspira e se volta para Helena, de pé do outro lado do tampo.

– Si?

Tinha observado o rapaz durante a parte final do telefonema. O uniforme branco da Marinha lhe caía bem. Federico, informa o crachá celeste da Capitania dos Portos, espetado acima do bolso da camisa de mangas curtas. Ela desejava informações a respeito de um barco.

– Sherazade.

Estava ancorado ontem aqui no porto.

– Box dezessete. Diecisiete.

A língua corcoveia articulações desengonçados no interior da sua boca. O rapaz sorri diante da falta de jeito dela com o castelhano.

– Seventeen?

– Partiu ontem à tarde. Com minha amiga a bordo.

E não havia retornado até agora. Acabava de vir de lá. Já tinha outro iate atracado naquele box.

– Decessete.

O marinheiro arrisca em portunhol.

– Un momentinho.

Helena fixa o olhar nos gestos dele de abrir o grosso livro diário e examinar os registros de chegadas e partidas.

– Si. Sherazade. Llegó ayer por la mañana.

Vira a página molhando a ponta do dedo na língua.

– Salida por la tarde, quatro menos cuarto.

– Salida para onde?

– Eso no se le puede decir, señora.

Não adiantava insistir. Bem que tentara.

– Por favor.

– Lo siento.

Lo siento. Mucho. Muchíssimo.

Ao meio-dia, já era claro que o Sherazade não iria retornar ao porto de Punta. Mesmo assim, no princípio da tarde, tentara enxergar o contorno das velas no horizonte. Da ponta da Âncora. Depois, da Ballena. O sol declinava para os lados do Pan de Azucar quando estacionou ao lado da mureta do mirante Juan Dias de Solís.

Lo siento muchíssimo. Muchissíssimo.

Leva alguns segundos para se ajustar à intensa contraluz, duplicada no espelho de água da baía. Portezuelo. Difícil manter os olhos abertos. Fechá-los é sempre tão mais fácil. Adormecer, entorpecer, desligar.

Muchissississimíssimo.

Despacito, o organismo reajusta a visão.

Demasiado mucho.

Ergue as pupilas devagarinho.

A paisagem é deslumbrante. Lá embaixo, a praia de Solanas se estende numa longa curva de areias amarelas, guarnecida por elegantes pinheiros em posição de sentido. Em meio ao pinheiral, são visíveis trechos de asfalto rumo a Montevidéu.

Lo siento.

O que será que sentia, o marinheiro da Capitania?

Nada, provavelmente nada. Menos que nada.

Gracias.

Horizonte de queimar retina.

Muchas gracias.

Nem sombra do veleiro, nem de Marina.

– Hija de puta.

Hijos de puta. Todos!

No lo sientas.

Pois Helena se fizera Diana ao sol meridional.

– Diana.

Mucho.

Desce do carro e se aproxima da amurada. O vento dessarruma o cabelo em feixes que lhe açoitam o rosto.

Sorriso fino dos lábios pálidos e secos.

Não sinta muito.

Estufa os pulmões e deixa as carícias do ar marinho envolverem seu corpo, tornando a cerrar os olhos.

Apenas sinta.

A luminosidade púrpura e dourada no interior das pálpebras lhe aquece e dá coragem.

Medo que se aquieta.

O zumbido das cigarras que cantam nos arbustos da encosta eleva as ideias. Etérica viagem, sobrevoando as termas, pés decolando em visões estratosféricas. O mar, a terra, ela e o céu eram uma mesma coisa líquida e quente que escorria entre os dedos do universo. Por uma fração de segundo, tudo faz sentido, cristalino, e ela sorri sem abrir os olhos. Mas então as cigarras pararam de cantar.

Apenas o estrídulo monocromático dos grilos permanecia soando. Diana sentiu a presença atrás de si antes mesmo de escutar o estalar dos pedregulhos à passagem dos pneus em marcha lenta.

Hijos.

Todos os sentidos haviam se aguçado agora que se assumia caçadora ao invés de presa. O poder de um nome. Sabia que era bobagem pensar desse modo, mas, de verdade, sentia-se diferente. Outra pessoa. Helena já teria se mijado toda quando sentiu a quentura do motor próximo às suas costas.

Bentley.

A primeira coisa que notou ao se voltar para o estacionamento foram as asas ao redor do B no círculo sobre o capô. Engraçado saber que era um Bentley. Preto, com vidros ray-ban, provavelmente blindado. Filha única, tinha herdado do pai o gosto pelo automobilismo, sendo até hoje capaz de reconhecer automóveis luxuosos e velozes por suas linhas ou pelos símbolos sobre o capô. Gostava de verdade de assistir aos grandes prêmios de Fórmula 1 com ele. Mania que tinha seguido com Marcelo, nas manhãs de domingo em que acordavam às oito e meia e comiam pratadas de pinhão com Coca-Cola na frente da tevê. Quando as corridas eram boas, terminavam excitados, e faziam amor antes mesmo do champagne no pódio, sentindo-se vencedores e prontos para enfrentar a semana. No entanto, cada vez mais raros eram os domingos que não degeneravam em frustração e acusações, e as segundas-feiras vinham nebulosas e ressentidas.

Bentley.

Não saberia, é claro, que nem Marcelo, afirmar que aquele se tratava de um modelo Arnage T 2001 com motor BMW Cosworth twin turbo, apenas o sedã quatro portas mais veloz do planeta. Mas, com as sensações turbinadas como estavam, podia sentir a fragrância do passageiro do veículo sem que ele precisasse abrir a porta.

Isidoro.

– Buenas tardes.

A porta se abre e Isidoro desce numa coreografia de gestos calculados. Era o mesmo cheiro doce que grudara na pele dela depois da noite com ele no hotel. Penetrara seus poros de tal maneira que ela precisara de mais de uma hora debaixo do chuveiro quente para arrancar de si a presença dele. Como o prazer, a princípio fora sensual e excitante ao olfato, para depois se tornar pegajoso, vil e repugnante. A refrescância se transformara em náusea.

– Como estás?

De impecável Armani, Isidoro abre a porta traseira e desce do carro, sorrindo para ela.

– Que feliz coincidência!

Helena teria estremecido, porém Diana permanece impassível diante da gravata inglesa e dos sapatos italianos de crocodilo australiano.

– Bom te ver.

Isidoro abre os braços e se aproxima, sorridente.

– Sozinha?

Aquele sozinha, na voz dele, provocava arrepios.

Sim, estava sozinha.

Mas o que mais lhe deixara tensa tinha sido o fato dele ter pronunciado a pergunta num português perfeito, sem qualquer sotaque. Fato que, aliado ao erre espichado no final da frase anterior, transformava Isidoro, da noite para o dia, de portenho a carioca.

– No. Estoy con mi amiga.

Sem querer, sua resposta saíra em castelhano.

– Vine conocer Solanas, ela me espera en la punta.

Decidira seguir a farsa, embora seu partner tivesse abandonado o fingimento.

– Em quinsse minutos.

A pronúncia não sai como Helena gostaría. Não ia conseguir firmar sua personalidade de Diana com aquele portunhol sofrível. Enfraquecida, evita a mirada dele.

– No El Greco.

Isidoro concorda com um gesto estranho da cabeça e um sorriso amigável. Observa o horizonte, encantado.

– Portezuelo.

Ao falar, ele arrasta bem o erre, assobiando o zê num longo esse. Apanha o maço do bolso e tira um cigarro, que bate na unha antes de acender.

– Não é assim que dizem lá em Porto Alegre?

Diana olha para a praia lá embaixo, em cuja orla os boliches servem clericots de champán em taças de cristal translúcido e cheirosas porções de calamares à romana. Escuta tilintarem as taças acima do mar, nas pedras, e por sobre o assobio do minuano cada vez mais forte, abafando as palavras que Isidoro lhe assopra enquanto aponta para a estátua que contempla o mar.

– Você conhece a história deste homem?

199

Ela mantém os olhos baixos, mas isso não o impede de empolar a voz e os gestos, pronunciando o nome num espanhol aprendido em Castela e alongando os braços em direção ao busto de bronze, como se sua fala fosse o prólogo de uma ópera wagneriana.

– Juan Diaz de Solís. O descobridor do Rio da Prata. Espanhol poderoso. Muito poderoso.

Tão poderoso que, ao penetrar aquele rio com a sua magnífica esquadra, composta por caravelas imponentes, com todas as velas ao vento, fez com que os índios das costas, talvez ali mesmo, do mirador onde estavam agora, do alto daquele monte à beira-mar, ficassem abismados. Absolutamente estarrecidos, os pobres-diabos. Impressionados a ponto de acreditarem que aquele homem comandava verdadeiras ilhas flutuantes, porções de natureza que navegavam para norte, sul, leste e oeste sob os seus desígnios divinos. As armaduras brilhantes dos invasores, o troar dos canhões com suas línguas de fogo e as explosões que provocavam em terra, seu poder de morte e destruição, tudo isso impunha aos nativos tamanho terror que a figura do conquistador se tornou, afinal, um sonho de consumo.

– Os bugres tomaram Solís por um semideus.

Desejavam eles também para si todo aquele poder.

– E os índios fizeram isso. Ou tentaram fazer. Da maneira que lhes era peculiar à cultura.

Escuta o que esse homem branco conta e imagina galeões espanhóis recheados de ouro e prata fundeados na baía azul, prestes a lançar os botes entupidos de soldados para desbravar as entranhas do território.

– Sim, senhora, os índios comeram Don Solís.

Fizeram um belo assado do espanhol conquistador.

– Assim acreditavam incorporar tais poderes do inimigo. Quem sabe, devorando seu cadáver malpassado, não se tornavam também capazes de comandar ilhas navegantes sobre os mares?

– Bem feito!

Diana ergue o olhar para Isidoro e replica, mais com desprezo do que com raiva. Quem mandou descobrir as terras dos outros?

Isidoro solta sonora gargalhada. Ela tinha razão. Era tolo, o ser humano.

– Tanta ganância e sede de poder.

Balança a cabeça bem penteada numa careta descontente. E tudo aquilo para quê?

– Nada se leva. Quando menos se espera, estamos dando de comer aos vermes.

A mulher se cala outra vez ao discurso do homem, porém agora mantém o olhar fixo no rosto dele. Sua mente flutua, livre, na imensidão do horizonte, mas sente o corpo tão rijo quanto a rocha na qual se encosta. Diana. Repete em silêncio, feito mantra. Diana Diana Diana. A voz grave do homem ricocheteia na couraça frágil e recente e resvala para as pedras da encosta.

– Há momentos, meu anjo, em que o dever se impõe aos homens de bem.

Por favor.

Domesticar a terra era missão divina. O que lhes trazia ao seu assunto particular.

– A sacola, por favor.

Mesmo na covardia da coação, o canalha se faz gentil e sedutor.

Obrigado.

Não bateu nela nem nada, mas seria capaz, se preciso fosse, disso ambos tiveram certeza. Fora tudo muito rápido e eficiente, na verdade. Muito profissional. Foi com ela até o carro e a segurou pelo braço sem apertar demais, enquanto ela apanhava a sacola lá de dentro e a deixava cair no capô.

– Sua amiga violou o direito de certas pessoas.

Ficou surpresa por ele sentir alguma necessidade de explicar o que quer que fosse.

– Essas pessoas querem preservar sua intimidade.

Retira da sacola de Marina as fitas e as coloca na bolsa de couro e lona verde-oliva que o motorista segura.

– A intimidade das suas famílias.

Ao abrir a bolsa, o motorista faz questão de deixar bem à vista a pistola prateada que traz no coldre debaixo do sovaco. Ato seguinte, ele passa em revista todo o carro de Marina, sem deixar escapar nada. Ora, estavam no seu direito, essas famílias, não? Eram pessoas de bem.

– Como você. Também não gostarias de ter a tua intimidade exposta em público.

Isidoro segura a mulher com firmeza pelos pulsos e reclina o corpo dela sobre a porta do carro, com os braços pressionados no teto por cima da cabeça.

– Não é verdade?

O cheiro adocicado da colônia misturado ao suor é insuportável. Helena já teria vomitado.

– Os teus segredos revelados.

Força as pernas dela para os lados e a revista intimamente, sem cerimônia. Os motoristas dos carros que passam lá atrás, na estrada, não conseguem enxergar o que acontece entre o Bentley e a mureta, mas, ao menos uma vez, os olhos dela cruzam com o olhar do passageiro e, por breve instante, ela tem a ilusão de que alguém vai interromper a humilhação à qual está sendo submetida e tudo vai voltar ao normal. No entanto, o fluxo de veículos segue, ininterrupto e indiferente.

Hijos de puta.

A devassidão do macho não a contamina. Diana é bem capaz de aguentar. Não que seja menos nojento, mas agora era mulher muito além da carne e do sangue.

– O que vocês fizeram com ela?

– Com ela quem?

– Júpiter.

Isidoro começa a rir outra vez. Solta os punhos da mulher e lhe dá um tapa na bunda, com força.

Júpiter! Onde essa gente andava com a cabeça?

– Amadores.

Meninas querendo fazer o trabalho de homens.

– Mulheres.

– O quê?

Diana esfrega os punhos machucados e vira de frente para ele.

– Mulheres. Nós somos mulheres.

– Mulheres. Eu sei. Eu vi.

Isidoro estala os dedos e o motorista capanga lhe entrega uma fita cassete.

– Un regalito.

Isidoro reassume o castelhano irreprochable.

– Recuerdos de anoche, en el hotel.

Insere a fita na câmera.

– En la camita del hotel.

Coloca a câmera na sacola de Marina e joga a sacola de volta ao banco traseiro do carro dela.

– Una película de Isidoro y Diana. Ou será Helena?

Acaricia o rosto dela e lhe dá um beijo molhado na face.

Um filme de amor.

– Como más le gusta a Hollywood.

Ela cerra os olhos, desviando o pensamento dos flashes da noite passada.

– Uma cópia para as meninas. Para as mulheres!

O original estava em mãos seguras. E discretas. Não precisava se preocupar. Seu maridinho nunca iria saber de nada. Mas era melhor ela retornar para casa, em Porto Alegre, de uma vez, bem quietinha e comportada.

– A brincadeira acabou.

Nessa hora, nem lhe passou pela cabeça qualquer preocupação com o marido ou o casamento. O que mais lhe repugnava no vídeo era a ideia de rever-se entregue àquele canalha, aberta ao seu sexo, deixando que fizesse com ela o que quisesse, de tudo. Imaginar as imagens disso aos olhos de qualquer pessoa lhe deixava com pedras no estômago.

– C'est fini.

Chegou a pensar que ele ia beijá-la antes de partir, mas o homem não ousara tanto. Dissera apenas gracias, nena, mucho gusto, e a mandara aguardar dez minutos antes de ligar o carro. Buenas noches.

The end.

Vomitou todo o conteúdo do estômago trinta segundos depois dele partir.

Oito

– Interbalneária.

Garganta arranhada cicatriza devagar.

– Em Cerros Azules decido, sigo pela praia ou entro por ruta nueve.

Gole a gole, a água desce. Bebe direto do gargalo e abre o primeiro pacote de bolachas.

– Nueve.

Repete, ajustando a pronúncia ao portenho. Observa no retrovisor os lábios articulando em meneios suaves da língua. Pensar em voz alta ajuda a espantar a solidão. E seu sotaque melhorava a cada instante.

– La Capuera.

Repete o nome da localidade três veces, examinando o mapa enquanto mastiga meia bolacha com goles de mineral. Enrosca a tampa plástica e larga a garrafa no banco traseiro, junto à sacola.

– Pan de Azucar.

O cerro se ergue, majestoso, a oeste, encimado pela cruz que lhe fincaram nas costas. Dali em diante teria o trajeto por Las Flores, até decidir o caminho para seguir a Montevidéu; se ao norte por ruta ocho, ou sempre pelo litoral até Carrasco.

– Azucar.

Gastara mais tempo do que deveria para dar o fora de Punta, mas teria sido impossível partir sem resgatar a fita. Marina tinha sido bem explícita nas determinações da tarefa. Aquela era a única fita de vídeo na sacola que não tinha cópia, ainda. Mantinha backups das filmagens em local seguro, porém o depoimento de Esperanza ainha não tinha sido copiado.

– La cajita.

Desde menina, Marina, mantinha seu lugarzinho secreto nos fundos do chalé, junto à cerca. A pedra ao pé do pinheiro escondia o oco entre o solo e a árvore, espaço que la niña usara para esconder a vida secreta das bonecas, e jovencita fizera depósito para pacotinhos de erva e papel de seda.

– Sneffels Jokulis.

Assim chamava o lugar desde que lera *Viagem ao Centro da Terra*. Riscara com a ponta do canivete as iniciais A.S. no fundo. Sim, ela tivera um canivete, na adolescência. Longa história. Jogara a faca fora, com medo da velha Isabel descobrir alguma coisa.

– Minha cratera particular.

Já estava escuro quando Marina escondeu a fita no buraco ao pé da árvore. Bem encaixada a pedra, impossível discernir. A esta altura já falavam entre si em codinomes, mesmo na ausência de outras pessoas. Júpiter explicara os procedimentomos com firmeza e paciência. Se não retornasse do passeio de barco até meia-noite, Diana deveria desenterrar a fita e levar consigo para Montevidéu. Daí em diante, Helena preferia deixar as instruções seguirem seu curso sem prestar muita atenção, como se entrasse no modo de Diana e seu corpo e sua mente ragissem de maneira diferente aos estímulos e às situações.

Entra e se dirige ao guichê, onde compra passagem de Montevidéu a Porto Alegre para esta noite. Olha em volta por sobre os ombros. Poucas pessoas na plataforma, um grupo embarca num ônibus azul e branco.

Vai ao toalete e urina longamente.

– Cafajeste.

Doía a pele nos pontos em que as pontas dos dedos de Isidoro haviam feito pressão.

Isidoro. Como se esse fosse o nome verdadeiro do canalha.

– Porco.

Resgatar aquela fita era a forma possível de vingar sua humilhação. Retornar agora seria inadmissível. Helena talvez retornasse. Diana, nunca. Só gostaria que o papel higiênico fosse mais macio. Deixa a rodoviária por uma porta lateral e entra no primeiro táxi do ponto.

– Subimos por Gorlero, por favor.

Pede que o motorista a leve até a praça dos hippies, na parte alta da cidade, e uma vez lá solicita que estacione junto à praça, diante da farmácia.

– Un momento e seguimos, por favor.

Entra e pede um envelope de ibuprofeno. Seu por favor em portunhol estava cada vez mais firme e elegante.

– Nada más. Gracias.

No gracias ainda precisava caprichar mais.

Enquanto a balconista faz o troco, move-se distraída ao longo das prateleiras.

– Mirando, nomás.

Através da ampla vitrine, enxerga bem a rua, acima e abaixo. Àquela hora, o movimento é pequeno; de trânsito, praticamente nulo. Não há sinal de ninguém à sua cola.

– Bueno, bueno, dijo la mula al freno.

Volta ao táxi e ordena seguir pela rambla da Mansa, em direção a Pinares. Na entrada para Maldonado pede ao taxista para dobrar à direita, subindo três quadras até enxergar a fachada de outra farmácia. Pede ao motorista que pare.

– Quanto le devo?

Paga, desce e entra na farmácia. Finge examinar os produtos expostos nas prateleiras até ver o carro partir.

– Mirando, nomás.

Sorri para a balconista e deixa a loja, apressada.

– Bueno, bueno...

O ar congela as palavras assim que saem da boca. Faz frio. A pressão baixa nas veias não ajuda em nada a aquecer o corpo. Atravessa a avenida sem olhar para os lados. Entra pelas ruelas de Pinares no momento em que as longas sombras do pinheiral obscurecem os gramados das casas. Na penumbra, cada canto desperta o seu vulto. Sustos sucessivos tornam o terror permanente.

– ...dijo la mula...

Na esquina do chalé ela para, à espreita, pelo que parece a eternidade. Aproximadamente, quarenta e cinco ou seis segundos. Seguindo as ordens de Júpiter, Diana se esgueira, colada às cercas vivas que circundam as casas no quarteirão, até chegar aos fundos do chalé e ao pinheiro que conduz ao centro da Terra.

– ...al freno.

A melhor parte tinha sido o retorno. Com a fita nas mãos, estava segura de não ser seguida. Se eles estivessem atrás dela, o momento de desencavar a fita teria sido ideal para uma nova abordagem.

– Otários.

Isidoro ficara satisfeito com o material que tinha tomado dela. Não parecia ter notado falta de nada. Nem passara pela cabeça orgulhosa do macho a possibilidade das fêmeas esconderem algo dele.

– Sempre em frente, que atrás vem gente.

O trajeto de volta até a rodoviária, na base da península, onde deixara o carro, percorrera de bicicleta. Tinha se divertido, até, nesse trecho. De pequena, já gostava de pedalar. Na praia, então! Júpiter planejara cada passo, ela era capaz de entender agora. Quando juntas no chalé, Helena vira Marina organizando coisas. Movimentos que não faziam sentido então, como deixar uma bicicleta do lado de fora da garagem, recostada à cerca dos fundos, com a corrente e o cadeado abertos. Pedalara com força e prazer pelas ruas internas paralelas à rambla pouco mais de vinte minutos até seu destino. Respirava profundamente ao chegar, o ar salgado revigorando o corpo do exercício. Nem sinal de alergia. Sentia-se forte, e estava segura de não ser seguida. Se estavam atrás dela antes, já haviam desistido. De qualquer forma, era reconfortante ter a passagem de retorno no bolso, junto à fita, seus documentos de viagem e o resto do dinheiro. Mesmo que a estação rodoviária de Montevidéu ainda estivesse um tanto distante, no tempo e no espaço. Enrola a corrente entre a roda, o quadro e a barra do bicicletário, dando duas voltas, e tranca o cadeado, prendendo a bicicleta em segurança. O carro continuava lhe esperando, estacionado a cinco quadras da estação.

Arranca cautelosamente, nem devagar nem depressa demais.

Assim que o carro ganha a estrada, pega a câmera da sacola. Ejeta sem assitir a fita inserida por Isidoro, e no lugar coloca a gravação do depoimento de Esperanza.

– Rewind.

Seguindo as instruções recebidas na véspera, aciona o minigravador de voz que Júpiter deixara no esconderijo junto com a fita.

– Stop.

O backup de áudio nessa fita em miniatura talvez escapasse de uma segunda revista por parte de Isidoro e seus homens, caso ela viesse a acontecer. Se ela soubesse, bem, onde e como esconder.

– Rec.

Acomoda a câmera no banco do passageiro, com a tela do monitor voltada para si, e posiciona o gravador de áudio ao seu lado, apontando o microfone para a saída de áudio da câmera. Um, dois, três. Gato. Pato. Chato. Os LEDs oscilam entre verde e amarelo, indicando que o volume está correto. Confere, numa espichada de olho, se o minicassete rola na rotação adequada. Certo.

– Play.

Aciona a reprodução da câmera e se concentra na pista diante de si. O tráfego segue morno à medida que contorna o morro da Ballena, na suave curva ascendente da estrada. O sol se põe, magnífico, como costuma fazer nestas paragens. Nuvens violetas prenunciam as trevas da noite alguns quilômetros adiante.

– Y a mi nieta, quién se la terá llevado? En que sítio de ese mundo de Diós andará ahora esa persona? Con mi sangre. Y una vida de mentira?

Esperanza chora de novo, desta vez no monitor sobre o banco do passageiro. Diana executara sua tarefa sem prestar muita atenção ao que a entrevistada dizia na gravação. Se ainda fosse Helena, teria chorado. Ou, quem sabe, também Helena seria capaz de conter as lágrimas. Talvez fosse apenas questão de treino.

Uma vida de mentira.

A câmera seguira enquandrando o plano próximo de Esperanza, já meio torto depois que Marina esticara o cabo do microfone para desplugá-lo da entrevistada. O choro da abuela era seco e quieto.

– Muchas gracias. Por todo.

Marina se despede e corta a gravação.

Tela escura com ruído de fundo. Os holandeses exigiam ao menos um minuto de gravação com a tampa da lente fechada e silêncio, antes e depois de cada entrevista, na fita original. Durante o black, se escuta o som ambiente no interior do carro estacionado diante da casa de Lucia, após a gravação do depoimento de Esperanza. A câmera havia sido deixada gravando no banco traseiro do carro fechado, no momento em que Marina e Helena se despediam das donas da casa.

Soy un carancho.

O som daquela voz de criança parecia sair mesmo do pequeno alto-falante da câmera, mas ali sozinha no meio da estrada, Helena não tinha certeza se o que escutava vinha da gravação ou de algum ponto indefinido dentro da sua própria mente.

– Soy un carancho!

Não, claramente a voz infantil vinha direto da câmera. Escutava as palavras e a risada cristalina da menina. Soy un carancho soy un carancho soy un carancho soy un carancho carancho carancho carancho.

– Soy un carancho!

O som estava próximo ao carro, distante das vozes de Marina e Lucia, bem ao fundo. Por isso as outras não tinham escutado. Os sons da criança que se afasta cantando em rodopios pelo meio da rua, desaparece girando pelo meio das casas do outro lado da calçada. Soy un carancho. O ruído se confunde com o da própria realidade, dela ali, neste exato momento, dirigindo o carro de outra pessoa noite adentro pela interbalneária, se aproximando da zona de Atlântida. Faróis contrários ofuscam a vista.

Não se escuta mais nenhuma voz de menina, e ela não se anima a retroceder a fita. Melhor deixar gravar a cópia até o final. Júpiter tinha sido bem expressa. On. Rewind. Stop. Play. Stop. Off. Nem precisava dizer. Já tinha visto aquelas coisas enrolarem, amassarem e arrebentarem vezes o suficiente para aprender a respeitar o seu peculiar metabolismo. Haveria tempo para rever, ao lado de Júpiter, ao lado de Marina, quando se reencontrassem.

Parque Del Plata, Neptunia, Ciudad de La Costa.

Ao final do black, se escutam as vozes de Marina e Helena, agora próximas ao carro. Não é possível, no entanto, entender o que elas falam em vozes baixas e compenetradas. A porta do carro é aberta do lado do motorista, e ruídos secos próximo ao microfone denotam que a câmera é manuseada por quem entra no veículo. A porta do passageiro é aberta, e se escuta a voz de Helena.

– E agora?

A resposta dita ao vivo por Marina horas antes ainda ecoa nos ouvidos de Helena quando a escuta repetida na gravação. Ahora?

– A fumar!

Foi a última palavra dita por Marina antes de interromper a gravação em definitivo.

Vontade de um crivo. Estava guarnando o último para mais tarde, mas com certeza não ia parar para comprar cigarros antes de chegar à cidade. Espiava pelos retrovisores meia dúzia de vezes a cada minuto, revezando a ordem da mirada entre os três reflexos.

– Não, senhor. No stop.

A fita continua a rodar, sem mostrar nada além da base eletrônica azul-cobalto gerada pela própria câmera, na sua fixa e lisa luminescência digital. Então a imagem se desestabiliza por alguns frames, em outro remendo malfeito entre as camadas magnéticas recentes e outras mais antigas.

– Death Squads. They called them Death Squads.

Esquadrões da morte. Locução em português superposta ao depoimento em inglês, no documentário que se mostra gravado na base daquela fita que tinham usado, numa gravação mais antiga, mal apagada. Diminui a pressão do pé no acelerador para espiar o filme obliquamente. Imagens de centros urbanos da América Latina nos anos setenta, em preto e branco e com a visibilidade prejudicada por artefatos de vídeo.

– Eram chamados de Esquadrões da Morte.

Torna a dirigir seu olhar para a ruta, atenção dividida entre o trânsito e a história.

– Operação Condor era o codinome da força-tarefa conjunta composta pelas ditaduras latino-americanas na repressão aos movimentos populares nos países do Cone Sul, com apoio dos Estados Unidos da América do Norte e seus aliados da OTAN.

Testemunhos, depoimentos, evidências e provas em profusão sobre as operações estavam disponíveis tanto nos relatórios de grupos internacionais quanto escondidos nos depósitos secretos dos governos latino-americanos, além dos arquivos classified em Washington e Langley.

– Técnicas de tortura ensinadas aos agentes locais da repressão por especialistas norte-americanos treinados pela CIA trouxeram dor, desespero e morte a milhares de pessoas. Assassinatos dentro e fora da prisão se tornaram prática política na mão da polícia, das Forças Armadas e de grupos paramilitares.

Operação Condor.

– Apenas na Argentina, sob ditadura entre os anos setenta e seis e oitenta e três, foram mortos mais de trinta mil civis, membros da oposição política do país.

O rosto de uma anciã vestida de preto com um lenço branco envolvendo os cabelos prateados atrai sua atenção enviesada. A abuela olha direto no fundo da lente quando fala. O que ela diz em espanhol é dublado em inglês no vídeo e legendado em português.

Aproximadamante quinhentos bebês, filhos e filhas de grávidas que deram à luz enquanto estavam presas nas celas da repressão, foram distribuídos entre os assassinos de seus pais como recompensa por serviços prestados.

Esquadrões da Morte.

Lembrava desse nome no Brasil também, nos anos setenta, mas era muito menina na época para ter clareza. A existência desses grupos paramilitares de extermínio da oposição à ditadura brasileira ocupava áreas nebulosas na memória de Helena. O locutor segue o texto, indiferente à estrada que corre e às lembranças dela.

– No Brasil, ao contrário dos vizinhos Uruguai e Argentina, não há registro de casos de roubo de bebês de presas políticas. Mas o rapto de crianças não é estranho ao país. E os tribunais internacionais apontam agentes brasileiros como acusados em processos que já têm seus colegas de continente no banco dos réus.

Neste ponto, a imagem é cortada para uma tela com barras coloridas e apito de frequência para regulagem de áudio. Após alguns segundos, novamente a gravação se desestabiliza, revelando o que havia na fita numa filmagem ainda mais antiga.

– ... as conexões daquela época?

A voz de Marina soava feito Júpiter, faca no asfalto. A pergunta entrara assim mesmo, pela metade.

– Alfredo?

Mesmo pouco distinto em contraluz, Alfredo parecia pouco disposto a falar. A memória dos dólares que recebera como adiantamento pela entrevista, e a maneira estúpida como os tinha torrado num final de semana, o tornavam refém da segunda parte do pagamento, à qual faria jus após o depoimento. Lambe os beiços, satisfeito afinal com o uso que fizera da grana, e seu olfato de rato empurra-lhe o nariz na direção da entrevistadora. Inclina o corpo para ela como se fosse contar um segredo ao pé do ouvido e bebe golinhos de sua long neck morna e choca.

– Conexões?

Recortado no backlight, seu vulto baixinho deixa à vista a barriga saliente de cerveja. Fuma sem parar, nem mesmo quando fala para a câmera. Não se vê as suas feições, apenas o contorno do corpo nanico e encurvado toma conta da tela. Sessentão, fala de fuinha, o pigarro constante e uma tosse encatarrada.

– As crianças eram entregues aos amigos.

Distribuídas de acordo com as encomendas.

– Amigos de quem?

– Amigos deles.

– Do regime.

– Amigos nossos. Dos homens de bem.

Alfredo nunca entendera por que aquela jornalista insistia tanto em conversar sobre essas velharias. Assunto morto. Nas primeiras vezes, tentara desconversar, mas há muito tinham superado essa fase. Desfiara o fio podre do passado com lentidão, sabendo aproveitar financeiramente cada passo da sua confissão. Precisava falar para manter o dinheiro entrando no seu bolso.

– O negócio hoje é fazer circular a mercadoria. Esse tempo dos milicos já passou. Já cumpriu o seu papel. Foi bom, mas acabou. Agora, o marketing é privado. As coisas estão como o diabo gosta. O bom para os homens de negócios foi a ditadura ter limpado o terreno, compreende? Lançou as bases. A sujeira que se colhe hoje é fruto dessa semente. Tudo profissional, business. Vender gente é um negócio antigo, minha senhora. Escravos, putas, bebês, órgãos. Tudo que der dinheiro, tem gente que vai lá e faz. Não adianta. A sociedade é capitalista. Eu? Eu não tenho dificuldade nenhuma em conseguir uma criança ou duas pra senhora. A madame faz o pedido hoje, acertamos o valor de acordo com a encomenda, semana que vem lhe entrego, sem problemas. Um bebê, um fígado, um rim. Tudo está à venda, compreende? É o mercado.

Marketing. Tudo tem seu preço.

– Todo mundo tem seu preço.

– Isso são pontos de vista.

A indignação de Marina se faz ouvir fora de quadro, por detrás da câmera, contida na rouquidão do tom de voz emitido por Júpiter – ou qual fosse o codinome que usara ao fazer aquela entrevista. Segura a raiva e mantém neutro o tom persistente da pergunta, repetitiva.

– Mas, naquele tempo, como funcionava o esquema?

Ele suspira. Bebe meia dúzia de golinhos chochos antes de voltar a encará-la.

– Tinha vários esquemas.

Todo tipo de mutreta. Tinha gente que pintava e bordava pra valer. Sacanagem pura. Quando os milicos tomaram o poder de vez, em todos os países, a repressão deitou e rolou. Patropi, tri legal.

– Porrada pura. Sem dó nem piedade.

– E os bebês?

– Pois é. Até isso.

Alfredo baixa a cabeça e sorri amarelo.

– Não é coisa que deixe um homem orgulhoso.

– Você foi responsável por algum caso?

– Responsável? Todo mundo foi responsável por alguma coisa, dona. E ninguém é responsável por coisa nenhuma. Na maioria, o pessoal era de argentinos, alguns uruguaios, chilenos, paraguaios, sei lá. Brasileiros tinha uns quantos também. A gente nunca comentava as nacionalidades, nem nomes, nem merda nenhuma uns dos outros, era fazer o serviço e raspar fora. Ninguém tinha tempo, saco nem estômago pra conversinha mole. Pra te dizer a verdade, tinha uns sujeitos lá que nem sei que língua falavam, porque nunca vi abrirem a boca pra outra coisa que não fosse morder, beber ou cuspir. Zuretas da manhã à noite, e da noite até de manhã. Anfetaminas, trago, cocaína, o caralho.

Abaixa a cabeça, em falsa contrição.

– Mas eu fiz, sim. Algumas entregas.

Ergue a ponta do queixo.

– Eu era homem da confiança deles.

– Entregas onde?

Argentina? Uruguai?

– Brasil?

Precisava de dados.

– Dados concretos.

Para quem Alfredo trabalhava?

Ele dá uma tragada funda e solta a baforada direto na lente. Ah, moça, isso estava ficando pessoal demais para o seu gosto. E para a sua saúde. Deles dois.

– Agora eu gostaria de receber aquela bolada que o jornal me prometeu. E esquecer essa porra toda pra sempre. De uma vez.

– Você acha que merece?

– A grana?

– Esquecer.

Acendeu o último cigarro logo depois de cruzar a ponte sobre o Arroyo Remanso, na saída de Neptunia. O chiado no compasso da borracha dos pneus cruzando as emendas regulares no concreto do piso da estrada tinha efeito hipnótico. A hora passada escutando vozes ao seu lado no carro vazio, ondas sonoras armazenadas em base de poliéster magnetizado, a deixara zonza e com fome. Os biscoitos já não desciam, e tinha bebido quase toda a água.

And you know wherever I am...

Liga o rádio para afastar os miasmas e Carole King vem ao seu socorro, trazendo a tiracolo James Taylor.

...I come running to see you again.

Cantarola junto, baixinho.

You've got a friend.

Canta mais alto.

If the sky above you...

Funga de leve e enxuga o canto dos olhos.

...grows dark and full of clouds...

Lembra de si mesma, de dançar nas reuniõezinhas no salão do condomínio, rosto colado, a pressão do garoto nas coxas, as mãos dele nas costas nuas do vestido leve de alcinhas, feito lagartos incandescentes, para cima e para baixo, lábios úmidos no pescoço, o beijo na boca.

...and that old north wind should begin to blow...

Ali, o que soprava era o vento sul, cada vez mais intenso, entrando pela praia. Há muito tinha desistido de tentar enxergar algum sinal de veleiro no horizonte.

...keep your head together and call my name out loud.

– Marina!

Marina! Grita, entre o riso e o choro, esmurrando o volante. Apenas a escuridão é visível sobre o mar à noite.

Soon I will be knocking upon your door.

Nove

Fumaça cerúlea envolve o revestimento de rugas no rosto do Juiz. Opacas, suas pupilas amareladas flutuam no muco suspenso das pálpebras, feito reflexo das sangrentas luas de Hades. Tique-taque, tique-taque, tique-taque. Carrilhão no compasso de espera. Júpiter deixara dois números escritos no verso do cartão de uma borracharia no porta-luvas. Havia discado o de Javier dezoito vezes e deixara tocar até cair.

Si, si, se recordava dela sim.

Na décima nona, o celular dele estava fora do ar.

A amiga brasileira.

Os fonemas soam como trovoadas ao longe, fogo que consome o oco de árvores apodrecidas por dentro. Abastece as labaredas na voz, sorvendo dois talagaços de conhaque. Unhas compridas e manicuradas arranham o cristal ao longo da haste da taça. Os dedos dele tremem sem parar.

Austríaco.

O velho fizera questão de informar ao servir, ante a recusa dela em acompanhá-lo no drink.

O cristal. O conhaque era francês.

– Sobraram apenas estas duas taças.

Senhorita... As pontas trêmulas dos dedos anciãos procuram no vácuo da memória pelo nome que não vem. Senhorita?

– Helena.

Fração de segundo depois, se maldiz por não ter dito Diana. Agora não podia mais voltar atrás. Bueno, vamos a ver como la hermana Helenita se sai dessa.

– Senhora.

Era casada.

As palavras saem resolutas da boca de Helena, embora fisicamente sejam reles sopros que nem chegam a provocar qualquer turbulência na fumaça sólida de charuto entre ela e o pai de Marina. Rigidamente sentada na ponta da poltrona bordô de forro gasto, o enjoo pelo odor amargo do Montecristo número cinco lhe faz duvidar que consiga conter o vômito no estômago por muito mais tempo.

– Helena.

Ela estremece de frio ao escutar seu nome repetido na voz do Juiz. Sente as pontas afiadas de milhares de fios desencapados dando ferroadas sobre toda a superfície da pele.

– Casada?

Helena confirma com a cabeça, com tanta ênfase que parece mesmo convicta disso. Casada.

– Civil e religioso.

Ele suga o charuto e se recosta no espaldar alto da cadeira. Solta o ar bem devagar, em longos anéis de fumo. De repente, Helena tem a estranha sensação de que ela e o velho estão de cabeça pra baixo, feito morcegos, e a fumaça é um líquido espesso em tons de azul e cinza que escorre pelos cantos da boca do homem para o breu de um fosso sem fim. O Juiz sorve outro gole de conhaque e estala a língua, dirigindo-se a ela outra vez.

– Helena. Casada. Como aquela menina de Troia.

Helena permanece impassível, sem saber o que responder. Opta por silenciar. O olhar aguçado de Diana passeia pelas altas prateleiras cobertas de livros e pelos móveis do gabinete, tomando nota do desgaste das capas e do revestimento puído do sofá, da poltrona e das cadeiras.

– Bueno, minha cara, lhe agradezco de verdade pela atención, pero Marina és assim, desde chiquita. De repente, desaparece e nos deja a todos como locos.

Depois, sempre ressurgia, lépida e faceira, como se nada demais tivesse acontecido e ela recém tivesse tomado um cortado com você em plena Dieciocho de Julio.

– Acredito no senhor. Mas eu ficaria mais tranquila se pudesse falar com ela, ou ao menos saber se está bem.

Se está viva. Ousa pensar, não ousa dizer. Viva.

– Eu sei. Yo también. Tantas veces.

Mejor aceitar el conhaque, oferece outra vez.

– Le va hacer bién. Más tranquila.

Helena recusa de novo e se levanta, angustiada. Sufocava a ponto de lhe arderem os pulmões naquela sala toda cerrada, recoberta por livros cheios de mofo e veludo empoeirado. Esfrega o nariz e pisca os olhos. Pega da estante ao lado da escrivaninha o porta-retratos com a foto que estivera observando de longe, enquanto o velho lhe dirigia a palavra. A imagem de Marina menina no colo do pai, então ainda juiz atuante e influente nos tribunais, jovial e garboso. No retrato, ambos sorriem. A menina, para a lente do fotógrafo, e o pai, para o rosto da filha.

– Vocês dois pareciam tão próximos.

A cabeça dele sacode para frente e para trás com tanta força para confirmar que dá a impressão de que vai se desprender do pescoço e rolar pelo chão até trancar em um dos buracos no tapete aos pés dela.

– Éramos, sim.

Durante certo tempo, foram mais unidos do que as pedras do forte de São Miguel. Torna a encher seu cálice.

– Pero los niños crescen.

Olha para o homem que está hoje defronte a ela e, depois, para esse mesmo homem no passado. O velho sorri, imitando o sorriso do homem na foto, porém o efeito é o de caricatura em carvão. Tem certeza de que ele sabe mais do que está dizendo. Mas não sabe se ele seria capaz de fazer algo de concreto para ajudar a filha naquela situação.

– O senhor tem amigos influentes.

– Sim. Já tive muitos.

Certo prestígio ainda lhe restava, mas poder de verdade, muito pouco. Estava no fim, porém, deixara seus frutos. Frutos bons, frutos maus. Quando a geada por fim lhe cobrir o cadáver é que irá saber a qual patrão eterno terá que prestar contas.

– Fiz o que tive que fazer.

Pronuncia sílaba por sílaba, caprichando para soar com o mínimo acento portenho possível. Deixa o novo drink intocado sobre a escrivaninha, solta a ponta do charuto no cinzeiro e se recosta outra vez, cerrando os olhos.

– As pessoas podem escolher seus atos.

Ele não responde à provocação da mulher. Nem se move. Ela pigarreia depois de falar e se arrepende de não ter aceitado a bebida. A garganta arde. Segura a secreção nas narinas, fungando repetidas vezes.

Precisava assoar o nariz, urgente.

As falanges formigam em contato com o vidro frio da moldura. Sem Marina e Javier, este homem era a única alternativa para conseguir ajuda. Decide mudar de tática.

O que Diana faria se estivesse na minha situação?

Conhaque, por que não?

O Juiz abre os olhos ao sentir a aproximação dela. Helena aponta para a garrafa e inclina a cabeça. Puedo?

– Como no?

Detém o movimento dela num gesto firme, servindo ele mesmo a bebida. Helena agradece e recebe sua taça. Ao fazer isso, deita o retrato sobre a mesa, a superfície da foto virada para cima. O brinde que propõe ao seu involuntário anfitrião é irrecusável.

– À saúde da sua filha.

– A la salud.

Bebem. Ele toma o retrato e olha para Marina na foto sem demonstrar emoções. Helena observa o entorno

225

e começa a andar em círculo pelo gabinete. O álcool aquece o peito e faz fumegarem as sinapses.

– Marina é uma mulher muito bonita.

Helena se afasta na direção do fundo da sala e fala mais alto para ser melhor escutada. Sua voz assume um tom mais despreocupado e casual.

– Muito sedutora também.

Deve ter dado bastante trabalho na adolescência.

– Como la madre. Rebelde, fora de controle.

Sangue forte, isso havia que reconhecer.

– Marina me falou que a mãe era muito bonita. O senhor não tem nenhuma foto dela?

Se a mãe de Marina era bonita? Sim, era bonita.

– Todos os que morrem jovens são bonitos para sempre. Mas não sou homem de guardar fotografias. Esta aqui é a exceção que confirma a regra.

Tornam a beber em silêncio. Helena sente desejos de fumar. Tarde demais para se arrepender por não ter parado para comprar. Jamais pediria cigarros ao Juiz.

– Que pena.

De fato, não vê mais nenhuma outra foto, nem nas prateleiras, nem sobre a mesa.

– Sua esposa morreu muito jovem, não foi? Deve ter sido difícil para o senhor. A filha pequena.

– Difícil? Sim, difícil. Morreu no parto, a pobre.

Marina jamais se perdoara por esse fato. Repetia e repetia que tinha matado mamãe, que tinha assassinado a mãe, vivia dizendo isso dia após dia e noite após noite. Quantas e quantas vezes Isabel passara madrugadas a fio, fazendo compressas geladas na testa da menina em febre.

– Pesadillas. Pesadelos horríveis.

Quando voltou de Paris, nunca mais tornara a falar sobre a mãe com ele. Nem com Isabel. Aleluia, senhor!

– Hace tanto tiempo, mi hija. A bênção de se ficar velho é que a gente vai esquecendo as coisas feias que se escondem nos cantos sombrios.

– Mas não devemos esquecer as coisas ruins.

– Não devemos? Difícil decidir o que devemos ou não devemos fazer. Mais fácil é obedecer ordens.

Helena interrompe a trajetória circular e avança do fundo da sala até encarar o Juiz, no lado oposto da mesa.

– Marina marcou de se encontrar comigo no cais do porto de Punta del Este, box dezessete, diecissiete. Voltei lá e ela tinha sumido. Desapareceu, sem dar notícias.

Para o Juiz, isso era fato normal, em se tratando de Marina. Para Helena, não tinha nada de normal. Nada de normal. E se tivesse sido sequestrada?

– Vejo que Marina lhe contaminou com as paranoias desembestadas que povoam aquela cachola linda.

Era mesmo muito sedutora, su hija. Heartbreaker, diziam os ingleses.

Helena desistira de insistir. Precisava descansar um pouco, pensar nos passos a seguir. A possibilidade de usar a passagem de volta ao Brasil esta noite, sem notícias de Marina, estava descartada. Comprar o ticket na rodoviária de Punta tinha sido apenas despiste para possíveis perseguidores. Ainda tinha o bilhete de retorno a Porto Alegre original, para o fim do feriado. Tinha tempo até lá. Tempo. Até lá.

– Pela internet.

Respondia no automático, pensamento distante e vazio. Conhecera a filha dele pela internet.

– Ah. Agora fazem tudo por essa tal internet. Publicam de tudo, mostram tudo que querem, subversão, pornografia, vandalismo. Tudo é permitido. Tudo é lindo.

Nem a honra dos mortos deixavam em paz. Eram capazes de desenterrar os ossos dos mortos, fazer farinha, cuspir em cima e espalhar no chiqueiro. Não havia mais ordem no mundo, dona Helena.

– Barbárie.

Ela termina o drink e deposita a taça com cuidado no tampo da mesa.

Tinha um bocado de porcaria na internet, sim.

Helena se ergue para sair.

Maluco era o que não faltava nos dias de hoje.

O conhaque despertara ondas de sono que ocupavam a maior parte do seu cérebro esgotado. Mas ela até que gostava.

– A gente não se sente tão só.

O velho solta uma gargalhada.

– A solidão eu conheço bem.

O Juiz retira do bolso gris de lã fria do colete a chave de metal dourado que abre a gaveta da escrivaninha frente à qual está sentado. Lá do fundo, exala mofo. Ele enfia a mão direita dentro da parte mais escura.

Sua vida já passara, ele diz.

– Você, minha filha, é uma criança.

Apanha, com dedos trêmulos, a foto em preto e branco e a ergue com a imagem virada de frente para si, e o verso na direção de Helena.

Não devia falar de solidão.

O rosto dele fica encoberto pelo papel e a voz frágil de barítono exala confiança junto à fumaceira do charuto. Hija, não precisava ter medo.

– Marina sabe se cuidar.

E aqueles holandeses estavam de olho nas costas dela o tempo todo. Até demais. Estica a mão e deposita a foto sobre a mesa, na direção de Helena.

– Sabe, você tem certos traços de personalidade que.

Interrompe a frase assim mesmo, pela metade, e se recosta no couro do espaldar. Ela fixa a fotografia e retorna para diante da escrivaninha.

– Marina?

O Juiz confirma com a cabeça.

– Posso?

Ela traz a foto para mais perto dos olhos.

Marina adolescente, a cavalo na sua égua favorita.

– La Colorada. Minha filha amava essa égua.

O Juiz olha na direção do rosto da mulher à sua frente, porém sua visão está no passado, nos tempos em que despertava antes da aurora e cavalgava ao lado da filha longas distâncias nas manhãs de primavera, até os rodeios nos campos de fora.

– A senhora anda a cavalo?

Helença balança a cabeça.

– De niña, Marina adorava montar.

Os momentos de maior felicidade que guardava na lembrança eram dela niñita em seu colo na sela.

– Dois anos de idade e agarrada nas crinas de mi zaino viejo, que el buen padre lo guarde en el cielo de los animales. Que caballo!

Assim que aprendera a galopar sola, a primeira coisa que tinha feito fora desaparecer campo afora por manhãs e tardes inteiras, só retornando para casa à noitinha, rubra do sol nas pupilas dilatadas, o lilás das nuvens refletido em olheiras defuntas.

Não, Helena não sabia montar. Não sabia nem andar de bicicleta. Diana precisaria tomar providências quanto a isso. Por ora, o que devia fazer era pressionar o Juiz a tomar a atitude que ela julgava adequada. Por que diabos aquele velho não se mexia e ficava ali, fumando e bebendo e divagando? Desta vez, Marina não se perdera nas coxilhas numa tarde de primavera.

– Sumiu no mar, num barco estranho.

Com desconhecidos.

– Sherazade.

O Juiz se ergue, afinal. O castão de prata e osso de touro sustenta-lhe o esqueleto quando se apoia na bengala, erguendo-se com dificuldade para manter o aprumo.

– Sherazade.

Estava bem. Ficasse tranquila. Iria telefonar ao seu conhecido na Capitania dos Portos em Buenos Aires e tudo se esclareceria. Melhor um fim com susto do que um susto sem fim. Enquanto isso, ficasse à vontade, por favor. Em seguida, mandaria Isabel servir café com biscoitos.

– Ou té?

– Nada, obrigada. Gracias.

O velho sai da sala. Permanece o oco da sua sombra no centro da espiral de fumaça do charuto, descansando no cinzeiro de cristal sobre a escrivaninha. O teor alcoólico do conhaque cobra seu preço e ela se vê obrigada a sentar-se. Na vertigem, sente mais do que enxerga as capas duras dos volumes em cores sóbrias, verde-musgo, azul-escuro, vinho e marrom, girarem ao redor de si. É como se as vacas que pastam entre as árvores no campo que se estende em leve declive diante do jardim até a mangueira de pedra e, depois, se ergue novamente na suave curva de uma coxilha verde-claro da pintura a óleo na parede dos fundos começassem a andar pela sala sem cerimônia, ruminando seu pasto com gosto, mugindo e bostejando no tapete.

Isabel entra sem fazer ruído, trazendo a garrafa térmica e o chimarrão. Sem dar por si, Helena apanha a cuia como se estivesse na sala de casa ao final da tarde de sexta-feira. Caliente, diz a governanta, ao verter água quente sobre a erva, a fala seca feito o guincho de uma velha águia ferida nas patas ao pousar. O fio de vapor absorve a atenção de Helena. Sorve o amargo, absorta. Quentura no esôfago. Se tomares muito chimarrão, vais ter queimadura, guria.

– Necessita que llame un auto, señora?

Isabel fala sem olhar para ela, concentrada em dar sumiço no conhaque do patrão. Troca a garrafa de cristal pela térmica com água caliente e se dirige à saída. No, gracias. Helena deseja fugir agora mesmo, porém é Diana quem assume os movimentos, e decide esperar.

Después.

A governanta sai como entrara, camuflada no vestido comprido de lã rústica contra as sombras escuras dos cantos da casa, mangas compridas e cabelo preso no coque tão negro que parece um corvo pousado no cocuruto da velha.

Depois do quê?

Tanta adrenalina já correra por suas veias que o oxigênio queimando a duzentos e quarenta por minuto lhe oxidara as sinapses. Falta de ar, claustrofobia que inflama as mucosas e faz os olhos lacrimejarem em contato com a atmosfera mofada. Corre, diz a intuição. Un auto. É. Poderia, sim, chamar um táxi. Mas para onde a levaria? Um hotel. Nesta época do ano, não deveria ser difícil conseguir quarto. No balcão, pagaria mais sem reserva, paciência.

– Toma.

Marcelo fizera questão de lhe entregar uma lista e um mapa com meia dúzia de hotéis no centro que teriam vagas. Fica num hotel então. Pra que ficar na casa dela? De uma pessoa que tu nem conheces de verdade. Mesmo sem aparentar para ele, gostou da ideia de ter aquela lista na bolsa de mão. E, agora, o contato do papel com a perna por dentro do bolso da calça era reconfortante.

Um táxi. Um quarto de hotel.

Un mate.

Torna a encher a cuia com água quente, remexendo a bomba no monte de erva úmida. As mãos tremem e os ombros pesam. Gira a ampulheta de mogno e cristal que o Juiz guarda sobre a mesa de trabalho e a areia do tempo escorre pelo funil de um lado a outro. Time is on my side. Nos momentos mais difíceis, costumava cantarolar melodias dos Stones, nem que fosse no interior da mente, sem emitir nenhum som. Yes it is. Observa a areia deslizar, imaginando se os grãos viriam do Saara ou de outro deserto famoso. Ou, quem sabe, das dunas de Cidreira. Era a sua quarta noite no Uruguai, mas parecia ter se passado ao menos meia década. Sentia ter amadurecido alguns anos. Entretida com o fluxo da areia por trás do vidro, os passos do Juiz no corredor vêm de passado tão remoto que chegam até ela da mesma maneira que a luz das estrelas aos telescópios, simples relatos de eventos há muito encerrados.

– Bueno.

No instante em que o velho entra na sala e bate a porta às suas costas, ela se sobressalta e solta a ampulheta sobre o tampo da mesa, deitada em posição horizontal.

Bueno, bueno, bueno. Boas notícias.

– El velero Sherazade se encuentra atracado en el puerto de Buenos Aires.

– E Marina?

– Eso no se sabe.

Não havia ninguém a bordo além do marinheiro sueco, que mal falava algumas palavras em espanhol. Em inglês, confirmara que haviam descido todos na Argentina e que yes, sim, a mulher que embarcara em Punta del Este desembarcara com os demais em Buenos Aires. No, no, o dono do barco não estava a bordo, eram todos pessoas que ele não conhecia. Na mistura de sueco, inglês, espanhol e italiano, não conseguiram decifrar quem tinha autorizado aquelas pessoas a utilizarem o veleiro, mas o certo é que não havia previsão de retornarem ao barco. O Sherazade era propriedade de un conocido empresário porteño.

– Un señor muy distinto.

Que, nesse momento, encontrava-se em viagem de negócios por Bélgica e Alemanha.

– Está a su gosto? O mate?

Ela entrega a cuia na mão dele sem responder e recua até a ponta do sofá. Como reagir às noticias? Cada informação trazia novas dúvidas. Esse marinheiro sueco soava como um personagem pulp de novela pirata. E esse senhor portenho muy distinto se parecia muito com os que se dizem próceres da sociedade e que, por trás dos panos, comandam o jogo da corrupção. A realidade se distorcia ou era a sua percepção que se deixava afetar pela paranoia? Precisava de ar.

– Mire, señora brasileira, Marina deve estar bem. Se você a conhece, sabe como são seus câmbios de humor.

– E se ela foi sequestrada?

Não, não acreditava nisso. Mas era verdade que, se as duas viajavam juntas e tinham una cita, um encontro, era meio raro, até mesmo para Marina, desaparecer assim.

– Doña Helena, você é amiga de Marina. Saberia, por favor, decirme exactamente en que mi hija, a minha filha, está involucrada de esa vez?

Helena hesita.

– Exatamente? Não.

Só sabia que era uma reportagem.

Uma reportagem. Sempre as malditas reportagens. Sobre o quê, desta vez?

– Não sei. Ela não disse.

Não conhecia Marina tão bem assim.

– Bueno, se a senhora no me puede ayudar más, yo tampoco puedo ayudarla a usted.

– Sua filha pode estar presa. Ou coisa pior.

Eram possibilidades, sim. Marina conhecia bem as consequências das escolhas que fazia. Desde a infância, ele mesmo se encarregara de lhe fornecer essas lições. Isabel era incumbida de executar os castigos que suas sentenças determinavam às desobediências da menina, e o Juiz fazia questão de que as ordens fossem obedecidas à risca. Agora, a mulher crescera, e já não estava na mão dele manter-lhe a disciplina. Não era impossível que, no decorrer de alguma reportagem, Marina desagradasse alguém, e esse alguém, quem sabe, quisesse lhe pregar um susto. Impor os limites. Ele mesmo aconselhera a filha a não se meter tanto assim na vida alheia. As pessoas tinham direito à privacidade. A seus segredos, e das suas famílias.

– Pero quien les escucha a los viejos?

Mas não deviam pensar no pior. Melhor crer na palavra desse marinheiro sueco e festejar o desembarque de todos a salvo na margem oposta do Plata. Ao menos até o dia seguinte.

– A esa hora no se puede hacer nada más.

Helena sente o esgotamento se abater sobre os músculos, ossos e nervos. Mantém a atenção na ampulheta sobre o tampo da escrivaninha. Um táxi. Precisava de um táxi para chegar a um hotel. Tomar um bom banho quente e dormir ao menos meia dúzia de horas. Fechar os olhos e parar de pensar.

Como se isso fosse possível.

Antes, no entanto, que formule qualquer frase, o Juiz está de pé diante dela. Ele torna a encher a cuia de água quente e lhe oferece o mate, que ela recusa. Seu estômago não estava bem. Precisava ir.

– Le llamo un auto, señora?

Isabel se materializa do lado de dentro da porta, tornando a fechá-la atrás de si.

– Si, por favor.

Respondera de pronto, sem pensar.

O Juiz sorve o mate até o fim, fazendo a bomba chiar. Acomoda a cuia com cuidado sobre a mesa e apanha a ampulheta.

– Si me permite hacerle una pregunta.

Olhando para Helena através do vidro, gira o objeto diante dos olhos, de maneira que a areia corre de um lado a outro e, em seguida, no sentido inverso.

Ela tinha reserva em algum hotel?

– Sim.

Então, se dissesse qual era o destino, ele poderia explicar o trajeto ao motorista.

– No, gracias.

Sabia chegar sozinha.

Desejava agora, de verdade, ter reservado um quarto em algum lugar que lhe desse o endereço para informar ao motorista. A areia corre de um lado ao outro entre os olhos do velho e tornam ao ponto de partida. O Juiz, por sua vez, observa a mulher diante de si através do cristal distorcido pelos contornos da ampulheta. Se a preocupação dela era sincera, iria lhe pedir um favor.

– Un favor, por Marina.

Ficasse para dormir esta noche na casa dele.

Pela manhã bem cedo poderiam, juntos, recomeçar as buscas. Fariam alguns telefonemas. Ele já não detinha mais nenhum poder, mas mantinha certa influência. Ao menos com os mais antigos. E Helena poderia passar a noite no quarto de Marina.

– Quarto de Marina?

A ideia lhe explode na mente em asas de borboletas gigantes, espocando matizes brilhantes de vermelho, verde, azul e amarelo. Marina ainda mantinha seu quarto ali na mansão. Diana não possuía a chave para a gaveta na qual Júpiter guardava as fitas, mas talvez conseguisse esconder a que trazia em algum lugar do quarto mesmo assim. Melhor do que ficar zanzando com a fita pela rua.

– Que horas são?

Nem escuta a resposta, mas sabe que é tarde.

– Doña Helena.

O Juiz insiste, falando bién despacito. Era um homem que conhecia as pessoas.

– Sei que você no se vá de Montevideo sin saber que pasó con Marina, y conozco mi hija. Siempre ressurge.

Como uma fênix. Um fantasma.

– Fantasma? Na sua idade, acreditar em assombração.

– Ao contrário, mi hija. Ao contrário.

Agora me aparecem mais que nunca.

O Juiz respira fundo e recoloca a ampulheta sobre a mesa na posição vertical, com toda a areia retida na parte superior. Os grãos começam a escorrer lentamente. Ele se encaminha para a porta e indica o caminho. Mostro-lhe o quarto e a senhora decide.

Dez

A cama de solteira está encostada à parede, debaixo da janela fechada pela veneziana e o vidro duplo. Cortinas diáfanas, abertas em ambas as laterais do estrado metálico sem cabeceiras, emolduram o colchão, recoberto pela colcha grossa e com três almofadas coloridas como encosto. As paredes lisas pintadas de gelo destoam do papel verde-musgo e cor de vinho acumulando pó nos corredores e nas escadas da casa. O conjunto de roupeiro, cômoda e mesa de cabeceira contemporâneos faz a ponte entre a poltrona anos trinta de espaldar alto e o sistema de vídeo instalado sobre o tampo da cômoda. Televisor de vinte e quatro polegadas acoplado ao gravador de fitas DVCAM e à máquina de gravar DVDs.

Vamos.

Pontas soltas de cabos RCA diante da tevê indicam as conexões para a câmera. Senta na beira da cama e tira os sapatos. Exausta, afinal. Decidira ficar, óbvio. O medo ela encurralara nos cantos de pele debaixo das unhas.

Quarto de Marina.

A voz do anfitrião ainda reverbera no oco do cérebro da hóspede. Sente o perfume da outra. Tudo ia ficar bem, repete em silêncio. Tira as meias e massageia a ponta dos pés.

Tudo ficaria bem.

Imagina a presença da amiga entre aquelas paredes nos tempos em que os móveis eram de menina e, mais tarde, adolescente. Marina traria namorados aqui para cima sem o velho saber, quando morava com ele? Jovens cavaleiros valentes, destemidos a ponto de arriscarem o couro pelas carícias da namorada. Ou será que ela tinha permanecido virgem até Paris? Difícil.

O Juiz era moço na época. Pai de menina. Criar a filha sozinho deve ter provocado experiências árduas para ambos. Duvidava que ele tivesse lido Simone de Beauvoir, embora Sartre com certeza estivesse entre seus autores conhecidos. No escritório, identificara um ou outro livro de filosofia, todos de autores alemães. Ela mesma gostava de ler Nietzsche de vez em quando.

Fome.

Lembra que está sem comer faz tempo. Sabor de alumínio entre os dentes e o céu da boca. Resquícios do amargo queimam senderos na linha do esôfago.

A origem da tragédia.

Imóvel sob a ducha forte na temperatura ideal, Helena tem desejos de fumar. Só quando seca a pele no algodão felpudo da toalha é que sente como seu corpo tinha estado fedido antes. Desodorante vencido há horas e cabelo feito ninho de ratos. Limpa e cheirosa, ficava mais fácil acreditar que as coisas dariam certo. Fica fria que vai dar pé. Diante da pia, respira fundo e se observa no espelho, sem reconhecer quem é aquela mulher nua e pálida, de cabelos escorridos, refletida do outro lado. La niña dormira neste quarto hasta cumplir diecisiete. Até completar dezessete anos, repetira o velho ao se despedir.

— En esa misma bérgere estaba, con su valijita.

Uma malinha bem pequena.

— Asi de chiquita.

Na noite do voo a Paris.

— No vas a llorar, viejo. Nos vemos.

E se fora para a vida, paixão solta sem pelego nem cincha campo afora. Helena consegue imaginar Marina diante do espelho ao sair do banho na manhã da viagem. Olhar desfocado em meio ao vapor que lhe turva o reflexo. Pele avermelhada pelo calor da água, respiração úmida e compassada. Retornara quase seis anos depois, formada. Se recusara a ficar na casa do pai e fora morar com a tal amiga francesa no apartamentinho da Ejido, entre Gardel y Durazno. O Juiz nunca botou os pés na casa delas.

— La pucha que la odié tanto a esa amiga.

Ano seguinte, a amiga retornara para Lyon e Marina tinha ido viver com o novio argentino, tipo muy guapo, educado e perfeitamente inútil.

— En navidad me han invitado a cenar.

Disse muchas gracias e não fui. Não queria ver a menina naquele ambiente, um homem ao seu lado, sem estar casada. Ainda mais, argentino. Logo depois, já era outro o rapaz com quem ela morava, nem tão guapo nem educado. Metido a comunista, Che Guevara, essas coisas. Só da boca pra fora, socialista de butique, não valia um tapa de mão aberta. Graças a Deus não durou muito. Mas aí veio outro, e mais outro, e sei lá mais o quê. Até, afinal, restar sozinha, como vive hoje. Sozinha. Às vezes, ainda vem. Passa a noite comigo, ou o fim de semana. Mateamos, cenamos, proseamos.

– El tiempo sigue su curso, mi hija.

Não era como se diz? Tudo que é composto se decompõe. São as leis da natureza. Ele mesmo, acreditava ser um exemplo bem-acabado disso.

– Bueno, la dejo sola. Si necesita algo, estaré abajo. No se preocupe. Descanse, manãna todo va a quedar bién.

Tranca a porta assim que o velho sai, embrutecida pelo tom lamurioso dele. Lá fora, camadas gélidas cobrem a madrugada por onde desfilam criaturas noturnas. Gato pardo cruza a rua no contraste da lua.

Amanhã, tudo ficaria bem.

Depois do espelho, seu olhar refrescado pelo banho observa, curioso, os conteúdos das peças de mobília do quarto. Dentro da gaveta de cima, a única destrancada da cômoda, encontra fotografias antigas misturadas entre peças de lingerie. Marina brincando de boneca, sozinha na sala da casa. Marina alguns anos depois, junto a um grupo de garotas e garotos, num provável passeio escolar. Poucas imagens, nenhuma mulher nas fotos além das colegas de Marina e da babá de uniforme escuro e olhar severo que segura no colo a nenê envolta nos cueiros e mantas, só com o nariz e os olhinhos de fora, feito dardos de gelo lançados ao sol. O corvo preto do coque denuncia que a babá e Isabel são a mesma pessoa, três décadas depois.

242

– La cena ya está, niña.

El senõr la esperava.

– Un momento, por favor.

Seu castelhano já está bem melhor do que no início da viagem. A Diana, le gustaba el español. Engraçado como a ideia de chamar-se por outro nome lhe cambiava o jeito.

– Se enfrian lós canelones, niña.

Isabel insiste, como se falasse a uma menina.

O jantar. Seria capaz de comer? Talvez sim. E, com certeza, faria bom uso de duas taças de tannat.

– Si, si, un momento, por favor.

Capricha na pronúncia, embora saiba que, para a velha, não faz diferença. Escuta os passos da governanta descendo a escada pelos rangidos da madeira.

Un momento.

Precisa abrir o roupeiro.

Isabel confidenciara que Marina ainda costumava guardar algumas poucas peças de roupa ali, as quais ela poderia usar, caso necessário, já que estava sem bagagens.

Sin equipaje.

Sentira nitidamente a desconfiança na voz de Isabel, e de propósito a chamara de Elisabete.

– Gracias, doña Elisabete.

E essa velha ficou bem braba.

Abre as portas em par, despacito. O roupeiro está quase vazio. Pendurado, apenas um impermeável preto de gola alta, e, nas prateleiras, três camisetas mal dobradas, uma calça Levi's e dois pares de meias esportivas.

Bueno, la dejaba sola.

Tranca a porta à saída de Isabel.

Sola.

Nem pensava mais na sua mala que havia ficado na casa de Javier, nem se importava de estar apenas com a roupa do corpo e poucas coisas na valise de mão. Banho quente e roupas limpas lhe faria bem. Deviam servir. A velha tinha examinado bem as curvas do corpo dela antes de afirmar. Experimenta o jeans, ajusta-o na cintura com seu próprio cinto e pega a camiseta de cima da pilha. Cinza, bem cortada, confortável. Deixa para o fim a gaveta de baixo; duas blusas de tecido mais grosso. Enfim, por debaixo dos Burmas, encontra um surrado moletom do Paris Saint-Germain Football Club. Blusão azul masculino tamanho grande, símbolo do clube no peito e capuz. Limpo e dobrado, macio e cheiroso, dava indícios de se manter em uso por esses dias. Consegue enxergar a outra vestida com o blusão sem nada por baixo, editando depoimentos ali, de pé, copiando backups do que enviava para a Holanda.

Paris.

Retira o moletom da gaveta com a ponta dos dedos e ergue o escudo do clube até o nível dos olhos. Abrindo as mangas em cruz, observa a torre Eiffel estilizada em vermelho e a flor-de-lis no centro do círculo azul.

Saint-Germain.

No meio do prato vazio cruzado por garfo e faca à mesa diante dela, restos frios do molho à bolonhesa formam desenhos de carne na porcelana.

– Les rouges et bleus.

Fora o único comentário do velho ao vê-la assim, vestida com o blusão do PSG no qual caberiam duas dela, ajustando ao redor do pescoço as dobras do tecido, mangas enroladas e faldas soltas por cima da Levi's.

O silêncio é recortado por frases protocolares. Mastigam sem apetite canelones de pollo entre goles de vinho. Si, estaba buena la comida. Si. Más vino. Por favor. Gracias. De nada. Salamaleques obtusos e enjoativos. Pela metade da segunda taça, o rubor avançara à face pálida do velho, à cabeceira.

– Me gusta cuando tenés el pelo asi, niña.

O cabelo. Helena nem lembrava de tê-lo prendido na nuca desse jeito. Fazia tempo que não arrumava assim. Marcelo não gostava dela de cabelo preso.

– Obrigada.

– No me agradezca, mi hija.

Era um prazer tê-la em casa para jantar.

Como nos velhos tempos.

O anfitrião completa sua taça e ergue um brinde. Aos bons tempos. Ela bebe, sem saber ao certo a que ele se refere. Baixa os olhos e se vê refletida no bojo da colher de sobremesa. Se achava bonita assim. Lembrava-se de ter visto a Bestia prender o cabelo daquela maneira, na noite em que Marina havia se revelado para Belle na webcam.

– Permite?

Isabel recolhe os pratos e talheres sujos. Quando vai retirar a garrafa de vinho, o patrão a detém.

– Dejála, vieja. Dejá la botella que estamos de fiesta. Está la niña, no vés? Dale a traer otro vinito más. Y sacáte esa cara rota, vieja sombra de mi alma.

Levasse o vinho para a sala grande.

– La sala grande no está limpia.

– No me contradigas, mujer. Yá te dije, está la niña.

Isabel sai, murmurando imprecações.

– Niña, niña, niña.

Para na porta e encara Helena firme nos olhos.

– Todas las noches yo Le pido a Diós que me lleve. Pero tengo yá tantos pecados que Él no me escucha más.

– Basta.

O Juiz intervém.

Deixasse os vivos em paz, velha resmungona.

– Ya no basta importunar a los muertos con tus oraciones? Dale, más vino para la niña.

Niña. Niña. Niña.

Os resmungos formam um rastro monocórdio no ar, em baixíssima frequência, quando ela sai e os deixa a sós.

Perdoasse Isabel, minha filha.

Vivia atada ao passado, la vieja morgana.

O Juiz bebe um largo gole e suspira ao soltar a taça sobre a mesa. Olhos fixos na superfície do vinho. Fala com voz cansada para dentro do cálice.

Quando alguém está há tantos anos nesta vida, nossos olhos já viram coisas demais. Coisas feias. Coisas que fizeram aos outros. Que fizeram a nós. E coisas feias que nós fizemos aos outros.

– Que hemos hecho a lo demás.

Quando se ultrapassam determinados limites nesta existência, na velhice, a gente descobre o que nos espera no além. Pela eternidade. E não é nada agradável.

Labaredas se erguem da madeira em brasa. Garfo comprido de ferro e empunhadura de cobre na mão direita, o Juiz atiça o fogo. Chamas alaranjadas projetam sombras lúgubres no rosto do velho. Tem os olhos tintos de vinho e rancor e as fraldas geriátricas encharcadas.

– Hace mucho te digo que no sigas con esas cosas.

Antes de ajeitar o fogo, ele tinha servido generosas doses do Calem Ruby reservado para situações especiais. Helena aceitara por educação, mas se extasiara ao toque do Porto nos lábios. É fácil se entregar aos langores de Baco. Estava tonta, e seu raciocínio se movia no lodo das fadas. Vinha bebendo demais nos últimos dias e não estava mais acostumada com tanto álcool no sangue. Largada na poltrona diante da lareira, observa, sob pálpebras pesadas, os movimentos de seu anfitrião. A luminosidade do fogo se reflete nas roupas e na pele dele, fantasmagórica figura de pé no meio da sala.

– Deves parar de brincar com esas cosas, mi hija.

Helena apenas franze a testa. A pequena ruga que ela tanto odeia aparece, marcando de leve, mas, desta vez, ela nem se importa.

– El pasado, Marina. Tenés que olvidar.

– Esquecer o quê?

– De puta madre, seguís con esa mania que tenés de hablar en portugues. De puta madre, Marina.

Ela desperta do torpor, assustada.

– Meu nome não é Marina. É Helena. Sou brasileira, e minha língua é o português. Não sou sua filha, e acho que está na hora de subir para o meu quarto.

Ergue-se, na intenção de sair, mas a curiosidade mantém seus pés presos ao chão. O Juiz torna a falar, em voz baixa e grave, dirigindo outra vez sua atenção ao fogo.

– A tu quarto. A tus entrevistas.

Los depoimentos.

Vomita todo o seu desprezo junto às sílabas. Torna a olhar para ela, mas o que vê não é Helena, e sim o perfil exato de Marina, o cabelo preso, jeans e aquele maldito blusão do Paris Saint-German.

Depoimentos. Bosta de vaca. Tudo igual.

Num misto de bebedeira e gagazice, o velho começa a falar em surto, olhos vidrados, respiração suspensa.

Para que relembrar o passado, minha filha?

O passado passou. Faz tempo.

Lembrar. À merda, lembrar.

Sim, mi hija, já se foi o tempo em que esta carcaça velha era motivo de orgulho. O poder vibrava nestas mãos.

Hoje? Ah, hoje.

O tremor do Parkinson toma-lhe conta da ponta dos dedos até o cotovelo quando ergue a mão direita e estica o braço, num arremedo de saudação que termina com seu braço caindo, inerte, ao lado do corpo, antes de completar o movimento. Trastes. Flácidos.

Inúteis para o trabalho.

Inúteis para a guerra. Inúteis para o amor.

Incapaces de golpear y de abrazar.

Sabes por que, mi hija?

Porque o meu coração congelou.

Despacito, despacito.

Sangue coagulado e gordura nas veias, carne virando pedra. A pele desfeita numa crosta quebradiça. Réptil na muda, incapaz de gerar a nova casca. Agarrado à couraça que lhe resta, e que lhe comprime as artérias entupidas à beira do limite.

Fibra por fibra, célula por célula.

Esvazia o cálice e torna a enchê-lo.

– No, gracias.

Helena recusa a segunda dose, peremptória.

Diana é quem insistira em aceitar a primeira.

Ou quem sabe foi Marina?

Nem ela mesma, sabia mais quem era. Depois da terceira botella no jantar e das doses digestivas do Porto, era muitas e era ninguém.

– Despacito, nomás.

O Juiz segue recitando sua ladainha rouca. Olhos vidrados, respiração pesada desfiando palavras, alongando as pausas.

A certo ponto, parei de respirar.

O coração cessou de bater e senti alívio.

Goles de licor umedecem a língua inchada e os lábios murchos.

Só então percebe que o velho retirou a dentadura.

– Alívio.

A pele seca das bochechas retrocede à cavidade da boca quando ele inspira. Helena olha para o outro lado.

– Eu fiz maldade para muita gente, mi hija.

A silhueta do homem dança na parede, recortada pelas sombras do fogo.

– Muita maldade.

E agora enxergava na lareira, na sombra entre as labaredas.

– En el fuego. Veo los ojos de la bestia que me viene a llevar.

Noite após noite, os via.

– El barco. El barco y ese viejo hijo de puta.

O Juiz joga o cálice nas pedras da lareira.

Helena se encolhe com o tinir do cristal se despedaçando.

– Nadie me puede salvar, hija.

Ninguém podia me salvar. Nem mesmo você, minha filha. Marina, filha querida, amor de mi vida.

– Pero no de mi sangre.

Acreditas no inferno?

– Não.

Sabia que não.

– Nunca has sido religiosa en tu vida.

Não era assim, Marina?

– Helena.

Era Helena, Meritíssimo.

– E que diferença faz para o diabo se eu acredito no inferno?

– Ah, respondés como tu madre.

O velho ri e torna a colocar a dentadura na boca. Ajeita a posição dos dentes, apertando os maxilares duros com as pontas amareladas dos dedos trêmulos.

Ensaia um sorriso, que resulta tétrico.

– Tu verdadera madre.

Ah, Isabel, vieja fofoqueira.

– Piensas que no ló sé?

Isabel, indiscreta, não soubera honrar o segredo. Mas, por força da obrigação, tivera que contar ao patrão.

– La niña me há tomado el pelo, Señoria.

A menina lhe fizera de boba.

A governanta, chorando, envergonhada, contara ao seu chefe como ela e a menina tinham se emborrachado do Macallan dieciocho, surrupiado pela guria da cristaleira do Juiz. Marina bebera dois goles, se tanto. Ainda não pegara o gosto pelo whisky. Isabel, entretanto, enxugara martelos de cowboy em sequência alta, língua estalando, um depois do outro, o álcool aquecendo fundo até as pontas geladas dos pés. O trago, por fim, soltou a língua da mulher.

– Si. Si. Si. Está bién?

Decidira parar de resistir à persistência de Marina e abriu o jogo. Continuar negando as suspeitas da menina frente a tantas evidências cotidianas seria crueldade além daquela que estava disposta a empregar. Talvez não fosse, afinal, tão digna do cargo que ocupava naquela casa.

– Si.

Sim. Marina havia sido mesmo adotada como filha pelo Juiz. A esposa dele morrera bem moça. No parto, isso era verdade, sim. A filha que os recém-casados esperavam, Cristiane, tinha falecido ao nascer, junto com a mãe.

Isso fora antes, muito antes.

– En otra vida.

Marina era órfã de pai, e sua mãe também tinha morrido no parto. Tinha vindo ainda bebê, direto do hospital até a casa onde vivia com Isabel e o Juiz.

– Y no me preguntes más.

A menina desconfiava disso desde que se entendia por gente. Vizinhos indiscretos, crianças falantes, colegas cruéis e seus pais intrometidos comentam, nos lares, fofocas do bairro. Bastarda. Adotada. O Juiz fizera Isabel jurar. Nunca, nunca, jamais confirmar nada. Negar sempre. Manter a história oficial.

E a cascavel tinha quebrado o juramento.

– De ese dia hasta hoy, son siempre las mismas preguntas. Quién és mi madre? Quién és mi padre?

Cacarejando nos calcanhares dele pelos corredores da casa, guria chorona, adolescente agressiva e, por fim, mulher indiferente. Implorando aos outros por verdades que não queria enxergar sozinha, debaixo dos olhos.

Quem é minha mãe? Quem é meu pai?

Serve outra dose no cálice que era de Helena e bebe ele mesmo, sem oferecer. Metade da bebida escorre pelas beiradas da taça de cristal decorada com arabescos violetas. Engole a dose inteira e joga no fogo esse cálice também.

Retinem estilhaços na pedra.

Volta-se de frente para Helena e a encara com os olhos escuros das sombras que nadam na lava incandescente das suas pupilas. A prótese dentária se ajusta à cavidade bucal no momento em que ele ergue a voz.

– Crêes que te vas a quedar joven por toda la vida?

A súbita rapidez dos gestos do velho pega a mulher de surpresa. O Juiz avança na sua direção e a segura firme pelos dois braços, mantendo-lhe os punhos presos à altura das coxas. Era jovem, Marina. Aproveitasse o momento.

– La juventud se crêe eterna.

Esperasse para ver a tristeza profunda do dia em que se tornasse a última sobrevivente de toda a sua geração.

– Cuando todos los demás estén muertos.

Espectros a rondar nas noites sem lua.

Em vez de pavor, é a indignação que toma conta da mulher retida pelos punhos contra a vontade. Se esse velho doido insistia em dizer que ela era Marina, que fosse.

Seria Marina.

– Muertos.

Perdigotos ferventes respingam no rosto do Juiz quando ela fala, cheia de raiva.

– Muertos como mi madre.

Os dedos do velho redobram a pressão nos punhos dela, mas o resto do corpo vacila, como se toda a força fosse drenada para aquele gesto de contenção.

– Mi madre.

Ela se desvencilha de sopetão e, por sua vez, segura o homem pelos pulsos frágeis.

– Me diz la verdad.

Os ossos dele estalam metástases.

A verdade. O que aconteceu com a minha mãe.

O velho estremece e baixa a cabeça, tossindo e arfando pelo esforço de há pouco. Assustada com a condição dele, Helena solta-lhe as mãos e deixa-o livre. Esgotado, retrocede e desaba na poltrona, em frente à lareira.

– Tu madre.

– No más mentiras.

Não mais segredos.

Quieto, afunda na cadeira. Apenas os globos oculares inflamados mostram resquícios de movimento. Mas também pode ser só o reflexo das labaredas lá dentro.

De tua mãe, querias saber?

– Te cuento de tu madre.

Planejara levar o segredo para o túmulo. Há tanto tempo Marina não ficava mais do que quinze minutos junto do pai que ele chegara a acreditar na possibilidade de morrer sem lhe contar. Mas hoje era diferente.

– Hoy te quedaste.

Toda la noche.

Sabia que este dia estava no seu destino. Desde o momento em que fizera o pedido a Miguel. Na hora exata em que o capitão lhe bateu uma continência frouxa, com o sorriso maroto estampado na face e os vincos na camisa xadrez de mangas curtas que usava sempre que vinha à paisana. A maldição desse gesto caíra sobre ele, não como o céu que desaba sobre as nossas cabeças, mas feito uma intermitente série de goteiras a racharem o cimento, as ratazanas ocres de pelo molhado roendo os alicerces lá embaixo, no esgoto, microscópicas bactérias crestando a terra. Jamais permitira que Miguel lhe contasse qualquer detalhe que fosse do calabouço.

– Todo que me importava era que la madre tuviera buena salud. Y la piel blanca.

Apesar das idiotices marxistas que a porra do teu pai tinha enfiado na cabeça dela. Aquele maoísta fedorento lhe transmitira no sêmen a insanidade política. Terroristas de merda. Audácia, gerar vida no meio da lama e querer que a criança, inocente, sobreviva nesse mundo subvertido.

– Mejor asi.

Tinha sido melhor assim, Marina.

– Minhas intenções eram puras.

Puras. Tinha sido melhor. Ele insistia

Marina resiste.

– No para mi madre.

Não para minha mãe.

– Tu madre está muerta, Marina.

Tua mãe está morta e nada se pode fazer.

Teu pai está morto e nada se pode fazer.

– Apenas contar a verdade.

A verdade. Grande merda, a verdade. Toda a vida, sempre querendo saber a verdade. Maldita verdade. Nem amor, nem carinho, nem comida, escola, amigos, feriados, casa, quarto, brinquedos, vacaciones. Nada importa.

Só a verdade, em maiúsculas.

– Yo, Marina.

O Juiz fixa o olhar nos olhos dela.

Eu. Eu sou teu pai e tua mãe.

– Soy tu padre y soy tu madre.

Desde o princípio. Os únicos pais que vais ter na vida.

Mas, como não é possível aceitar essa realidade, buscas os fatos, a história.

E o que é que existe na história?

Sangue e merda.

Queres que eu tire a nossa porção de debaixo da cama? Que seja, antes que me vá.

– Asi lo sabés de mi propia boca.

Respira fundo, e Helena sente ganas de tapar os ouvidos com as mãos e gritar seu próprio nome, mas sabe que agora é tarde demais. Congela em pedra, tantalizada.

Te recebi quando eras um bebê, minha filha.

Das mãos do Capitão Miguel.

– Capitão Miguel.

Sim. Lembras dele?

– Ele me trazia brinquedos.

Eu sentava no colo dele no sofá da sala.

Miguel sabia que eu desejava uma menina. Una niña. Era um grande amigo. Nem me perguntou por quê. Me respeitava. Um dia, regressou do Brasil e me chamou por telefone. No dia seguinte, estavas aqui, na minha casa. Na nossa casa. No teu quarto. No mesmo quarto em que estás agora. Minha filha. Mi hija. Mi hija, entendés?

Vomita todo o vinho, junto a pedaços de carne mal digeridos e colheradas de bile pura, esverdeada e amarga, em golfadas flamejantes de pontas afiadas. Rodopia tudo; pia, privada e banheira. Latejam as pontas embaraçadas dos cabelos, ardem as coxas nuas no piso frio, ardem novas feridas abertas nas vísceras. Helena se força a sentir a tortura aplicada a outra mulher que nem ela, só que grávida e presa. Miguel roubara a criança daquela prisioneira nos calabouços da repressão e a entregara nas mãos do Juiz.

A sus ordenes, Excelência.

Baratas voam e correm por dentro do estômago, filhotes nascidos dos ovinhos ingeridos prenhes nas cascas de pão mofado, insetos cascudos, bichos resistentes ao suco gástrico, fragilizado pelos comprimidos contra azia.

Marina.

Enxuga a boca com as costas da mão e descansa a cabeça no cotovelo sobre a borda do vaso sanitário. Couro cabeludo purgando pelos poros, suor pulsante cabeleira abaixo, pelos fios encharcados. Rachadura do topo do crânio até a base do pescoço, fio de dor que vai e vem do cérebro à lombar em ondas de choque. Do fundo da privada sobem vapores nauseantes das entranhas ejetadas, restos podres recém-lançados ao mar da digestão malfeita, daquilo que seu corpo se recusara a engolir.

Roubada da mãe no parto. Na prisão.

Regurgita. Sem forças para puxar a descarga. Respingos de bile nas laterais imundas do vaso. Cospe, com nojo, mas o gosto amargo permanece grudado à língua.

Sangue. Suor. Sêmen.

Assombrações agitaram o sono breve por duas horas após o jantar. Exausta, desfalecera na cama, tombada pela bebida e esmagada pelas revelações estonteantes. O velho abrira a caixa de pandora sem freios. Pouco mais dissera a respeito de Marina e sua mãe, entretanto, desviando a fala para outras histórias arrepiantes de seus tempos nas altas cortes da ditadura.

Os homens de bem e suas sociedades secretas.

Não demorou muito para que tudo parasse de ter sentido, tanto as palavras desarvoradas do Juiz quanto a audição perturbada de Helena. Decidira se valer do Porto para intoxicar o sangue até desmaiar na cama.

Hasta mañana.

A trégua, no entanto, pouco durou. Acordar com a pontada de cólica despertara seus piores pressentimentos. Respirou fundo, esperando a dor passar, mas não. O teto do quarto começou a girar bem devagar, porém o ritmo foi aumentando rapidamente. O porejar gelado nas axilas e na nuca denunciava febre, e ela engoliu meio litro de água direto da torneira antes da primeira golfada jorrar no chão do banheiro. Tão vermelha e farta que chegou a pensar que era sangue, imaginou que abortava pela garganta o feto da maldade daquele homem, daqueles homens, dos homens de bem. Chorava e vomitava e gemia de dor.

Me deixa em paz.

Joelhos esfolados nos rejuntes do piso, têmporas espremidas por garrote torcido milímetro a milímetro, sem pressa e sem pausa. Vontade disforme de arrebentar seus próprios miolos, só para escapar da dor e da náusea. Bate a cabeça nos azulejos com força duas vezes e pensa que vai mesmo morrer ali, numa poça de vômito e urina. Adormece, exausta, por fim, recostada na parede fria, cabeça apoiada ao vaso e as pontas dos cabelos afundadas na água suja.

Em paz.

Belzebu gargalha das profundezas dos canos de esgoto, e seu hálito tem essência de eucalipto. Morcegos de togas negras esvoaçam em rituais macabros em torno de fogueiras nas quais são queimados livros e discos, e, logo, o que se joga ao fogo são pedaços humanos arrancados dos corpos por motosserras e machados. Das chamas, avança o espectro do Capitão Miguel, e ele tem as feições de Marcelo, dentes de fogo e buracos sem fundo nas órbitas dos olhos. Víboras se bifurcam da língua encarnada desse homem de chamas, projetando-se dos lábios exangues em direção ao rosto de Marina, e Helena sente no seu próprio rosto o toque das serpentes na face da outra.

Paz.

E já não é mais Miguel nem Marcelo quem ela vê refletido nas labaredas, mas sim o pai dela mesma. Helena sente o terror lhe congelar a cervical, porque, por mais que puxe pela memória, é incapaz de lembrar o nome do próprio pai, e não há nada ao redor deles dois além da luminosidade púrpura do ocaso, e, mesmo assim, o mundo se contrai, e ela sabe que se anoitecer de vez não haverá oxigênio para lhe abastecer os pulmões, porém ainda assim sobreviverá, pois a morte é bálsamo que lhe será negado até o final, e terá que permanecer assim, sem ar nem sangue, só dor, solidão sem par, água gelada direto nas fuças para acordar para a nova sessão de choques, sem perguntas, puro reflexo sádico, mas ela acorda é para o pesadelo recente do Meritíssimo frente à lareira, lâmina murcha da espada sem fio que lhe pende do punho trêmulo, membro morto badalando silêncios na torre da catedral abandonada. Emoldurado pelas chamas, brilhante no fulgor do vinho, cabeça de lobisomem uivando contra as pedras cinzentas da lareira.

Ah, querias saber mais? Querias saber o que nem mesmo eu jamais tive coragem de me perguntar?

Queres que te conte do ventre de qual calabouço sórdido aquele infeliz arrancou teu corpinho inocente da pança inchada da tua mamãezinha querida?

Se olhasse bem aí para dentro, quem sabe daria para escutar o eco do pranto desesperado se afastando nos túneis e escadarias da prisão clandestina. Tua mãe recém-parida definhando até a morte, enterrada em cova rasa por capangas sórdidos dos expoentes da sociedade.

Toc toc toc. Mão feminina bate três vezes no deque. Nós dos dedos contra madeira de lei. Toques insistentes.

Diana está deitada de bruços no convés, relaxada ao sol da tarde. O balanço do barco é suave, mas, mesmo assim, ela evita levantar a cabeça. A persistência das batidas, em séries contínuas de três em três, a faz, por fim, girar o corpo de lado e erguer o olhar. Marina sorri para ela lá de cima, rosto coberto pelos grandes óculos escuros e sombreado pelo chapéu de praia, biquíni verde-água justo e bem curto realçando as pernas bronzeadas, em cujas extremidades os saltos das sandálias tocam o solo alternadamente, em séries de três batidas ritmadas. E, de repente, são quatro as pancadas na madeira, em ritmo mais urgente, e mais quatro em seguida, mais fortes e intensas. Marina deixa de sorrir e aperta os lábios, ficando séria. Diana coloca a mão em pala sobre os olhos para ver se é mesmo uma lágrima vermelha que escorre do olho direito da outra, porém, neste exato momento, Marina desvia a cabeça centímetros para o lado, e o sol por detrás de seus ombros incide diretamente no rosto de Diana, que fecha as pálpebras por reflexo.

Hasta mañana.

Quando torna a abrir os olhos, Helena já não se encontra no barco. Está deitada em posição fetal no piso de azulejos imundos do banheiro da suíte de Marina, na casa do Juiz.

Mañana.

As batidas continuam, impacientes.

Pica-pau impertinente na porta do quarto.

– Doña Helena.

As palavras roucas emitidas por Isabel desde o corredor soam como tiros de espingarda ao amanhecer.

– Teléfono para usted.

Onze

Fumo azedo trespassado pelo aroma do expresso. Javier sorve o cortado sin azucar numa série intermitente de golezinhos efeminados, blazer cinza-rato sobre a camisa social preta sem gravata. Urgência no fumar e nos gestos. Barba rala de anteontem sombreia-lhe o rosto dândi. Meia taça de café preto intocada diante de Helena, incapaz de engolir qualquer coisa. A cigarrilha aceitara por impulso, esquecera os cigarros na casa do Juiz, ao sair sem dizer adiós, logo depois de desligar o telefone, há meia hora, e a fumaça, por incrível que pareça, lhe deixava mais estável. Tinha se trocado, deixando os trajes vomitados e mijados de Marina jogados na banheira. Vestira de volta a própria roupa, fedida de suor. A ducha de três minutos foi o único luxo a que se deu direito antes de sair. Depois, foi apanhar as fitas e zarpar. Da calçada, sinalizara ao táxi amarelo e preto e sentara-se no banco de trás. Lâminas de plástico à prova de balas a separavam do motorista.

– Punta Gorda, por favor.

Dissera calle e número, recostara a ressaca no banco e fechara os olhos por dez minutos, para reabri-los mareada pelas oscilações do carro à deriva no labiríntico quadrilátero formado pelas avenidas Gallinal, Bolívia, Rivera e Itália.

– Estamos cerca?

Repete o endereço anotado na palma da mão com esferográfica e olha obliquamente para o condutor.

– Si, si. Un ratito más.

Taxímetro rodando alto, dobraram à direita numa esquina logo depois, e ela enxergou Javier em seu aplomb, confortável na mesinha de rua do café combinado, *El País* do dia aberto entre os braços estendidos, charutinho aceso no canto da boca. Helena se aproximou sem que ele a visse, em passos desconfiados e comedidos. Pedira ao taxista para estacionar uns trinta metros adiante e retornara a pé desde o passeio oposto.

– Más azucar?

Javier aponta para a xícara diante dela. Helena sacode a cabeça e solta fumaça na direção dos sapatos.

– Está lejos, tu auto?

Não, bem próximo.

Não sabe se gosta dele ou não, nem se acredita na afirmativa de que Marina estava bem, não se preocupasse. Mas, de qualquer forma, precisava recuperar sua bagagem. Se as malas estavam ali perto, no porta-malas do Jaguar, tanto melhor. Porém, não ia se render à pedida de entregar as fitas, pegar malas e bagagens e levantar acampamento de volta ao Brasil. Porto Alegre estava situada muito além da fronteira agora. Naquele universo paralelo, Marcelo ia e vinha do trabalho, tomava chopes e, quem sabe, a essa altura, teria se engraçado com alguma das suas amiguinhas do trabalho.

E, quer saber, ela nem ligava mais. Foda-se.

Marina estava bem.

Javier tinha começado logo assim, antes mesmo de dizer bom dia, sorriso morno, em pé ao lado da cadeira de palha, mãos esticadas para tomarem as dela e envolvê-las numa carícia tão aprazível quanto o hálito de dry martinis e Mentex. Onde Marina estava agora, o que acontecera, por que sumira naquele barco, nada importava nesse momento.

Trouxera as fitas?

Decidira se recusar a entregar os cassetes para ele. Javier que a levasse até Marina.

– Las entrego yo.

Desconfiava da figura esquiva de Javier, porém era verdade que, para ele ter lhe dado a localização exata das fitas escondidas no quarto, seria necessário ter recebido as instruções de Marina. Meia dúzia de caixinhas com etiquetas rabiscadas a esferográfica, nomes e datas escritos em uma caligrafia ondulada. Lado a lado com as fitas, três DVDs, também anotados com letras e números.

– Quero ver Marina com meus olhos.

Depois do café, Javier acende outro charuto e pede duas doses de Johnnie Walker Blue, cowboy.

Con mis ojos.

Ele prova a bebida, estala a língua nos lábios e se recosta na cadeira. Fala, fitando a borda do copo.

– A entrevista no Sherazade apontou uma pista.

Seu português era bastante correto, sotaque suave na combinação de cortado, charuto e whisky.

– Em Buenos Aires.

Entorna a primeira dose e se inclina, chamando a mulher para perto de si por sobre a mesa num gesto dos dedos. Olha para os lados antes de prosseguir, e o efeito de seus movimentos é o dos filmes baratos de espionagem.

– Revelações.

A respeito de alguém que la niña perseguia há meses. O bafo quente de fumo e scotch gruda na pele da orelha direita de Helena, mas ela se mantém firme na escuta. Parece que os homens da cidade resolveram encher a cara e inundar os ouvidos dela por esses dias, tanto com mentiras quanto com verdades.

– Hace muchos anos.

Javier sussurra, deslizando a língua na serrilha dos dentes. Chega a ser engraçado vê-lo falar assim, a mirada cafajeste e os gestos de menina-moça. Engole num trago o segundo shot.

– Figura importante.

O padrinho também não parecia nada contente com as atitudes da sua protegida, de partir no veleiro do casal desconhecido e desaparecer Argentina adentro, sem passar pela aduana.

– Y eso és todo.

Essa pessoa importante em Buenos Aires detinha informações relevantes sobre o caso que Marina, ou melhor,

Júpiter estava investigando há anos para os holandeses. Tinha aceitado conversar com ela afinal, num quarto de hotel portenho. Território neutro, a sós.

– Os holandeses sabiam que isso poderia acontecer quando ela embarcou naquele veleiro. O tal Vincent sabia muito bem. Marina sabia também, mas não podia contar nada para você.

– Quero ver Marina.

– Lo siento, nena. Sinto muito, mas não.

Ele balança a cabeça e olha para a brasa na ponta do charuto. Exala comprida baforada, olhando direto nos olhos dela.

– Helenita, escucháme, nena.

O melhor para todo mundo agora era que ela se fosse de volta ao Brasil. Para sua casa. Para seu marido.

– A tu matrimonio, mujer.

Descansa o charuto no cinzeiro e relaxa na cadeira.

– A mi o quê?

A mulher engole em seco sua fúria. A ignorância machista era atributo dele, não dela. Por que se deixaria contaminar?

– Sejamos francos, Javier.

Aqui, ninguém era criança, enfrenta-o Helena.

Ondas sonoras flutuam para fora dos lábios pálidos com o sabor de hortelã do chiclete mascado para disfarçar o gosto e o cheiro da bile que lhe varara as tripas a noite inteira e seguia ardendo esta manhã. Sente as baratas voadoras batendo asas frenéticas para cima e para baixo no seu intestino grosso.

Desafia.

– Eu nem conheço você.

Até onde sabia, ele mesmo poderia ter sequestrado Marina, e agora estava querendo se apoderar das fitas de vídeo .

– O que tem nessas gravações de tão valioso?

Javier sorri e lambe o restinho de Blue Label nas bordas do copo, balançando a cabeça. Agora sim, entende o que Marina via nela. Penetra com seu olhar de lobo mau a intimidade da mulher, o mesmo olhar que lançara para os corpos delas duas despidas na piscina da mansão.

– Ou você me leva junto, ou vai ter que arrancar essa bolsa de mim à força aqui mesmo, neste café.

Helena imagina com desgosto a sensação pesada das carnes de Javier sobre a suavidade da pele de Marina. Escutara os orgasmos da outra três vezes. A primeira, na noite em que Marina dormiu com Javier na mansão e ela tinha espreitado a transa dos dois, fresteando do corredor. Outras duas vezes, ouviu Marina gozar mais tarde. Ambas na noitada do Conrad. Naquela primeira vez, em Carrasco, evitara imaginar o casal ao lado para além dos ruídos do sexo. O intercurso adjacente tinha sido absorvido como se a sucessão de gemidos evitasse se consolidar em imagens, e ela se forçara a pensar em antigos namorados até chegar ao orgasmo sozinha debaixo das cobertas.

– E eu não vou facilitar.

No Conrad, entretanto, fora inevitável seus olhares se cruzarem, nuas nos braços dos respectivos amantes. O prazer espelhado fez com que ambas gozassem duas vezes, e não tinham falado nisso depois. Nem voltariam a falar, no que dependesse de Helena.

– Lo que sea. A su gusto.

Javier suspira e apaga o charuto.

– Bem que ela me avisou.

A brasileira não iria entregar as fitas para ninguém além dela. Pois bem. Lavava as mãos. Não era nem seu pai nem seu marido. E a senhora já tinha idade suficiente para saber em qual encrenca alheia desejava se meter.

Esta senhora sabe.

Desce o vidro do Jaguar e deixa o vento refrescar seu rosto. Medita na quietude arborizada, calle Beyrouth abaixo, em direção à playa La Mulata.

Está metida até os fundilhos.

No cruzamento da Beyrouth com Lucerna, Javier reduz a marcha e dobra à esquerda, desacelerando. O nome da rua remete a imagens alpinas, a velha ponte de madeira sobre o lago gelado em meio às montanhas. Neve, fondue e lareira. Vinho tinto e amor. Deixa a imaginação cobrir o cenário cinzento e sonha acordada com descidas suaves nas pistas de esqui, chocolate quente em canecas de porcelana decoradas com flocos de neve coloridos.

Luzern.

Distraída, nem nota a curva seguinte, em noventa graus à esquerda, na José Perinetti, e outra à direita, num longo arco, cruzando a avenida Bolívia por Basilea, ziguezague para chegar a Carrasco evitando as ramblas. Dali em diante, Javier fizera sua única exigência.

Ela teria que seguir vendada.

Estava pronta?

Pelo ruído das decolagens e pousos, percebe que estão próximos ao aeroporto. Quando a porta da casa se fecha às suas costas, as mão dele desatam a venda. Estão no hall de entrada de uma casa simples, reboco descascado nas paredes, cortinas e venezianas cerradas. Cacos de receio espetam agulhadas de medo. E se fosse armação? Javier era capaz de falcatruas desse naipe. Medo de ser presa, torturada, medo de morrer.

– Si.

O medo mais forte vencera.

– Estoy.

O medo de desistir e nunca voltar a ver Marina.

– Lista.

Javier retira-lhe a venda dos olhos, mas é Anita quem fala, atrás dela.

– Adelante, por favor.

Agora, enxerga o reboco descascado nas paredes brancas do comprido corredor por onde avançam. Anita abrira a porta para eles, e, mesmo ainda vendada, Helena pudera sentir, pelo tom de voz da mulher, que as rugas dela se contraíam, insatisfeitas e desconfiadas com a presença da estranha. Dejar a niños crecidos el trabajo de hombres, queixara-se a dona da casa para ele, em tom de desprezo.

– Y quién soy yo para decirles no a bellas mujeres, doña Anita?

Chegam à cozinha. Anita se adianta e abre a porta que dá para o pátio. Saem, e, do outro lado do gramado, de pé, recostada à parede da casa dos fundos, está Marina, de camisola e coturnos desamarrados sem meias, cara lavada e cabelos escorridos. Fuma em pose de estudada elegância e sorri, provocante, o riso sedutor da Bestia. Solta a fumaça na direção do trio que vem através do jardim, pisca, marota, para Helena e joga a bagana no piso encardido, pisando a brasa com o solado da botina esquerda.

– Não tem graça.

Helena fala sem olhar a outra nos olhos, passando reto para dentro da casa, como se não fosse a primeira vez.

Não tinha graça.

Soltara a frase entre dentes, coração aos pulos, lágrimas ardendo no verso das pálpebras. A desordem em cima e em torno da cama de casal denota ali a presença de Marina, mais do que a figura postada no umbral. *As Belas Imagens*, de Simone de Beauvoir, numa edição de capa em cores de 1967, repousa ao lado da maçã mordida sobre a colcha de chenile creme.

– Desculpa.

Anita despistara Javier no meio do pátio e agora o conduzia de volta pelo corredor até a porta de saída. Com Anita, não havia discussão.

– Desculpar o quê?

Marina apoia o antebraço no batente da porta, voltada para dentro.

– Te deixar plantada.

– Não fiquei plantada.

Plantada estava ali agora, no meio do quartinho acanhado de fundos, e a palavra lhe deixava consciente da própria incapacidade de escolher um canto para se sentar. Coração aos pulos. Peças de roupa espalhavam-se em cima do colchão e na improvisada prateleira de ripas sustentadas por pilhas de tijolos de seis furos. Insegura, Helena não sabe o que fazer com as mãos. Fecha os olhos um instante e respira fundo. Os aromas de Marina lhe devolvem o equilíbrio, pouco a pouco. Tem sede. Respira fundo outra vez antes de falar.

– Te incomoda eu ter vindo?

Páginas do *Clarín* da véspera e do *El País* do dia forram o piso frio junto às laterais da cama, e o festival de baganas no cinzeiro de vidro barato acentua o sarro de cigarro misturado a desodorante.

– Me preocupa.

Marina entra e fecha a porta atrás de si. Olha com carinho para Helena, mas permanece afastada. Helena encara a mirada, sem chorar nem sorrir. Apenas olha e vê o rosto pelo qual tanto ansiara nas últimas horas. Marina afinal desarma a pose numa risada deliciosa e se aproxima da cama.

– Me encanta teres vindo.

Deixasse de bobagem e desse um abraço.

– Sua sacana.

Helena cede ao abraço. O corpo da outra colado ao seu lhe carrega as baterias em segundos, numa onda de energia e calor dos pés à cabeça. Nunca mais sair daquele abraço. Relaxa as fibras dos nervos e músculos da tal forma que precisa se desvencilhar, mas não consegue. Quase desfalece nos braços de Marina. As têmporas latejam. É capaz, no entanto, de conter as lágrimas.

– Me deixou preocupada, sua sem vergonha.

Pensara que podia estar...

A imaginação se recusa a avançar no território das hipóteses. Melhor deixar a pior coisa do mundo quieta no seu quarto debaixo da escada. Marina balança a cabeça e alisa as faces de Helena com as pontas dos dedos. As pupilas azuis de seus olhos ofuscam a visão e entorpecem os sentidos. Sorri e segura Helena pelas orelhas e cabelos, com delicada firmeza cúmplice. O ar tem cheiro de cigarro e chicletes de menta ao carregar suas palavras.

– É bom te ver.

– Por você, eu já estaria de volta na minha casa em Porto Alegre.

– É bom ter você aqui.

Marina dá outra mordida na maçã e alisa a capa do livro com a ponta das unhas descoloridas ao mastigar. Helena se recosta na cabeceira da cama para recuperar o folego. Desvia o olhar de Marina para as próprias mãos.

– Preciso te falar uma coisa.

Não tinha bem certeza do que havia para contar.

– Fala.

– Depois.

Os acontecimentos da noite passada pulsavam em ondas disformes no caos da sua pertubada memória. E se tudo fosse apenas delírio desvairado sem nexo?

– Água, por favor.

Marina serve o copo de requeijão na torneira do tanque e estende a mão para ela.

– Desculpa, a Perrier acabou.

Bebe devagar, absorvendo as possibilidades.

– Você mentiu pra mim.

– Foi preciso.

– Mentiu feito homem.

Sim, ela conhecia as chances do Sherazade jamais retornar ao porto. Sabia dessa possibilidade e nada dissera ao embarcar, abandonando a amiga sozinha no cais. Não podia contar. Com ela as coisas eram assim, cariño. Por isso mesmo, vivia só.

– Enfim, te vás o te quedas?

Helena vai ficar, nenhuma dúvida. Bebe toda a água e solta o copo na mesa de cabeceira. Marina vem e senta-se ao lado dela na cama. Fala com expressão séria, direto nos olhos de Helena.

– Além do mais, se eu te contasse, teria que te matar.

Ato seguinte, joga o travesseiro no rosto da outra e solta uma gargalhada.

– Diana.

Pula sobre a amiga e começa a lhe fazer cócegas na barriga e nos sovacos, rindo alto.

– Carajo que te hás salido bién, chica.

No fim, tudo dava certo.

Helena se debate, desvencilhando-se, irritada. Rola para o lado até cair da cama. Bufando, ela apanha a sacola e joga seu conteúdo sobre a colcha.

– Toma, os teus fantasmas.

As fitas e DVDs se espalham no colchão entre as duas mulheres. Marina olha de relance e estica o braço para o lado oposto, na direção da mesa de cabeceira.

Trouxera tudo?

Sim.

– Como você sabia que eu estava lá?

– Não sabia.

Nem queria acreditar, quando Javier lhe contou.

Marina torna a sentar-se, ereta, as pernas cruzadas em posição iogue, a revista de domingo do jornal sobre as coxas, na qual verte o conteúdo do saquinho de maconha que apanhara da gaveta.

– Bem metida você, Diana.

Se enfiar na cova da fera.

Esmurruga o fumo e sorri, divertida.

– Já vai fumar de novo?

– Conta.

– Conta você.

– Como foi la noche con el viejo?

– Como foi no Sherazade?

– O Meritíssimo não tentou cantar você?

– Deixa de brincadeiras. Estava preocupada. Achei que teu pai podia me ajudar a te encontrar.

O teu. Pai. Helena se cala, constrangida. Folheia, distraída, o livrinho de capa amarela e azul de Beauvoir.

– Mi papá.

Marina enrola o baseado com técnica.

– E tu, conseguiste dormir bem naquele quarto, com o barulho das correntes no porão?

Para falar a verdade, não.

Não conseguira dormir.

Marina acende o cigarro e prensa a fumaça antes de soltar as palavras junto à nuvem de fumo.

– Sério? O que aconteceu?

Passara mal do estômago, desconversa.

Apanha o baseado e fuma de leve.

– Não fui eu quem sumiu e deve explicações.

As sentenças saem entrecortadas, como se fossem transmitidas via telégrafo, entre os pegas no baseado.

Sentira saudade.

Parecia esquisito.

– A gente mal se conhece.

Mas senti.

Pensei que você.

Podia estar.

– Morta.

Conseguira, afinal, dizer com todas as letras.

Marina tira os cabelos do rosto, olhos vermelhos marejados. Apanha o baseado de volta e dá outra tragada, mais comedida. Solta a fumaça, articulando pensamentos sombrios. Fazia diferença mesmo, estar viva ou morta? Vida, morte, sonho, realidade. Helena apanha o cigarro, reclina-se na cama e deita a cabeça no colo de Marina.

– A realidade dói mais.

Vira o rosto para cima e olha a outra nos olhos.

– Você nem sentiu a minha falta.

Aspira e solta a fumaça devagar. Observa a espiral subir ao lustre de ferro em curvas delicadas. É a vez de Marina perguntar.

– Conta tu.

O que aconteceu.

Ri, matreira. O que aconteceu?

– Eu fumei tua maconha e fiquei chapada, foi isso que aconteceu.

– Ontem. Com o Juiz.

Helena deita de lado, evitando o olhar de Marina. Nada. Não acontecera nada. Jantaram, ela fora deitar e passara mal do estômago. Vomitara. Mas estava bem.

274

– Esquece.

– Sinto muito.

– Sente o quê?

Sentia ter-se intrometido na vida de Helena, na sua casa, no seu casamento.

– Não devia ter trazido você para cá numa hora tão imprópria.

Os acontecimentos tinham se precipitado de modo vertiginoso. Perdera o controle da situação. Agora precisavam deixar o país o quanto antes. Este lado da fronteira já não era seguro para elas.

– Melhor partir.

Assim que possível. Helena, de volta para o Brasil. Marina, rumo à Europa.

– Amsterdã.

Vincent mandara as passagens. Seu trabalho em Montevidéu tinha terminado.

– Então você descobriu o que desejava encontrar?

– Quase tudo. Quase nada.

De qualquer forma, era hora de concluir o relatório, na sede da Fundação.

– Fechar a conta.

Mantendo a cabeça de Helena acomodada sobre seu colo, Marina se inclina e estica para pegar o player portátil aos pés da cama.

– Voilà.

Abre o monitor de cristal líquido e deita com carinho o equipamento sobre a barriga de Helena, de frente para elas, de forma que as duas possam assistir ao vídeo. Era isso que tinha ido buscar do outro lado do rio.

– Quem você viu em Buenos Aires?

– Charly Garcia.

Ri amarelo, fingindo um bigode com o dedo estirado sobre o lábio superior.

– El bicolor.

Mas, em seguida, se torna séria.

– Gelada.

Na tela, surge a imagem do tira sessentão, mangas de camisa na descontraída roda de amigos.

– Pra caralho.

Palhares estremece ao gole.

Vivia para essa gelada pós-futebolzinho.

– Bem como eu gosto.

Camisa desabotoada de cima a baixo. Calção Adidas pequeno demais, preto com listras brancas, chinelo de dedo e suador no peito cabeludo.

– Bebe mais, porra.

Enche o copo do outro, sem saber que seu parceiro de jogo e de trago é um repórter disfarçado, a serviço dos holandeses. Na gravação, não se enxerga a face do repórter, porém se escuta sua voz jovem, de sotaque paulistano, em contraste ao gauchês intenso de Palhares. O filho da puta tinha feito três gols e garantido a vitória.

– Unidos do Ipiranga Futebol Clube!

Brindam e entornam os copos num talagaço só.

Já nem lembrava mais quem tinha enturmado o paulista no grupo, três ou quatro sábados antes. Memória é bicho traiçoeiro.

– Bebe, porra.

A imagem da microcâmera escondida na sacola de roupas sujas e chuteiras embarradas entre as canelas do repórter tem baixa resolução, mas o som é nítido.

– A vida sem cerveja não valeria a pena.

Descansam debaixo das árvores na beira da praia em Belém Novo, hidratando o organismo com suco de cevada enquanto esperam a carne ficar no ponto.

– Na verdade, seria insuportável.

Larga o copo e olha de frente para seu interlocutor.

– Tu não bebe, tu não fala. Tua sorte é saber fazer gol. Senão, eu nem perdia mais meu tempo contigo.

– Estou esperando.

– Esperando o quê, criatura?

– Esperando o senhor me contar.

– Contar o quê, caralho?

E o Senhor estava no céu.

Ou no inferno.

Depende pra quem tu entregou a tua alma.

– Do cabra que roubou a criança.

Da barriga da mãe. Na cadeia. Nos anos setenta.

– Que roubou, rapaz? Que roubou?

Guerra é guerra. A guria é que se metera onde não fora chamada. Comuna, subversiva.

– Teve o que merecia.

Não era culpa nossa a vagabunda estar grávida quando foi detida, cacete.

– Acho que a infeliz nem sabia que estava prenha.

– Em que ano aconteceu?

– Ano, moleque? Já não lembro mais nem em que mês a gente tá e tu vem me falar dum troço que passou há duzentos anos e ainda quer a data. Sei lá, porra. Setenta e picos. Foi depois da Copa da Alemanha, isso eu lembro.

Ou pouco antes?

Lembro do Luís Pereira, mostrando as três estrelas por cima do escudo da camisa azul pra torcida holandiana depois de ser expluso, lembro dos dois a zero e banho de bola que nós tomamos daqueles viados.

– A tal Laranja Mecânica.

Quatro anos depois, Palhares viajou a Buenos Aires para ver a final da Copa, tudo pago, por conta dos milicos portenhos, cheio de regalias, só elite. Nunca tinha passado tão bem na vida. Num Monumental de Nuñez entupido de gente e pontilhado por bandeirinhas da celeste y blanca, los hermanos meteram os laranjinhas, na prorrogação.

El que no salta és um brasilero.

– Disso eu me lembro.

La Boca, los tragos, el tango y las putas.

– Cha-cha-cha.

Do resto, lembrar pra quê?

– Os podres da história a gente apaga, guri.

Esquece.

– Quem quer se lembrar dessa merda?

– E a criança?

O que é que tinha, a criança?

– A criança está grande, bem de vida, bem-criada.

Bem-educada, por pais adotivos de posses e posição na sociedade. Gente de bem. Muito melhor do que estaria se tivesse crescido debaixo do mesmo teto que aqueles comunas subversivos maconheiros sem eira nem beira.

– Mas e se essa criança quisesse saber a verdade? Quem eram seus pais verdadeiros, o que tinha acontecido com o seu pai e a sua mãe...

– A verdade. Grande merda, a verdade.

A mãe, comunistinha romântica. Detida junto com o namorado terrorista. Maoísta leninista. Blá-blá-blá prisão, blá-blá-blá-tortura, blá-blá-blá, a putinha empacotou.

– Onde?

– Porto Alegre.

Palhares se empertiga, arrependido por ter deixado escapar o nome da cidade. Já tinha bebido demais pra ficar tendo esse tipo de conversa.

– Ô rapaz, agora chega de pergunta. Tu tá muito curioso pro meu gosto. Nós viemos aqui pra beber ou pra conversar?

– Eu pago a cerveja. Lhe pago uma caixa.

O repórter tira uma nota de cem do bolso e deixa sobre a mesa. Palhares enche o copo devagar e olha de lado para a cédula.

– Três caixas.

Mais duas de cem são postas na mesa, e o repórter se aproxima de Palharaes.

– Fala. Era menino ou menina?

– Femeazinha. Nem para parir macho prestava a criatura. Pelo que o capitão me falou, deixaram a criança sob a guarda dele, para ser entregue no Uruguai.

– O Capitão Miguel. E o senhor sabe para quem ele entregou a criança no Uruguai?

– É, o Capitão Miguel. E eu sei, sim, ele entregou a criança para a puta que te pariu. Tá ficando perguntador demais pro meu gosto, guri. Gostei de ti, mas nem tanto assim. Vai buscar mais uma gelada pra gente e fica na tua.

O repórter sai e a câmera flagra Palhares sozinho, futucando o nariz, bebericando o restinho no fundo do copo e coçando o saco pelas pernas frouxas do calção.

– Moleque traiçoeiro.

Ergue a mão do meio das pernas e cheira a ponta dos dedos, numa careta.

– Filho da puta.

Como esse desgraçado sabia do Capitão Miguel?

Black na tela.

Marina dera stop no player.

Helena fita Marina nos olhos.

– Preciso te contar uma coisa.

Doze

Vento frio e chuva fina cortam a pele e penetram na carne por sob as roupas de cima e de baixo. Marcelo, ereto à beira do Guaíba, relembra as palavras da mãe a respeito da crise de identidade daquelas águas pardas.

Não era nem rio nem lago.

– O Guaíba é um guaíba.

Fazia sentido. Assim como Itapuã é itapuã. Traduzir a natureza dessas plagas em vocabulários europeus não era necessário.

– Language is a virus.

A voz eletronizada de Laurie Anderson ressoa nas esquinas da memória enquanto Marcelo admira a vastidão da água grande, descendo dos rios ao norte para se unir ali, aos pés da cidade, antes de cruzar a ponta das pedras mais para o sul, desaguando na Lagoa dos Patos, rumo ao mar. Forças elementais sem paciência para as mesquinharias cotidianas. E se ela estivesse mesmo com outro, tanto faz.

Ou outra.

– Que se dane!

Um raio estala mais forte, eletrizando o horizonte cinza-chumbo. Aperta a chuva e assovia o vento. Consulta o relógio. Hora de começar a beber.

Velho sentado à escrivaninha de mogno escuro. Respiração abafada. Cristalinos opacos embaçam a visão. Olhar baixo, projetado para o álbum aberto sobre o tampo de vidro da mesa. Observa a fotografia recente de si próprio sentado na poltrona da sala grande, bem ao lado de uma árvore de natal. De pé atrás dele, entre o encosto desgastado da poltrona e o pinheirinho natural decorado com bolas de vidro vermelhas e douradas, pontilhado, nas pontas dos galhos espinhosos, por tufos de algodão feito flocos de neve, Marina posa sem sorrir. A mirada fixa no centro da lente atravessa o crânio do Juiz com a ardência da lava de mil vulcões concentrada em dois pontos, pupilas de laser, jatos incandescentes que rasgam da testa até a nuca, fritando os miolos, e saem ricocheteando pelas paredes. Olhos feito facas. Folheia as páginas e, entre seus dedos trêmulos, o tempo recua até a imagem em branco e preto de Marina ao pé da escada do avião, em plena pista.

Adiós.

Dezessete anos recém-cumpridos, segura firme as tiras de couro da mochila. Sua echarpe de seda esvoaça asas de fada ao vento sulino. É difícil dizer se sorri ou não. O Boeing da Pluna ronrona à espera dela embarcar rumo a São Paulo, escala à noite com conexão da Air France até Charles de Gaulle.

Adiós.

O zumbido das turbinas e o cheiro de querosene são tão reais para ele agora quanto o foram no instante em que tirara aquela foto com a câmera da garota que partia para a Europa e que nunca mais seria a mesma criança que ele tivera nas mãos. Lembra de ficar ali, parado, sentindo as saliências do concreto da pista debaixo da sola dos sapatos de verniz preto enquanto a aeronave taxiava. Não era a primeira vez que se despedia de alguém na porta do avião, afinal, para isso serviam suas prerrogativas federais, mas nunca tinha ficado ali, parado, tanto tempo depois de o voo decolar. Ela tinha mandado a cópia da fotografia para ele na primeira semana de Paris, entre dois postais com lindas vistas, do Sacre-Coeur e Notre-Dame.

Bisous.

A correpondência entre eles tinha durado quase tanto tempo quanto permanecera no ar o aroma juvenil de Marina na casa em Montevidéu. A falta de comunicação se impôs aos poucos, do mesmo jeito que o cheiro de repolho e alho da cozinha foi tomando conta dos corredores. O último refúgio tinham sido as fronhas dos travesseiros no quarto desocupado da menina.

Rosas pálidas.

A essa altura, ele já sabia que as coisas nunca mais seriam como antes. Ao retornar de Paris, cinco anos mais tarde, Marina não ficara na casa nem por uma noite.

Suas coisas, pegava depois.

Tinha tudo que precisava com ela.

De Carrasco, foi direto para o pequeno apartamento que Bruna mantinha em Malvin. Bruna, antiga colega de liceu com quem se reencontrara em Paris. Les copines.

Sente o fogo nas tripas da úlcera que lhe estourara na época e lhe acompanhava desde então. Respira fundo e torna a virar as páginas do álbum.

Mi hija.

Cenas antigas tornam Marina mais e mais jovem. Da frente para trás, do fim ao início, invertendo o sentido de causa e efeito. Garota, criança e bebê.

Mi hijita.

Fecha o álbum, numa batida seca da capa de couro preto sobre a foto da menininha.

Adiós.

Toda vez que se via obrigado a pensar no sequestro, na tortura e no assassinato da mãe daquela menina que lhe havia sido entregue para criar como filha, rezava em silêncio três pai-nossos e cinco ave-marias. Agora e na hora de nossa morte. Se parece pouco, é porque você não sabe quantas vezes o fantasma em desespero da jovem mãe sangrando até morrer depois de ter o seu bebê arrancado do útero e roubado pelos torturadores lhe vinha atormentar o sono. Acordava gelado de terror, escutando o pranto que rasgava a alma de todas as mulheres numa só, a tal ponto que os retalhos esfiapados serviriam de linha para costurar botões de madrepérola nas blusas da seda mais fina.

– Amén.

Caso fosse perguntado, seria incapaz de negar que tinha conhecimento da morte daquela mulher. Após o parto, a garota definhara numa cela imunda ao lado de cinco outras presas da Operação Condor, seviciadas por noites inteiras, de várias formas, muitas vezes, semanas a fio. Meses. Morrera de pneumonia, em absoluto desalento e infelicidade. Dessa desgraça alheia se erguera o triunfo e regozijo dele próprio, júbilo regalado com a filha roubada.

– Si vis pacem, para bellum.

Guerrilheiros, terroristas, comunistas, socialistas, anarquistas. Pau nessa cambada, era a palavra de ordem tanto nos quartéis e nas delegacias quanto nos tribunais. Não era um ser humano ruim. Fizera a sua parte, nada demais. Nunca torturara pessoalmente ninguém, isso não, que não era homem de sujar as mãos dessa maneira. Não vira torturar nem matar ninguém na sua frente, nem dera voltas na manivela da máquina de choque com as próprias mãos, isso nunca. Nem presenciara o embarque de nenhum dos voos da morte, em que presos políticos eram drogados e atirados ao mar lá de cima, do avião, com mãos e pés atados, morrendo afogados sem deixar vestígios. Era um intelectual, jamais pisara num centro clandestino de interrogatório e detenção. Tudo lhe chegava já embalado na elegância solene dos processos penais. Vez ou outra, ele se via obrigado a vislumbrar a face triste dos réus, pobres coitados condenados à dor do castigo só por existirem em desacordo com os interesses particulares alheios.

Cada qual com sua cruz.

Marina usufruíra de tudo, do bom e do melhor, do que haveria de reclamar?

Seu veredito para si próprio era o de inocente.

Absolvição.

Ficara com a criança órfã num ato humanitário. Que tipo de vida teria a coitadinha ao lado de pessoas irresponsáveis como eram os pais biológicos?

Atirando molotovs, queimando autos, roubando bancos.

Namorando um vagabundo comunista com uma filha no bucho, isso lá era coisa de mulher direita? Balbucia, como se estivesse pronunciando sentenças na corte dos bons tempos. Porém agora sua voz é quase inaudível. Sussurro rouco e sem convicção. Recosta-se na cadeira de espaldar alto e fecha os olhos. Dor no peito. Cãibras no braço. Quem sabe um enfarte fulminante? Mas não. Não terá este alívio. Não esta noite.

Mi hija.

Na mente esclerosada, os episódios recentes se esvaem, ao passo em que antigas camadas emergem. A linha do pensamento se quebra a todo instante. O que nos apavora mais na morte, será o fim ou será o infinito?

Pai nosso que estais no céu.

Confessara os pecados para purgar o veneno do sangue, fumaça preta em cada pulsação, na desesperança do perdão que nunca admitira pedir, culpa que se recusava a assumir. Medo atávico das profundezas, infinita angústia, agulhas de fogo gelado. Não esperava nenhum barqueiro a buscá-lo na margem do rio. Para onde ele ia, não se usavam barcos, nem estradas, nem caminhos.

O nunca para sempre.

O nada sem avesso.

Torna a abrir o álbum, e a menininha sorri para ele da página, uniforme da escola limpo e passado, ramalhete de flores saturadas de magenta na mão esquerda e o abano espalmado na direita.

Perdoai as nossas ofensas.

Absorto, desvia-se a inventar memórias; o que teria sido das flores naquele ramo, também elas arrancadas sem piedade da terra que lhes dava sustento e exiladas no seco arranjo estético, murchando ao vento de agosto?

E não nos deixeis cair em tentação.

A primeira foto do álbum mostra o bebê no dia em que chegara à casa do Juiz, carinha assustada nos braços de Isabel, a pele desidratada da governanta em contraste com a vida fresca na epiderme da menina. Seu corpo trazia as marcas do parto infame, a maior parte delas invisíveis ao olhar desatento, memórias feito brasas sob as cinzas de tantas mentiras.

Cinzas.

Melancolia.

Nem o nada pode ser.

Fiapos se dissolvem no silêncio.

Clareia no pátio lá fora da janela aberta. As duas fumam sem trocar palavras ou esboçar movimentos além dos necessários. Levar o cigarro à boca, tragar, soltar a fumaça. O tempo de chorar já passou.

– Saber só nos traz mais dúvidas.

Os dez miligramas de Valium compartilhados entre elas ajudavam a baixar a bola. Mais cedo naquela noite, os corações pareciam querer saltar pela boca.

– Tinha medo de te contar.

– Esquece. Estou bem.

No fundo, já sabia. Sua psiquê formara uma couraça ao redor dos fatos, mas a verdade sempre estivera lá, circulando nos glóbulos de seu sangue. Os fatos coletados em Buenos Aires apenas corroboravam a autenticidade da história. O teste de DNA, ela faria assim que chegasse a Amsterdã. Difícil dizer se a tranquilidade de Marina era autêntica ou fingida. Talvez um pouco dos dois.

– Soy yo. La chica que busco soy yo misma.

Sim, a menina que procurava era ela mesma.

– Sou um clichê.

Um estúpido clichê.

– E, ainda assim, é o que sou.

Helena tinha chorado pela quinta vez ao escutar essas palavras. A primeira foi quando começou a contar da sua conversa com o Juiz no jantar; a segunda, ao terminar a narrativa; a terceira vez, quando gozara nos braços e na língua da outra; e a quarta, quando fizera Marina gozar na ponta dos seus dedos. Mas isso é assunto para mais tarde.

– Merda.

Marina só chorou de verdade quando pensou em como iria contar a Lucia que a niña que encontrara não era a neta desaparecida de Esperanza. A velha não tinha mais muito tempo de vida.

– Su nieta sigue perdida, señora.

Era como acordar e se encontrar presa nas garras do pesadelo. Ao longo dos anos, perdera-se na distância sua capacidade de distinguir realidade e imaginação quanto ao que acontecia dentro de casa nos seus tempos de menina.

Merda.

Vozes, vultos, faces, sombras.

– Medo.

Pânico, noite após noite, na hora de dormir.

Depois da janta, começava a tremer de leve, e, na hora de apagar a luz, pingava suor por todos os poros do corpo. Era o cheiro do próprio suor que terminava embalando o seu sono. Mas nem era medo de assombração, ladrão ou alma penada. Era o medo do vazio. Do nada infinito. Chaves, trancas e cadeados. Roendo-lhe os miolos noite após noite, ratazanas soturnas, segredos explícitos, portas cerradas, sussurros.

– Eu sabia a verdade e escolhi acreditar na mentira.

Foi nesse momento que Helena acariciou o rosto da outra pela primeira vez, ainda com as costas das mãos, nós dos dedos bem de leve, como se temessem rasgar-lhe a pele ao contato. Marina fechou os olhos, reclinando a cabeça no travesseiro. Era como se o seu corpo fosse construído por outra cadeia genética e só agora descobrisse o seu código autêntico. A transmutação nessa identidade se fazia em tantos níveis que seria incapaz de processar durante muito tempo ainda. Talvez algumas encarnações.

– Sempre pensei neles na forma de fantasias da minha cabeça. Nunca pessoas reais.

Pai e mãe renascem nela, síntese de pernas para o ar, piruetas no lugar. Esse sentimento não era de tristeza nem alegria, dor, saudade nem pena. Nem de ódio, nem de perdão. Pessoas desaparecidas.

– Pessoas mortas.

Assassinadas brutalmente.

Paradoxalmente, sentia-se livre. Liberta do peso da morte materna, que carregava consigo desde o parto. Não fora sua culpa.

– Não fui eu quem matou minha mãe.

Agora só falta descobrir quem foi.

Enxugara os olhos e se erguera da cama.

Para apagar a luz.

Helena ainda chorava pela segunda vez, as marolas restantes do pranto que jorrara entrecortando as palavras ao repetir as falas na entonação rouca e delirante do Juiz aos ouvidos da outra, na hora em que Marina lhe beijou os olhos e depois os lábios, e devagarinho enfiou a ponta da língua dentro da sua boca, ao que ela correspondeu, e se despiram, e logo tudo ao redor e dentro delas se liquefazia em mercúrio derretido.

Helena fecha o zíper da mala, evitando olhar para as nesgas nuas de colchão visíveis entre os lençóis úmidos de suor. Faíscas sucessivas de orgasmo ecoam em rebotes esparsos nas suas entranhas. Fazia tempo que ela não gozava assim. Evita pensar de maneira consciente no que haviam feito em cima daquela cama, porém os músculos guardam cada toque com precisão, mesmo agora, de banho tomado e desjejum com tostadas, jamón y huevos.

– Vou sentir a tua falta.

Isso Helena dissera ao retornar do banheiro para a cama, mais cedo. No banheiro, sem acender a luz, abrira a torneira e deixara a água fria escorrer para as palmas das mãos em concha, enxaguando o rosto longamente, curvada por sobre o ralo. Encheu a boca, bochechou e cuspiu quatro vezes antes de erguer o rosto molhado diante do espelho.

– Você não precisa sentir falta de ninguém.

Marina tem a nuca no travesseiro e o olhar no teto. Sua posição impassível diante da outra com a mala pronta para partir é igual àquela em que estava durante a noite, quando Helena voltava do banheiro, bochechas refrescadas e hálito enxaguado com menta.

– Você pode se sair muito bem sozinha.

– E você vai mesmo para a Europa.

– Hoje à noite. Poucas horas depois do teu voo.

Melhor irem para o aeroporto em carros separados.

– Agradeça a passagem ao Vincent por mim.

Helena estava agradecida por não precisar passar dez horas sacolejando dentro do ônibus até Porto Alegre. Sentia-se exausta e dolorida. Marina dá de ombros. Seu contrato previa essas emergências, eram as vantagens de ter patrões com orçamento em euro.

– Além do mais, vais fazer por merecer a passagem.

– Ainda não sei.

– Sabe sim. Estás preparada.

– Como você consegue ficar tão calma?

– É o Valium.

Marina sorri, mas fala sério.

– Existem coisas que precisam ser feitas, só isso.

– Você acredita mais em mim do que eu mesma.

– Preciso que você seja Diana, Helena.

Só mais esta vez.

– E depois?

– Depois você pode ser quem você quiser.

Marina beija de leve a outra nos lábios e encosta os seios no peito dela. Embora o contato seja agradável, Helena se desvencilha. Estava na hora. Ela tem pressa, mesmo sem saber ao certo a razão. Quer resolver logo o assunto.

– Me dá o endereço.

Marina apanha na gaveta de cabeceira o cartão da Fundação e anota no verso, com tinta vermelha, um endereço em Amsterdã. Mandasse os originais endereçados a ela, nesse local que anotara, e a cópia para Vincent, na Fundação. Boa sorte. Boa viagem.

Chuvarada na pauliceia. Sentada na ponta metálica do carrinho de malas, em Guarulhos, abraçada aos joelhos na altura do rosto, ticket da conexão junto à identidade e à carteira na bolsa, bebe goles curtos de mineral com gás da garrafa plástica de meio litro. Ardência na garganta e azia. Ao menos dessa vez, o trâmite alfandegário foi rápido, sem revista de bagagem. Ainda bem. Os efeitos da turbulência ao atravessarem as nuvens paulistanas lhe queimavam no esôfago e reviravam o estômago. Suor frio na espinha. Mas tudo bem. O inconveniente de despachar a mala outra vez para Porto Alegre era compensado pelo fato de estar livre da aduana. De resto, Helena só podia achar ridículo o fato de precisar voar de Montevidéu até São Paulo para retornar a Porto Alegre. Só rezava para a chuva e o vento ao menos amainarem antes da hora de partir.

– Atenção, senhores passageiros.

Atenção, senhoras passageiras.

– Com destino a Porto Alegre.

Qual Porto Alegre seria essa? Se você pensar não em retorno, mas em seguir adiante, o destino será sempre novo.

– Embarque imediato.

O cartão com endereços que Marina lhe dera estava na bolsa. Lembra do tilintar das chaves do apartamento quando o pusera ali. Por segurança, copiara os endereços numa folha de papel, a qual dobrara três vezes e guardara junto aos dólares, na bolsa que trazia à cintura, por debaixo da roupa. Num outro pedaço de papel estava anotado o endereço que ela deveria visitar assim que chegasse ao Salgado Filho. O endereço curto de um casebre em Esteio. Número duzentos e quarenta e seis. Desconhecia onde ficava a rua. Teria que procurar num mapa da região metropolitana. A informação recebida era de que ficava próximo ao trem. Não sabia exatamente qual estação. Melhor não usar salto, podia ter que caminhar um pouco. Havia preocupação no tom de Marina ao lhe passar as instruções, mas havia também confiança. Era estranho sentir-se como Diana, sentir-se capaz de realizar esse tipo de coisa. Qualquer coisa. Se for com esse nome que vou me apresentar, melhor me acostumar.

Diana de quê?

Não queria usar o seu de solteira, muito menos o de Marcelo. Evitara pensar no que o marido estaria fazendo nos últimos dias. Procurava se convencer de que não faria diferença. De certa forma, aquela tarefa da qual havia sido incumbida por Marina, a cargo dos holandeses, ajudava a desviar o foco da questão principal. Pensaria nisso depois.

Diana Demois.

E quem se importa com sobrenomes? O seu contato em Esteio se chamava simplesmente Peteca.

– Conta de novo.

Marina a tinha feito contar a grana três vezes e lhe dissera para fazer o mesmo ao entregar as notas para o tal Peteca.

– Conta outra vez.

Helena tenta enxergar lá fora, mas o céu escuro preenche todos os espaços sob uma névoa lilás. Só os piscas das luzinhas nas pontas das asas são visíveis no pátio chuvoso do aeroporto.

A dois mil e tantos quilômetros ao sul, velhas obras encadernadas em couro velam nas prateleiras, suas letras impressas bem alinhadas, protegidas da infâmia dos olhos humanos. Como se esculpida em granito sobre a poltrona diante da escrivaninha, resta estática a figura do Juiz. Espreita o camundongo que dá voltas pelo rodapé ao redor da sala.

Isabel.

Nas outras vezes, ele tinha chamado a velha para matar os bichos. Já não ria mais, como costumava fazer anos antes, observando as vigorosas vassouradas que ela desferia nos ratinhos, vapt vapt vapt, agilidade e força estapafúrdias para membros tão pequenos e magros, mas quando, afinal, o camundongo era esmagado pela força dos golpes, ele ainda hoje se levantava para olhar as vísceras dilaceradas. Onde já se viu ter pena de ratos. Sujeitinhos sujos, perversos. Espalhando doença e morte. Desta feita, porém, não se move. Apenas seus lábios se mexem.

Latim.

O velho fala com o rato, em latim.

O bicho aponta o focinho para o teto e esfrega o bigode com as patinhas da frente erguidas.

Maçã e canela. O chá trazido por Anita espalha ondas de calor na barriga antes mesmo de ser sorvido.

– Hace frio.

– Ponga más ropas.

Anita sai para o pátio sem fechar a porta. A garoa persistia desde cedo. Marina apanha o cardigã Burma cinzento e joga sobre os ombros nus. O chá doce aquece as tripas, porém falha em preencher o vácuo que lhe corrói as entranhas. Vontade de vomitar.

Adiós.

– Hasta luego.

Anita conduzira Helena debaixo da sombrinha até o táxi na esquina, a cinquenta metros de casa. Ficar sozinha naquele quartinho por tanto tempo a deixava louca. Sentia as pernas geladas, mas se negava a vestir algo por cima da calcinha. Coração acelerado demais.

Buenas tardes, señor Comendador.

Buenas tardes, señorita.

Le sirvo el té?

Por favor.

Recordava as manhãs de domingo no casarão da Ciudad Vieja, quando o Juiz se prestava a brincar com ela e as bonecas. Poucas manhãs.

– Hijo de puta.

Se fazendo de pai, o trapaceiro, todo carinho, Old Spice e cigarrilhas. A eterna cuia de mate na mão severa, água quente a gosto. Náuseas. Tontura. Ânsia. Cospe seco na lixeira entulhada de jornais velhos, cinza de cigarro e bitucas. Lava o rosto e a boca na pia do banheiro.

Eu sei.

Queria ter sabido para confrontá-lo enquanto o Juiz ainda era jovem. Enfrentá-lo no auge das forças teria sido ato de coragem e bravura.

Agora.

Questionar o velho debilitado era covardia.

O Juiz era covarde. Marina, não. Agora sabia por quê.

Estava no sangue. Na natureza de cada um.

Impossível evitar a ideia da mãe. Uma imagem lhe vem repetidamente, à exaustão. O parto no cárcere. Nem sempre é a mesma imagem. Sua imaginação desenha as mais loucas e desesperadas torturas, mortes vagarosas e doloridas, sofrimentos intermináveis. E sabe que, mesmo assim, ainda está longe de imaginar o que sua mãe havia sofrido. Era estranho sentir a mãe e o pai dentro dela, em cada célula. Organismo feito de vidas passadas. Gratidão e ressentimento. Enquanto a balança oscilar, estaremos condenados a perambular entre as colinas que cercam as terras do vale das sombras da morte. Perdão e harmonia. Admirava a coragem materna, incapaz, porém, de se desfazer da sensação aguda de abandono e desamparo. Do pai biológico, nem tinha ideia. Mas teria em breve. Tudo se encaminhava a contento. Caso Diana tivesse êxito.

Não duvidava que Helena tivesse a capacidade. Só não tinha era certeza da real condição psíquica da outra, a essa altura do campeonato.

– Tomá, nena.

Anita retorna com uma medialuna recheada de presunto e queijo.

– Necesitas comer algo antes de salir a Carrasco.

Precisava chegar com boa saúde ao outro lado do oceano. Não seria boa ideia partir em jejum. No aeroporto só tinha porcaria para comer. E tudo muito caro.

– Y basta ya de llorar.

Anita é enérgica. Os pais de Marina permaneceriam feito almas penadas enquanto ela não os deixasse descansar em paz.

Os mortos precisam de orações, não de perguntas.

Marina funga e enxuga os olhos.

Fala com irritação na voz.

– Para que yo descanse, necesito saber.

Tinha visto o esgar mal disfarçado de desaprovação de Anita ao trocar os lençóis pela manhã, enquanto Helena se duchava na casa grande. E daí? A vida era dela, o corpo era dela. Ninguém tinha nada com isso. Examina as fibras de seus órgãos, procurando ecos do que se passara quando vivia no útero da mãe, da sua mãe prisioneira, torturada e assassinada.

Choque elétrico.

Sabe do choque elétrico o que leu e escutou em depoimentos na imprensa, em livros e documentários. Conhece de perto pessoas que sofreram essa tortura na carne e sobreviveram para contar. Gente seviciada no cárcere sem dó nem piedade.

O horror.

Porrada, afogamento, pau-de-arara, sufocamento, fuzilamento simulado, boca presa ao escapamento do carro até encher os pulmões de fumaça assassina.

A morte.

Estava na hora.

Anita sinaliza que o carro chegou.

– Hasta luego, mi amor.

– Adiós.

A paisagem noturna da rambla enche a atmosfera de sal. Dunas que se projetam do leito da estrada por sobre a faixa de areia da praia. A superfície escura do rio parece sólida o bastante para se caminhar em cima dela. Contempla a paisagem e fuma muito lentamente. O vento come a brasa sem pedir licença. Javier permanece calado, metro e meio atrás dela, imóvel, mirada baixa nos dedos entrelaçados à altura do umbigo. O automóvel estacionado com pisca-alerta ligado no acostamento não é o Jaguar, mas um Corolla noventa e oito. Para não chamarem atenção na chegada ao aeroporto, exigência de Anita que ele cumprira com lágrimas nos olhos.

Que ninguém o visse naquele calhambeque.

Marina solta a fumaça para o céu nublado e volta-se devagar na direção dele, hesitante.

– Y Javier, sobre el viejo.

– No te preocupes. Quedate bién, vós.

Deixasse o Juiz com ele.

Marina enxuga os olhos sob os óculos escuros com a ponta dos dedos. Tragada profunda. Doze horas sem fumar seria um páreo duro.

Te quiero, mi hija.

Som espectral de palavras que para sempre ficarão catalogadas no escaninho das fantasias. As quais, porém, escutadas por Marina neste instante em que a aeronave cruza os ares a trinta e cinco mil pés de altitude, são tão concretas quanto o zumbido das turbinas a poucos metros de seus ouvidos, lá fora.

Te amo.

No sonho, o velho falava sem mover os lábios, e o rato testemunhava seu olhar vítreo de congelar o sangue.

Não tinha plena certeza de que aquilo era mesmo fruto de seu insconsciente, encharcado de sonífero e bons goles de conhaque para encarar a claustrofobia e a abstinência de nicotina durante o voo. Imaginar o oceano, dez quilômetros lá embaixo, a fazia suar frio. Segundos antes de pegar no sono, tivera lampejos de si mesma que lhe pareceram reais demais para serem frutos da imaginação.

Minha filha.

Será possível que ela, de fato, no estupor agudo daquele amanhecer, tivesse escapado do refúgio na casa de Anita sem despertar ninguém e apanhado, sozinha, um táxi para a Ciudad Vieja?

O carro a deixou no portão de entrada da mansão, e ela entrou com sua chave, sem tocar a campainha. Certeza que a velha já estaria acordada, para os fundos do casarão, mimetizada às trevas. Não foi surpresa para Marina o fato de encontrar o padrasto insone na biblioteca, o amargo a lhe completar a figura por detrás da escrivaninha. Mesmo mogno do esquife que lhe espreitava dias e noites há bom tempo. Crucifixo de prata incrustado no tampo, o cristo de braços abertos pregado na cruz.

– Te ves bién, mi hija.

Toma un mate?

– No, gracias.

Não podia ficar. Sairia de viagem essa noite.

– Ah. Y cuando vuelves?

Não sabia.

– Año y médio, o dos.

Talvez mais.

– Bueno, quizá yo yá no esté más acá.

Sim, talvez ele não esteja mais ali quando Marina retornar. Se Marina retornar. Olham-se nos olhos, sem se aproximarem.

– No digas eso.

Sim, era verdade, filha.

Não me chama de filha, velho desgraçado.

Assim eram as coisas, desde sempre. A ordem natural. Impermanência dos sujeitos e seus objetos de desejo. Será que ele levaria cuia, bomba e erva mate para o inferno? Era capaz de ainda pedir água caliente para cevar um mate com o capeta.

– Te amo, mi hija.

– Mejor no hablarmos de amor.

Sentia-se incapaz de piedade, e, mesmo assim, lhe machucava vê-lo frágil a ponto de se romper. A sensação era de raiva por não poder atacá-lo com a devida ira, e a opção pela indiferença era sua forma suave de castigo.

Melhor deixarem as palavras quietas.

– Solo queria mirarte en los ojos.

Queria apenas olhar nos olhos dele e mostrar que sabia de tudo. Abatido, o Juiz resiste em se entregar.

– Lo único mal que hice fué quererte demasiado.

Mesmo antes de te conhecer, minha filha.

– Tu manera de querer hace daño, viejo.

E não sou tua filha.

O velho descansa a cuia sobre o tampo da mesa.

– Te voy a extrañar.

Marina não responde. Hirta e séria, ela o encara firmemente nos olhos. Avança dois passos e esbofeteia o homem no rosto.

Treze

Lagarto de ferro e vidro chispa nos trilhos sobre sua cabeça, e Helena fica feliz por estar de salto baixo na calçada irregular de pedra e areia. Grafites multicoloridos saltam dos muros, garotos que passam de skate têm os braços e as pernas tapados por tatuagens.

Cento e setenta e três.

Achar a rua tinha sido mais fácil do que supunha, era mesmo perto da estação do trem. A chuva tinha parado e o vento assoviava pelos becos, esgueirando-se por entre as frestas das portas e janelas de metal.

Cento e noventa e seis.

Há pouco, sentada no banco lateral do vagão, tinha visto as fachadas de tijolos desiguais passando a sessenta por hora pela janela do trem. Guardara a mala e a bolsa no locker do aeroporto e pegara um táxi cor de laranja até a estação do Trensurb. O motorista ficou puto, cobrou o dobro da viagem e saiu vociferando impropérios entre os dentes, basicamente a chamando de vadia e sem-vergonha.

Duzentos e dezoito.

Vinte e seis.

Quarenta.

Casebre azul de madeira descascada, com portas e janelas cerradas. Ao se aproximar do portão, cresce dentro do pátio um latido de cachorro grande.

Helena estaca.

O cachorrão avança e se ergue nas patas traseiras diante do muro, apoiando as dianteiras no topo do portão. Dentes afiados se projetam na direção da mulher, e ela teme que o portão não resista ao peso do bicho.

Quieto.

Impulso urgente de correr para longe.

Mas não se move nem um milímetro.

Quieto.

Olhar fixo na boca do animal, abrindo e fechando com fúria assassina. Mandíbulas pontilhadas por lâminas afiadas a cada latido, a metro e meio do seu rosto. O bafo do cão lhe chega à face com o odor putrefato de carne crua em decomposição. Não se move. Nem ao menos fecha os olhos. Não, senhor.

– Quieto.

Peteca aparece de pé na soleira da porta da frente da casa. Baixa estatura, barrigudo, tufos descabelados em pontos isolados do crânio, bebe cerveja no bico da latinha.

– Quieto, Capitão.

Sandálias velhas de couro com as tiras soltas, bermudas, pernas cabeludas e unhas grandes nos pés.

– Vai te deitar.

Volta-se para a mulher.

– Pois não?

Ela espera o cachorro deixar o portão e retornar para os fundos. Os latidos ecoariam entre as paredes do seu crânio por muitas horas ainda e, dias depois, vez ou outra, cacos de memória a fariam girar a cabeça no meio da rua, assustada.

– As moscas tomaram conta do apartamento.

Esperava ter repetido a frase corretamente.

Peteca coloca a latinha vazia de pé no chão e pisa nela com força. Apanha a lata amassada, coloca no bolso traseiro esquerdo da bermuda jeans e desce os degraus, na direção do muro. Ginga que nem marinheiro a cada passo, limpando a boca com as costas da mão.

– As moscas tomaram...

Ele a silencia com o indicador em riste diante dos lábios. Ssshhhh. O contorno do trinta e oito cano curto de cinco tiros provoca ondulações na barra da camisa verde-água de mangas curtas, desabotoada até o antepenúltimo botão. Barriga saliente e peitoral peludo. Escapulário. Só quando está a cinco palmos dela, do outro lado do portão, apaga o sorriso sacana e olha, sério, nos olhos da mulher.

– É o que dá matar as aranhas a chineladas.

A contrassenha é acompanhada da abertura do portão e do gesto indicando a porta de entrada da casa.

Passasse, por favor.

Ela teme, mas não titubeia.

– Obrigada.

No interior do casebre, o homem não perde tempo. Trouxera o dinheiro? Fedor de macho solitário.

Urina, suor e sarro de cigarro.

A mulher dobra os joelhos, mas recupera a fleuma e interpreta coragem com talento e convicção.

– O senhor está com os papéis?

Estava. Estavam com ele.

Apanha de cima da mesa um envelope pardo tamanho ofício, abre o envelope e retira dali uma pilha de documentos. Permite que ela vislumbre o material por segundos e torna a encerrá-los no envelope.

– A ver las doletas, meu amor.

Que aqui não se fazia caridade.

– Preciso usar o banheiro.

El toillet ficava no corredor

– Segunda porta à direita.

Tenta não encostar em nada ali dentro, mas apenas a vibração da imundície daquele lugar era suficiente para lhe arder a pele por debaixo da roupa. Suplício abrir a calça para sacar o dinheiro da guaiaca. Helena estremece de nojo. O rosto que vê refletido em três faces no espelho tríptico do armário acima da pia é tão estranho para ela quanto o do homem lá na sala. Diana Demois. E depois? Depois era depois. Banho quente e toalhas felpudas. Toca fechar esse negócio e voltar para a cidade.

Peteca conta cédula por cédula. Vez ou outra, ele interrompe o trabalho por instantes para coçar o saco, a princípio, por fora, mas pelo menos duas vezes por dentro do jeans. Após recontar os dólares três vezes, entrega o envelope para Helena.

Tava na mão, princesa.

Ela abre e confere o conteúdo, porém tão zonza e assustada que nem consegue ler nada do que está impresso e rabiscado a caneta nos documentos.

Dirige-se a ele. Júpiter lhe falara da entrevista?

– Entrevista?

– Da gravação.

Sim, ela havia lhe falado da entrevista. Júpiter!

Ele ri de novo.

De onde diabos tiravam esses codinomes?

Falando sério, não dava mesmo para deixarem de lado esse troço de entrevista?

– E se eu decidir me calar?

Helena não tinha como obrigá-lo a falar. Mas, se Peteca pretendia seguir fazendo negócios com a Fundação, melhor jogar dentro das regras.

– Tudo certo com o pagamento?

– Yes. Muchas gracias.

Seus amigos eram muito generosos.

Peteca enfia o maço de notas no bolso traseiro direito da bermuda e abre outra lata de cerveja, com estalo.

– Pode ligar o gravador então, moça.

Seus dez minutos começaram a correr.

O sacolejo do trem na volta para o centro de Porto Alegre fazia o aparelhinho trepidar nas mãos sob o efeito das revelações. Tudo trepidava, dentro e fora dela. Tinha ideia do que iria encontrar, é claro. Sabia que, caso a documentação comprovasse a paternidade e maternidade da criança, Marina receberia bônus em euros dos holandeses. Helena faria jus a uma fração dessa grana. Euros na bolsa. Seria bom para enfrentar os meses seguintes.

– Euros, nena.

Helena fingia não se importar com o dinheiro. Teria feito aquilo de qualquer jeito, mesmo sem receber nada.

Por Marina.

Apesar do medo.

Com medo e tudo.

– Confio em ti.

O beijo nos lábios selara o trato.

– Boa sorte.

Marina se fez burocrática na despedida.

– Adiós.

Esfinge disfarçada sob a fachada profissional.

– Hasta luego.

Objetiva nas instruções e fria nos até logos.

– Ciao.

Apenas o beijo quebrara o protocolo.

Tchau e era isso.

Até daqui a pouco, até nunca mais.

Como na música.

Como se vivesse em páginas de livros ou cenas de filmes projetadas na tela onde assistira às suas primeiras histórias de amor e morte. Desenhos grafitados nos rebocos úmidos dos prédios passam lá fora, além dos trilhos e da estrada, jorrando fachos lisérgicos.

Mathias Velho.

A trepidação do trem e os tremores das mãos a fazem vibrar em frequências distantes das que costuma habitar. Quase chegando. Mas, como as águas do rio que banham o homem em seu leito, nem ela nem o rio serão jamais os mesmos outra vez. O fato disso lhe fazer sentido a deixava preocupada.

Canoas.

Talvez permita que sua mente divague pela falta de disposição para encarar os fatos. Os documentos dobrados junto ao ventre provocam chamas na barriga. Forte demais a dor daquelas almas para que possa se preocupar com as mesquinharias do seu matrimônio.

Fátima.

Talvez fosse escapismo se envolver em tamanha profundidade no sofrimento alheio, porém a verdade que trazia presa ao corpo nos papéis entregues pelo informante lhe fervilhava o ácido estomacal a temperaturas extremas. Podia sentir nas tripas o desespero dos pais de Marina, ou seja lá como iriam chamar a menina. A sua menina.

Queria poder dormir.

Mas tem medo de fechar os olhos.

Recosta a cabeça no vidro da janela e tudo se sacode ao ritmo do vagão. Aperta com a ponta do indicador o botão que solta a pausa no gravador, e Peteca prossegue do ponto onde havia parado.

– Porra, sabe o que mais me deixava puto de tudo aquilo? Era os sacanas terem a cara de pau de chamarem aquela pocilga de serviço de inteligência.

Aliás, chamar de pocilga era falta de respeito com os porcos. Matadouro, isso sim. Era a porra de um açougue humano. Com o requinte de manterem as carcaças vivas e sugarem delas até o último fio de esperança. Para só então lhes proporcionarem o luxo de se tornarem cadáveres.

Peteca desatara a falar, embalado pelas três latas de cerveja que consumiu durante aqueles dez minutos, que acabaram se convertendo em quinze e uma quarta latinha. Nesse ponto do trajeto, ela já escutara a parte principal da gravação. Com os dados contidos nos documentos, ficava fácil confirmar a história toda.

– Basta ir atrás das fontes certas.

O delator arrota e funga. Mesmo com toda a bebida, sua garganta continua seca.

Não se exime da culpa.

– Mas apenas da minha parte.

Tinha gente bem mais atolada nesse charco do que ele. Gente graúda. Figurão. Cheio das madames, grana e o séquito de puxa-sacos em volta. Os de sempre.

– Certeza de que esses dois são os pais da menina?

– Certeza, nesta vida, só a morte e os mosquitos.

Helena insiste. Precisava que ele confirmasse na fita. Ele assente. Sim, eram os pais da menina.

– Conforme solicitado.

Papai e mamãe se meteram com subversivos, deu merda e se ferraram. Ponto final. Que merda? Pois é, que merda. Ele só não sabia qual a razão para se desenterrar assunto tão velho. Caso encerrado. Bate uma palma e se ergue da cadeira, dando a conversa por terminada.

– Melhor deixarmos os mortos em paz.

Diana desliga o gravador antes de responder.

– Quem tem que ficar em paz são os vivos.

O rosto no espelho do banheiro infecto continua o mesmo, porém agora, de algum modo, se sente melhor representada nele. Diana. Dobra carinhosamente as páginas até caberem na guaiaca, onde antes estavam os dólares. Não iria sair dali até a estação com o envelope abanando. Não, senhor, de jeito nenhum. A dobra incomoda na cintura, mas é melhor assim. Melhor amassadas do que perdidas ou roubadas. Ajeita as roupas. É longo o caminho para casa.

Decide tocar direto até o Mercado. Do terminal, seguiria de táxi. A mala e a bolsa no aeroporto, buscava outro dia. Quando esse assunto estivesse resolvido.

– Com licença.

O ponto mais crítico tinha sido na hora de sair. Peteca bloqueara a porta. Puro teatro. Caso aprontasse, ia queimar o filme com os holandeses. Ele tinha consciência disso. Helena preferia acreditar que o homem decidiria pelo bolso. Dava medo, mesmo assim, vê-lo de revólver na cintura, por cima da camisa, punho direito no cabo gasto.

– Licença.

Apenas vislumbrara o rosto adolescente da garota e do rapaz nas fotos três por quatro que encimavam as duas pilhas de papéis, separadas por clipes verde-oliva. Guardara tudo de volta no envelope o mais depressa possível, louca para sair dali o quanto antes. Insiste, firmando a voz.

– Estão me esperando.

Precisava pegar o trem.

Projeta o corpo para a saída e o seu ventre bate no braço dele, que, no entanto, não oferece resistência. Peteca deixa a mão cair e segura o pulso de Helena antes que ela chegue ao umbral. Lá fora, o sol e o mundo dos vivos; aqui dentro, essa ressequida visão das profundezas abissais do horror, da peste e da morte lenta. Engole em seco e sente o pavor das lágrimas. Resistir ao choro lhe custara os traços finais da bateria.

– Trem tem toda hora, guriazinha.

Ela puxa o braço para se soltar.

Ele a segura firme.

Precisava ir agora, por favor.

Puxa o braço de novo. Desta vez, o homem a solta.

– Já que a senhorita pediu por favor.

Peteca a deixa passar sem resistência e começa a rir, mas logo a risada se transforma num acesso de tosse encatarrada, grunhido horroroso que povoaria os pesadelos de Helena ao longo dos próximos meses. O gorgolejar vai se perdendo na distância enquanto a mulher se afasta rua afora, com destino à estação. O informante raspa a garganta em espasmos até cuspir uma gosma verde-amarela que levanta nuvens de poeira na areia ao atingir o solo. Olha a mulher que se afasta calçada acima e sente pena. Pena de não ter forçado ela a ficar. Mas não. Já não era tempo para isso. Sacode a cabeça e entra em direção à cozinha. Precisava dum trago urgente para tirar o gosto de merda da boca.

O cano niquelado do trinta e dois salta da pasta e emite chispas. Luminosidade da rua se infiltra, tênue, pela sala de estar às escuras. Engatilha. Tendões retesados. O olhar turvo pelos cinco chopes, em jejum desde o almoço. Marcelo contorna o sofá e avança na direção do quarto.

– Helena?

Tenta se lembrar de quando foi que começara a andar armado todos os dias. Da gaveta para a pasta, da pasta para debaixo do banco do carro, dali de volta para a pasta e de volta para a gaveta. Sempre carregado. Não se animava a levar para o escritório. Caso fosse descoberto, lhe botavam na rua. No entanto, era a primeira vez que sacava a arma ao chegar em casa. Estranhava a própria reação. Ao notar as luzes do quarto acesas, sabendo que as deixara apagadas ao sair, seu impulso fora pegar a arma e engatilhar. Só então pensou na esposa.

– Helena.

Chama em voz baixa, sem resposta. Tem receio de falar mais alto. E se não fosse ela? Desarma o gatilho, apontando para o chão, e avança devagar até a porta. O ruído da ducha no banheiro da suíte e o aroma macio do sabonete lhe atingem os sentidos antes que possa enxergar os sapatos de Helena largados no piso. O vapor que entra pela fresta impregna o quarto com seu cheiro adocicado de ervas. Nos primeiros tempos, o casal sempre trepava quando o marido esperava na cama a esposa sair do banho enrolada na toalha, mas agora ela sempre evitava se duchar nas horas em que ele estivesse em casa. Marcelo guarda o revólver na pasta e esconde a pasta debaixo da cama, no seu lado de dormir.

Helena.

Sorrateiro e sem ruído, espia pela fresta entre a porta e o batente. Ele sente o sangue pulsar nas partes íntimas quando vislumbra a silhueta nua de Helena debaixo do chuveiro, por trás do vidro embaçado do box. Recua dois passos e senta-se na cama, atordoado. Com dedos trêmulos, desfaz o nó da gravata, afrouxando o colarinho. Imagina o corpo da esposa nas mãos de outro homem pela centésima vez naquela semana. Desta feita, o fato disso lhe provocar uma ereção nem o incomoda tanto. Antes que Helena feche o chuveiro, Marcelo se ergue e sai do quarto, sem ruído. Ao atravessar a sala a passos largos e sair do apartamento no mais absoluto silêncio, imagina diante de si doses duplas de Johnnie Walker Black Label on the rocks.

Escreve Diana Demois no remetente e endereça o segundo envelope a J. van Gogh, em Genebra. O primeiro já está lacrado, destinado à sede da Fundação, nos canais de Amsterdã. Tem os cabelos úmidos do banho e apenas a lingerie debaixo do roupão. A esta hora, nem se preocupa mais com a possível chegada de Marcelo. Tudo pronto para ir ao correio de manhã cedo. Se o marido chegasse bêbado de madrugada, iria encontrar a porta do quarto trancada a chave. Ele não faria escândalo. Não era disso. Enfim, eram adultos. Lidariam com o fato. Mais tarde. Genéve, CH. Ok. Pronto. Nem curiosa, nem preocupada com onde Marcelo estaria ou por que não viera dormir em casa. Sentia que aquilo já nem era mais assunto seu. Apta a confrontá-lo, sim. Se não fosse necessário, melhor. Sete horas. Ajusta o despertador e vai dormir. Ou ao menos tentar.

Nas ruas do centro, o sol aquece a lata dos ônibus, carros e motos. Porto Alegre. Estranhas, ela e a cidade. As pessoas passam em câmera lenta sua velocidade cotidiana. Ser Diana na Praça da Alfândega era mais esquisito.

– Sedex com AR, por favor.

Na agência central do correio.

Em nenhuma outra agência. As instruções haviam sido enfáticas. E Helena seguia as instruções passo a passo.

Preenchesse os formulários, por favor.

Cada movimento fazia brotar novas fibras na musculatura e no sistema nervoso, rearticulando as ramificações internas e externas. Mutações que a faziam ficar ausente e assustavam.

Diana.

A cada vez que o escreve, esse nome se torna mais real. A carne se reorganiza ao redor dos ossos e o sangue corre numa velocidade diferente.

Demois.

Tivera insônia a noite inteira. Pela madrugada, chegou a sentir o coração bater a zero absoluto. Cada átomo de seu corpo parou de vibrar.

– Obrigada.

Apanha o recibo e guarda-o na bolsa.

Não podia parar de girar a cabeça de um lado para outro, pois, quando cessava esse movimento por quatro ou cinco segundos, tudo em volta começava a derreter.

– Menino Deus.

Dera o endereço de Simone ao motorista sem nem ligar para a amiga. Se não estivesse, esperaria por ela até chegar. Estava aprendendo a ter paciência.

– Entre a Getúlio e Praia de Belas.

Rastrear a remessa dos envelopes até sua chegada a cada destinatário ainda iria lhe ocupar os próximos dias, porém já chegava a hora de pensar adiante. Seus próximos passos. Um de cada vez. Tudo que conseguia pensar agora era nessa frase. Um de cada vez.

Haveria tantos contos a contar desde esse dia que nem sei, porém, com certeza, não serei eu a dar-lhes letra e sentença. Dos detalhes picantes das noites de verão à beira do Lac Lemán, em Genebra, rodopiando no vasto gramado ao redor das fogueiras, doidas de ecstasy, vodca russa com orange juice e haxixe nepalês, línguas e dedos feito pequeninas asas ferventes em desejo e paixão, perdidos olhares sobre o escuro das águas quietas, rebuliço cálido dos corpos em festa no parque em meio às montanhas no curto cenário do verão suíço, desde essas imagens solares de cartão postal até o silêncio gelado das madrugadas a sós na casa vazia, ruído metálico de freadas bruscas, os ônibus travando forte na esquina, em descida íngreme, defronte à sacada, feras agonizantes, berros de gasolina e metal. Como foi que nós chegamos aqui? Afinal, essa seria a pergunta do milhão de dólares, que ficaria a latejar no vácuo após o derradeiro instante.

– Te atira.

Marina insistira para que Helena mergulhasse nas águas verdes do lago. Bobagem, ninguém pegava piolho de pato. Saltara de topless, e a água fria tinha lhe arrepiado a pele. Nadaram até o anoitecer e, depois, fumaram baseados e tomaram cervejas ao longo do Quai à beira do Rhône. As duas estiveram juntas na Europa por três meses, no verão seguinte ao seu encontro e desencontro em Montevidéu.

– Vivre sa vie.

Foi bonito, foi divertido, e foi suficiente. Marina lambia as feridas e tocava sua vida por lá, como jornalista, no media centre da Organização Mundial da Saúde, com permis de trabalho, belo apartamento nos Pâquis e tudo mais. Não, não pensava em retornar ao Uruguay. Talvez um dia, quem sabe.

– Para visitar.

Helena borbulhava, na época. Quebrada, as suas buscas iniciais por emprego não a tinham levado a nada substancial. Permanecia morando no seu apartamento de casada, sozinha. Marcelo alugara outro menor para si, na Cidade Baixa. Depois, veriam o que fazer com o imóvel do casal. Era estranho ver os ideais românticos com o tempo se transformarem em boletos e faturas, em lâmpadas para trocar e sacos de lixo para descer, em camas para arrumar, pratos e pisos para lavar. Atos cotidianos que em nada nos desmerecem os sonhos, ao contrário, lhes dão substância e sentido. Mas, de qualquer jeito, de vez em quando ela se sentia esquisita e chorava escondida. Não de medo nem nada, só de triste. Enfim, três meses e de volta ao Brasil, Porto Alegre, Bela Vista. Trabalhou dezoito meses num brechó do Bonfim, se tornou gerente da loja de uma amiga do colégio e, aos poucos, estabilizou as finanças e os humores. As luzes do dia e os afazeres práticos cotidianos funcionam como escudos enquanto está no trabalho e no intervalo de almoço. Sabe que, ao deitar a cabeça no travesseiro, virão de novo os pesadelos e as angústias, o temor do ponto onde a memória escapará em definitivo por entre os fiapos de seus nervos em frangalhos. E o choro. O choro eterno da criança desgarrada. Quando chegar a hora de dormir o sono final, não saberá mais se aquele bebê que chora de ponta cabeça é ela mesma ou se é Marina, ou se é a filha desaparecida de Esperança, ou será todas as filhas de todas as mães que foram torturadas e mortas pelo terror da ditadura, sem dó nem piedade. Sem dó. Nem piedade.

Dó e piedade.

Talvez fossem essas as palavras que ressoariam por último, no beijo final entre as sinapses, quando sentir pela última vez a lembrança do toque dos lábios finos da outra umedecendo os seus, a língua quente penetrando sua boca.

Havia tempo para morrer. E para viver.

O importante era não confundir os dois.

Mas a imagem que ficará gravada na sua retina para sempre é o rosto de Diana como a viu pela primeira vez, radiante com as bonecas novas e o livro de colorir.

– Obrigada, tia.

A visita à creche tinha demorado para acontecer. Antes, fora preciso reorganizar a vida.

Corpo e espírito.

Até hoje, considera as cicatrizes suas melhores tatuagens. Sim, Helena faria tatuagens, e de fato as fez. As borboletas na nuca seriam as favoritas da filha.

– Obrigada, mãe.

De nada, querida.

A face de Diana como a vira no primeiro dia estava tatuada no fundo da sua alma, e, por isso, mesmo quando o seu cérebro se desligou deste plano, permaneceu lá apenas o rosto da menina, feito estandarte.

Agora e na hora de nossa morte.

Diana cinquentona no funeral de Helena. A mulher chora por sua mãe adotiva. Sim, qualquer dia Helena irá morrer, como todas nós, e sua menina estará adulta. Esse dia, porém, está distante. E as idiossincrasias mundanas lhe distraem o pensamento por enquanto. Depois de alguns anos, não soube mais de Marina, nem voltou a procurá-la. Helena teve flertes, mas nenhum romance, por cinco anos. Quando sentiu que estava pronta, encaminhou a adoção.

Os papéis.

A coincidência da menina se chamar Diana não lhe passou despercebida, é óbvio, no entanto, preferiu não dar importância ostensiva ao fato. Até porque só foi saber do nome da criança que viria a adotar depois que os olhos das duas se cruzaram naquela manhã fria de agosto. Conexão imediata. Mãe e filha se reencontrando. A existência nos eixos outra vez, o cosmos em paz e harmonia.

E assim foi.

E assim é.

As noites continuam atormentadas por pesadelos e visões malignas, porém os dias seguem sendo mais e mais a respeito da educação de Diana, decisões a tomar, rumos a seguir, roupas para lavar, o cardápio do jantar.

– Me conta uma história?

Pena que nossas vidas tenham sido construídas em cima do chumbo derretido misturado à seiva. Volta e meia, os espinhos saem à superfície, nos furam a pele e espetam a carne, jorrando sangue inocente.

Inocente de quê?

As sementes germinadas nesse solo ergueram árvores viçosas por fora e podres por dentro, cujas raízes fincadas na lama conduzem às folhas um líquido corrosivo, que envenena os frutos e empesta as flores, e dizem que os furacões deverão se abater sobre as florestas por mil vezes mil anos até que a última gota dessa seiva maldita seja por fim levada nos poros amarelados da última folha, no último segundo da última noite de outono. Pois quando o derradeiro inverno se abater sobre seu corpo, Helena irá deixar a alma flutuar acima das casas, rumo ao horizonte lá longe, e de lá vai abanar para trás com um sorriso triste no rosto. Mas hoje não. Hoje ela tem mais o que fazer.

IMPRESSÃO:

Santa Maria · RS | Fone: (55) 3220.4500
www.graficapallotti.com.br